# 不负韶华

## 百年青春榜样

余玮　吴志菲　著

天地出版社 | TIANDI PRESS

图书在版编目（CIP）数据

不负韶华：百年青春榜样 / 余玮，吴志菲著. 一成都：天地出版社，2022.5
ISBN 978-7-5455-7124-0

Ⅰ.①不… Ⅱ.①余… ②吴… Ⅲ.①传记文学－作品集－中国－当代 Ⅳ.①I25

中国版本图书馆CIP数据核字（2022）第088766号

BU FU SHAOHUA： BAINIAN QINGCHUN BANGYANG

## 不负韶华：百年青春榜样

| 出 品 人 | 杨　政 |
|---|---|
| 作　者 | 余　玮　吴志菲 |
| 责任编辑 | 龚风光　李建波 |
| 封面设计 | 挺有文化 |
| 内文排版 | 尚上文化 |
| 责任印制 | 王学锋 |

| 出版发行 | 天地出版社 |
|---|---|
| | （成都市锦江区三色路238号 邮政编码：610023） |
| | （北京市方庄芳群园3区3号 邮政编码：100078） |
| 网　　址 | http://www.tiandiph.com |
| 电子邮箱 | tianditg@163.com |
| 经　　销 | 新华文轩出版传媒股份有限公司 |
| 印　　刷 | 北京文昌阁彩色印刷有限责任公司 |
| 版　　次 | 2022年5月第1版 |
| 印　　次 | 2022年5月第1次印刷 |
| 开　　本 | 710mm×1000mm　1/16 |
| 印　　张 | 28 |
| 字　　数 | 322千字 |
| 定　　价 | 68.00元 |
| 书　　号 | ISBN 978-7-5455-7124-0 |

版权所有◆违者必究

咨询电话：（028）86361282（总编室）
购书热线：（010）67693207（营销中心）

如有印装错误，请与本社联系调换。

# 序　言

## 一代代青年在这里进行跨越百年的"对话"

青年是什么样子，中国就是什么样子！青年兴则国家兴，青年强则国家强。

近20年来，笔者一直在共青团工作，早年读大学期间也曾从事共青团工作，对共青团有着天然的情感。近些年，我们通过寻访不同时代不同青春榜样的事迹，回望不同年代的年轻人在成长中看齐的标杆，写成了这部《不负韶华：百年青春榜样》，希望破译榜样们在一代代青年心中赢得强大而真挚的情感认同的密码，同时探寻不同领域的青年人在不同时期的理想，以及他们为之探索、开拓、奉献的故事。"人的一生只有一次青春。现在，青春是用来奋斗的；将来，青春是用来回忆的……"时代在变，环境在变，不变的是榜样的力量。

一个民族是否生机勃勃，首先要看这个民族的青年在干什么。我们读到，100年前觉醒年代里，五四运动急先锋"高君宇们"的事迹，或许能品味到青年运动擎旗手的情与爱。在二万五千里的征途上，平均每300米就有一名红军牺牲，他们许多人就是青春的模样。从长征路上最小的女红军王新兰的身上，我们能感受到长征途中的苦难、传奇，感受到一种坚不可摧的青春信念，正是这种理想信念帮助红军战士征服了人类生存极限，创造了气吞山河的人间奇迹。张思德、雷锋，普通而年轻的战士，全心全意为人民服务的典范，他们用美好青春诠释初心使命，一个个故事让我们"破防"感动。吴芸红，中国少年儿童运动和少年先锋队事业的开拓者，她的名字或许不为人熟知，但是并不影响她在百年共青团史上的分量，毕竟这是一个与许多人的成长紧紧关联的名字，正因为"吴芸红们"当年在黑暗中默默耕耘，才有"星星火炬"的熊熊燃烧。龙梅、玉荣、任羊成、陈景润、郎平、张海迪……一个个青春的符号，闪耀在青春中国的时代封面上。一代代青年满怀对祖国和人民的赤子之心接力前行，为民族奋斗，为祖国奉献，为青春添彩，为人民、为人类绽放绚丽之花，谱写了一曲又一曲壮丽的青春之歌。一个个青春的身影，蓬勃成势不可挡的青春风暴，铭刻着别样的青春力量与青春担当。这是一个国家的希望，一个民族的未来。新时代里，青年同样站到时代的 C 位，走在更为广阔的舞台上，成为时代的弄潮儿，敢于担当作为，在实现中国梦的实践中放飞青春梦想，在前行中赶考，交上一份属于自己的时代答卷。尽管一位位主人公只是浩瀚人海中的一朵朵浪花，但正是这些浪花成就了大海的壮阔、深邃以及奔腾不息的生命力。

　　无论是风起云涌的年代，还是烽火连天的岁月，无论是艰苦创业的年代，还是激情燃烧的岁月，无论是搏击改革开放的大潮，还是投身新时代的伟大事业，一代代青年始终与祖国同呼吸、共命运、齐奋进，用理想的光芒照亮人生之路，用青春的激情唱响奉献之歌。他们有着不同的起点、经历，也有着不同的青春梦想。我们在追寻中发掘、记录，为他们集中"立传"。这一篇篇青春史诗，你读着读着，或许会绷不住了，会感慨"风沙好大"，以缓解一下情绪。

到底是什么原因，让一代代中国青年始终挺立时代潮头、勇担历史使命？我掩卷沉思，答案就在青春向党，就在毫不动摇地坚持中国共产党领导。其实，中国共产党从建党伊始就把青年视为推进伟大社会革命和伟大自我革命的有生力量。党的一大后，我们党立即着手组建青年团的全国组织，并于1922年召开团的一大，正式宣告团的成立。从那以后，团作为党缔造和领导的青年政治组织，与党同心，为党育人，跟党奋斗，团结带领一代又一代团员青年围绕我们党在不同时期的中心任务不懈奋斗，成为中国青年运动的骨干力量。党的队伍中也始终活跃着怀抱崇高理想、充满奋斗精神的青年，这是中国共产党历经百年风雨而始终充满生机活力的一个重要原因，这是中国共产党的光荣，更是中国青年的光荣！从这部书里，我们能深深体悟到：中国共产党始终引领中国青年思想进步，感召一代代青年追求崇高理想、勇开风气之先；中国共产党始终激励中国青年建功立业，带领一代代青年坚持奋斗，谱写青春之歌；中国共产党始终关怀中国青年成长发展，尽力帮助一代代青年解决具体困难、展现个人才华；中国共产党始终培养中国青年政治进步，领导一代代青年在党旗下茁壮成长。

回眸百年长路，追忆百年沧桑。有一种力量穿越时空，让历史与当下时代发生对话，使这本书具有鲜明的历史性和时代性。这种力量就是青春力量，不同时代的青春力量就是精神层面所生发出的作用力或外在表现。这种精神，就是共青团精神。中共百年之时，党中央提出了伟大建党精神。笔者一直在思索，2022年是共青团成立百年，那么建团精神是什么？共青团精神又是什么？读完这部书，你或许能感受到共青团精神背后的澎湃的青春力量，能感悟到青春力量背后的精神支撑。对党、对国家、对人民忠诚，政治坚定，敢于挑战、奉献，富于进取、开拓，这或许就是共青团精神的精髓。

今天，一个强大起来的东方大国已走进世界舞台中心。一个走向民族复兴的中国就是青春中国的样子。读懂中国，从读懂中国人的青春开始。一个个或熟悉或陌生的面孔，体现了历史与时代的风貌，是共青团精神的力量表达。在发掘与选择典型之时，我们注意各个历史时代青春精神特质的凸显，尽可能让人们在阅读本书时能打通历史叙述通向时代精神的道路，从人物的事迹中思考渐渐积淀的共青团精神，探寻历史深处潜藏的精神血脉的延续。缘于此，他们在这里有了一种精神对话的可能。《不负韶华：百年青春榜样》带你穿越时空，品读青春，思考和理解百年来青春中国的过往，向那些为信仰和理想奋斗拼搏的青春榜样致敬，收获不一样的荣耀、自信、感动。随着阅读的推进，从历史和时代精神中去考察，从人物细节中看到一种特别的力量，推动共青团精神的生成，在悠长而宏大的时空中完成历史与当下的对话。

其实，青春与年龄无关。有的人渐已耄耋，但他在许多人眼里仍是翩翩少年，眼神里总是闪烁着一种光芒，这种光芒诠释着他青春的骄傲与青春的信念。精神养心，力量养身。翻开这部书，读者可以真切读到精神的力量，找到你心灵深处探寻的谜底。

日历变薄了，岁月变厚了。时光可以老去，但记忆不会。昂首阔步向百年，中国正青春，我们正青春，一起向未来！

是为序。

2022 年 1 月 20 日

# 目 录
Contents

**高君宇** | 陶然亭湖畔的永久纪念

爱国激进的山西娃成长为青年运动擎旗手 / 3
《西行漫记》音译错误谜团的背后 / 11
"故纵不捕"的"热诚红娘" / 17
相思红叶与象牙戒指寄深情 / 21
生未成婚却死而并葬的传奇 / 26

**王新兰** | "跑"在万里征途上

经典组歌诞生的前前后后 / 35
小小通信员的红色启蒙教育和红星情结 / 43
红军娃"跑"在长征路上挑战生存极限 / 49

**焦润坤** | 戎马征战只为不再是孤儿

抹不去的国仇家恨 / 61
否认历史是一种无耻 / 68
幸福开启耄耋新生活 / 74

## 张思德 | "为人民服务"的代名词

一个少先队队长成长为警卫营班长 / 85

一位普通战士的牺牲与一篇光辉著作的诞生 / 89

伟人一生最珍爱的一句话成为党的宗旨 / 92

## 吴芸红 | 永不褪色的红领巾

黑暗中毅然举起"星星火炬" / 103

默默耕耘的园丁 / 113

"抢救"少运史料背后平凡而卓越的坚守 / 116

## 陈家楼 | 共青城崛起的背后

血书开启的传奇 / 123

沉浮之中"不做共青的逃兵" / 129

"垦后代"的红色接力 / 134

## 雷 锋 | 从日记中感受榜样精神

最早见诸报端的雷锋日记 / 140

整理雷锋日记的细节 / 144

写日记的源起及其正能量语言 / 151

弘扬精神自读日记开始 / 154

## 龙梅 玉荣 | 寻访真实的"草原英雄"

生命中刻骨铭心的一天一夜 / 165

真相被掩盖 21 年之后才得到澄清 / 170

两代人之间难以解开的困惑 / 177

荣誉的光环下走过坦途，历经爱情坎坷 / 183

## 任羊成 | 让太行山低头的红旗渠英雄

鸻鹉崖就是张着老虎嘴也要拔掉它几颗牙 / 195

除险英雄多次在阎王殿"报名" / 202

社长和农民之间几十年不寻常的交往 / 207

## 陈景润 | "1 + 2"成就的传奇

憧憬"皇冠上的明珠" / 219

两位生命中的贵人 / 221

书写数学史上的传奇 / 226

两份内参与一部报告文学 / 231

人生也迎来"科学的春天" / 237

## 许海峰 | 小学课文《零的突破》的主角

在近乎凝固的空气中缓缓地举起枪 / 247

迟到半个多小时的颁奖仪式和有"伤疤"的金牌 / 251

供销社营业员"走后门"成为专业射击运动员 / 257

平常话少又严肃的"金牌教练"亦师亦兄 / 262

## 郎 平 | "女神"是打出来的

紧张得令人窒息的"终极对决" / 271
"吃小灶"练就的"铁榔头"渐成"金榔头" / 276
荣耀和压力相伴而行 / 280

## 张海迪 | 轮椅上的"最美奋斗者"

英雄张海迪：挑战残酷的命运 / 291
榜样张海迪：当典型的日子很光荣也很无奈 / 293
事业张海迪：人生绝顶之上的精神游走 / 297

## 潘星兰 | 淡出"刘胡兰式英雄"的光环

花季少女的惊心动魄 / 305
并不"明智"的生死抉择 / 307
伤痕背后隐藏的真诚 / 310
考不败的是真情 / 312
壮举过后是恬静 / 314

## 宋芳蓉 | 大山深处的"母爱"

普通小学教师多次走进中南海 / 321
渴望读书却最终选择了辍学 / 325

对偏远的"天坑"心有余悸 / 329
年轻的校长成了 5 个孩子的娘 / 334

**邰丽华** | 无声的世界也精彩

借助手语议国是的艺术家 / 343
用感恩的心传递无声的美 / 348
镜头外快乐而率真的"邻家女孩" / 353

**杨利伟** | 一步登天的背后

守望在咫尺天地间 / 361
当年想飞天的"娃娃头"成了中国日行最远者 / 367
关外小城与遥远的太空紧紧相连 / 372

**徐庆群** | 最美的风景在脚下

"北漂女孩"的春天启航 / 383
"铿锵玫瑰"的家国情怀 / 386
"志愿妈妈"的精神长城 / 390

**陈昱灵** | 一份特别礼物里的温暖

一封信：盼着能有回信，但大家心里也没底 / 397
一个"书虫"：阅读是输入，写作就是输出 / 402
一次盛会：没想到见到了习爷爷，很亲切 / 406

## 全红婵 | 芙蓉出水红中国

十米高台俏小丫 / 413

一跳成名小将红 / 419

五环巾帼最少年 / 426


后记：感谢青春中国的新时代 / 431

# 高君宇

陶然亭湖畔的永久纪念

BU FU SHAOHUA

GAO JUNYU

高君宇，原名尚德，字锡三，号君宇，中国共产党早期著名的政治活动家、理论家，中共北方党团组织的主要负责人和山西党团组织的创始人。1896年出生于山西省静乐县峰岭底村（今属娄烦县），1916年考入北京大学理科预科，1919年升入北京大学地质系学习。1920年参与发起组织马克思学说研究会，10月加入北京共产党早期组织，11月被选为北京社会主义青年团书记；1921年3月任北京社会主义青年团执行委员，5月发起成立太原社会主义青年团；1922年1月出席远东各国共产党及民族革命团体第一次代表大会，7月在中共第二次全国代表大会上当选为中央执行委员；1923年10月任中共中央教育委员会委员；1924年下半年南下广州担任孙中山秘书，12月起任中共中央北方局委员。1925年3月，在北京病逝。

## 一

这位五四运动中激情澎湃的急先锋，曾师从李大钊。

这位中国青年团的发起人之一，曾做过孙中山的秘书。

这位曾为周恩来和邓颖超牵线联络的"热诚的红娘"，自己的婚姻和爱情却一度有些失意。

在北京城南陶然亭湖畔，有一座带有鲜明的"五四"时代特色的青年男女拥肩而立的雕塑，雕塑后面林木葱茏的土丘上赫然并立着两块汉白玉石墓碑，这便是革命先驱高君宇和他的恋人石评梅死后并葬的坟冢。

### 爱国激进的山西娃成长为青年运动擎旗手

1896年，高君宇出生在山西静乐县峰岭底村。

高君宇出生于半殖民地半封建社会的晚清时代，他耳闻目睹帝国主义列强和腐败的清政府给中国人民带来的重重灾难，也亲历了义和团运动和辛亥革命等。少年时代，受父亲高配天（同盟会会员）的影响，他幼小的心灵里播下了反帝爱国的种子，接受了爱国主义和民主思想的启蒙教育。

1909年，高君宇与哥哥高俊德一起考入静乐县高等学堂。辛亥革命后，高君宇怀着"立意深造"的热望，于1912年春来到太原，

高君宇和石评梅崇高而圣洁的爱情故事打动了每一位到访陶然亭的游客（余玮 摄）

考入山西省立第一中学。在同学中，他的年龄最小。但他勤学好问，成绩优异，尤以国文见长，"所作诗文，多有奇气"，常被先生推荐"贴堂"，同学们争相传抄，视为范文。他被学校列为品学兼优学生，以"十八学士登瀛洲"而享誉省城。

当时，山西省立第一中学是山西新思潮的中心。高君宇在这里阅览了孙中山、章太炎及康有为、梁启超等人的著作。1915年后，《申报》《青年杂志》等报刊，更是他每日必读的报刊。他经常和进步同学讨论国事，"举动甚轩昂，言谈亦卓荦不凡"，深受师友的赞赏。他还认真阅读了世界著名作家海涅、歌德、托尔斯泰等人的作品，并把海涅的诗句"我是宝剑，我是火花，我愿生如闪电之耀亮，我愿死如彗星之迅忽"抄录下来激励自己。

1915年1月18日，由曹汝霖安排，日本驻华公使日置益在怀仁堂晋见袁世凯，向他递交了旨在灭亡中国的"二十一条"，逐条说明主旨及日本的立场，并要求"迅速商议解决，并守秘密"。这一"条约"理所当然遭到爱国志士和人民群众的强烈反对。孰料窃国大盗袁世凯不顾全国人民的反对，出卖国家主权，竟于5月9日接受了日本提出的"二十一条"。这一令全国人民痛心疾首的消息传到太原，顿时在山西省立第一中学校园里掀起了轩然大波。高君宇得知消息后义愤填膺，他觉得不能再坐视不管了，必须发动群众起而斗争。于是，他和同学们商量，要印发传单，并组织集会游行、街头演讲，以各种方式声援蔡锷等人发起的护国反袁斗争。

1916年春，高君宇从山西省立第一中学毕业。面对民族的屡弱、祖国的危难、人民的苦难，他深感唯有提升自己、拥有真知灼见，才能找到改造社会、救国救民的真理。一番思考后，他决定报考全国最高学府北京大学。之后他顺利考入北京大学理科预科学习。

1917年俄国取得十月革命胜利，马克思主义传入中国。俄国革命的胜利极大地鼓舞了中国的先进知识分子，以李大钊为代表的具有初步共产主义思想的知识分子开始用马克思主义观察研究中国的社会问题。高君宇十分关注社会政治问题，随着马克思主义在中国的深入传播，加之新文化运动的影响，他很快投入马克思主义的怀抱，成为思想上激进的青年领袖。

1918年上半年，为了参与扼杀刚刚诞生的苏维埃政权，北洋政府和日本政府签订了《中日共同防敌军事协定》。不久，这一消息被中国留日学生获悉，他们反对这一旨在干涉苏俄政权、并借此想控制中国的《中日共同防敌军事协定》，满怀爱国热情在日本举行集会，之后决定组织救国会。当这一爱国行动遭到日本警察的干涉和侮辱后，留日学生于是罢课归国，以示抗议。

当留日学生代表李达、黄日葵等抵达北京时，对这一事件颇为关注的高君宇、邓中夏等北大学生赶往前门车站迎接。接着，他们和李达、黄日葵等共同商讨行动计划。之后，高君宇等人按照行动计划开始四处奔波，积极串联，很快组织北京大学、北京高等师范学校、北京高等工业专门学校等校的2000多名学生，于5月21日在新华门附近的总统府前请愿——后来被称为五四运动的预演，要求废除《中日共同防敌军事协定》。请愿的学生由于缺乏政治斗争经验，被老奸巨猾的北洋政府愚弄了，因而未能达到预期的目的，但却使学生们进一步认识到有组织起来的必要。

实践证明，请愿这条路是行不通的。于是，高君宇和邓中夏、黄日葵、许德珩、张国焘等在李大钊的指导下，组织了以北大学生为主的学生救国会（最初名为"学生爱国会"）。他们决定先组织起来，再筹划抵抗运动。在他们的积极串联下，该会很快成为一个近乎全国性的学生团体。当这一团体遭到北洋政府的干涉后，为了便于开展活动，便于和全国各地的爱国学生联系，他们于同年10月正式成立了《国民》杂志社，之后出版了具有反帝爱国色彩的《国民》杂志，对日本帝国主义的侵略行径不断予以揭露和抨击。而高君宇在筹办和编辑《国民》杂志时"起过很大作用"。

当年，高君宇和邓中夏、黄日葵、许德珩等一批追求光明、追求真理的同学，经常聚集在李大钊的办公室或家中，共同研究马列主义和十月革命的经验，探求中国的出路等问题。

1919年1月，战胜国在巴黎召开战后协约会议。中国作为第一次世界大战的战胜国之一，派代表出席了巴黎和会。在会上，中国代表提出废除外国在中国的势力范围、撤退外国在中国的军队等七项希望条件和废除"二十一条"等要求，但西方列强不顾中国也是战胜国之一，拒绝讨论中国代表提出的要求。而日本代表牧野在会议上提出租借胶州湾和享有德国人在山东的所有权利的要求，中国代表据理力争。为了迫使中国代表就范，日本驻华公使还向北洋政府外交部施加压力。面对日本帝国主义咄咄逼人的气焰，面对北洋政府的腐败无能，北京大学学生于2月5日在法科礼堂召开大会，筹议抵抗。会后，被推为干事之一的高君宇奔走呼号，联络北京各校学生，致电巴黎和会中国专使，要求拒绝日本的无理要求。

5月1日，巴黎和会上中国外交失败的消息传到国内，犹如晴天霹雳，激起了各界人士的强烈愤慨。当天下午，高君宇等《国民》杂志社各校会员代表在北大西斋饭厅召开紧急会议，会议气氛悲壮严肃。会后，高君宇立即联络各校学生，并将李大钊当天发表的《五一节杂感》中明确提出的"直接行动"思想传播开来。

学生们被组织起来了。在高君宇等学界爱国精英的发动和组织下，5月3日晚，北京大学学生和高师、工专、法政等校学生代表齐聚北大法科礼堂，开会商讨反帝爱国行动。会上，高君宇痛心疾首，声泪俱下，力主采取"直接行动"，进行反帝爱国斗争。大会决定翌日在天安门举行学界大示威，并通电巴黎和会的中国代表，要求决不签字。会议于夜11时结束，高君宇等彻夜未眠，为次日游行示威进行筹备。

5月4日，一场震惊中外的反帝爱国运动在北京爆发了。作为骨干分子的高君宇带头，勇敢地冲破北洋政府教育部代表和警察的阻拦，奔赴天安门广场，参加游行示威。游行群众沿途高呼"誓死力争，还我青岛""外争主权，内除国贼""取消二十一条"等口号。当游行队伍走到东城赵家楼卖国贼曹汝霖宅院前时，高君宇率一部分爱国学生攀墙冲进曹宅，痛打正在曹家的曾参与签订卖国条约的官员章宗祥，并撕毁墙上挂着的日本天皇像，火烧赵家楼曹宅，演出了五四运动中壮丽的一幕。反动军警闻讯赶来，逮捕了32名学生和市民，高君宇立即协助李大钊为营救被捕人员而奔走。

5月6日，北京中等以上学校学生联合会成立，高君宇作为北大代表，参加了学联领导工作，为唤醒民众、扩大斗争而积极奔走。

其间，他曾赴天津发动抵制日货运动，并写信向太原学生介绍北京的斗争情况，还把进步书刊寄回山西省立第一中学。在高君宇的热情指导下，山西省立第一中学学生联合山西大学、山西省立第一师范、农业、法政等专门学校成立太原中等以上学校学生联合会，组织各校爱国学生2000余人，于5月7日在太原海子边中山公园举行了集会，并开展示威游行，一致表示"头可断，血可流，志不可辱"，有力地声援了北京学生的爱国斗争。为了进一步推动山西学生运动，当年6月，北京学生联合会派高君宇等回太原进行指导，发动山西学生参加全国学生统一行动，山西学生爱国斗争的烈火更加迅猛地燃烧起来。

当时，高君宇还参加平民教育讲演团和新潮社等进步学生社团，办刊物，作讲演，组织爱国学生和发动民众斗争，宣传新文化、新思想。在这场斗争中，高君宇因奔波不息而积劳成疾，曾两次吐血，但"宇之志益坚，宇之猛烈益甚"，被誉为"五四运动之健将"。

1920年3月，高君宇在李大钊的指导下与邓中夏等18人秘密组织北京大学马克思学说研究会，并与其他会员一起筹办了附属研究会的图书馆，命名为"亢慕义斋"（共产主义的译音）。这时，他开始比较系统地学习马克思主义原著，为很快成长为马克思主义者迈出了具有决定意义的一步。在此期间,共产国际远东局派维经斯基来华了解中国革命情况,帮助中国先进分子开展建党工作。高君宇和李大钊等人曾和维经斯基座谈。

这一年8月,日本亚细亚学生会旅行团抵京。经李大钊介绍,该团与北京学联代表于8月20日在北大第二院(1920年,北大学制改革,红楼改为北大第一院,北大第二院在其附近)举行茶话会。作为北京学联负责人之一的高君宇出席了茶话会,并借此机会鼓励日本青年"和军阀官僚奋斗,以破除世界之黑暗"。他还批评说:"贵国讲民治主义、社会主义、无政府主义,总觉得是假的。朝鲜受辱已达极点,固为军阀派之罪恶,但贵国青年何以无所表示……如是而欲求改造,是无希望的。"他热切希望日本学生组织起来共同反对日本的军阀、财阀和官僚。

同年10月,高君宇由徐彦之、孟寿椿介绍加入少年中国学会。继上海共产党早期组织成立之后,李大钊等也在北京建立了共产党早期组织,高君宇是这个小组最早的成员之一。11月,北京共产党早期组织创办了《劳动音》周刊,向工人进行马克思主义教育,并号召革命知识分子积极投身于实际活动。高君宇和邓中夏等根据小组指示深入工人中,大力开展秘密的革命活动。

这年11月,在李大钊领导下,高君宇、邓中夏、何孟雄、缪伯英、罗章龙等在北大成立了北京社会主义青年团。参加成立大会的有40多人,高君宇被选为书记。

## 《西行漫记》音译错误谜团的背后

三联书店1979年12月出版的《西行漫记》中记载，毛泽东1936年在回忆党的创建时期的党员骨干时讲道："在陕西的党员有高崇裕和一些有名的学生领袖。"同年由人民出版社出版的《毛泽东1936年同斯诺的谈话》单行本，又将这句话中的人名改为"高岗"。经查对，1921年建党初期，党内并无"陕西高崇裕"其人，而高岗于1926年入党，不能算是党创建时期的骨干。据党史专家宋诚分析："根据当时的具体情况和毛泽东浓重的湖南口音分析，这句话中提到的人应为'山西高君宇'。作者按湖南语音记成英文，译者又音译成中文，这么一来，便误作'陕西高崇裕'了。"这种说法有些道理，遗憾的是，新中国成立后该书多次再版，一直没有订正。

1921年3月，高君宇等与来华的少共国际执行委员会东方部书记格林取得了联系。北京社会主义青年团根据格林的要求，于3月16日召开特别会议，选举何孟雄为出席少共国际第二次代表大会的代表，并通过了《北京社会主义青年团致国际少年共产党大会书》。3月30日，在北京社会主义青年团的第四次会议上，高君宇被选为执行委员，负责组织工作。4月24日下午，北京社会主义青年团又在北大二院举行团的第五次会议，参加的有高君宇、李大钊、张国焘、罗章龙等16人。

会后，高君宇受陈独秀委托回山西筹建社会主义青年团。他到太原后，在山西省立第一中学多次召集贺昌、王振翼、李毓棠、武灵初等众多进步青年座谈。在一次讨论人生观问题的座谈会上，高君宇驳斥了当时阎锡山散布的"做好人有饭吃"的理论以及一些无政府主义观点。他说：一个有为的青年必须有正确的人生观，只有这样，他才能实现报效国家、造福人民的宏愿。他希望青年在流行的各种主义中，一定要深思熟虑，认定一条正确的道路，绝不要随波逐流，步入歧途。高君宇了解到无政府主义在太原的流传及其危害情况，当即对其反动性予以揭露。他针对无政府主义不要无产阶级专政的国家这一核心论点，详细地阐明了马克思主义的基本原理，强调指出，我们革命的最终目的是要消灭国家，不过我们在消灭阶级之前，还是要国家的，只有建立了无产阶级专政的国家，我们才能彻底进行革命。他的话击中了无政府主义的要害，使与会青年受到很大教育。

高君宇在逗留太原的短暂时间里，多次和进步青年商谈建立革命组织的问题。经过他耐心细致的工作，太原社会主义青年团于1921年5月1日正式成立。高君宇主持了太原社会主义青年团的第一次会议，会议推举王振翼为组长。高君宇还为团组织拟定了明确的宗旨："唤醒劳工，服务社会。"

为了使太原社会主义青年团有一个宣传革命思想的阵地，高君宇和贺昌、王振翼等改组了"五四"后期为宣传新思想而创办的《平民》周刊编辑部。该刊揭露阎锡山在山西巧取豪夺的罪行，反映人民的疾苦；抨击胡适、江亢虎在太原散布的资产阶级改良主义，旗帜鲜明，颇有说服力。这些行动引起阎锡山的嫉恨，1922年5月，《平民》被勒令停刊。高君宇得知此事后，把《平民》周刊编辑部迁到北京，亲自主持编印，然后由铁路工人秘密运回太原，继续发挥它的战斗作用。

高君宇在太原建立社会主义青年团之后，就回到北京。这年七、八月间，他委托北大学生王昉等人利用暑假回家探亲之机，帮助太原社会主义青年团发动进步青年以入股的方式集资创办了晋华书社，经销《共产党宣言》《资本论入门》《新青年》等大批革命书刊，成为山西第一个传播马克思主义的据点。后来，高君宇在北京得知晋华书社因经费困难无法维持时，便奔走于京、津等地为其筹措资金，使书社得以坚持下去。由于影响力日益扩大，书社终为阎锡山所不容而被查封，但它已在山西人民中播下革命的种子。

此前，少年中国学会计划7月在南京召开会议。北京的会员为了准备大会提案，于6月17日召开了一次谈话会，围绕"本会应否采取某种主义"这一中心议题展开讨论。高君宇等提出"有采取一种主义的必要"。这一主张得到多数会员的赞同，大家推选高君宇、邓中夏、黄日葵等共产主义者为出席南京会议的代表。

7月1日，少年中国学会第二届年会在南京召开。因为北京会员邓中夏、黄日葵、刘仁静尚未赶到，高君宇临时动议，将原定关于学会宗旨的重大议题与2日的议题互换，获得一致通过。

在2日的会议上，参加会议的23位代表围绕学会的宗旨及政治活动等重大问题展开激烈的争论。国家主义者左舜生与陈启天顽固坚持学会只能做社会活动，而不能做政治活动的主张，借以反对传播马克思主义，反对会员参加革命斗争。高君宇有力地驳斥了左舜生等人的谬论，并以十月革命为例阐述了马克思主义对中国的指导意义。他的发言得到南京分会代表沈泽民等人的赞同。这次会议由于遭到国家主义分子的反对，未能得出一个结论，但高君宇等共产主义者的主张得到了不少会员的同情和支持。

1922年1月，根据党的决定，高君宇和张国焘、王尽美、邓恩铭等中国共产党代表、各民众团体代表赴苏联参加共产国际召开的远东各国共产党及各民族革命团体第一次代表大会。高君宇由北京出发，经满洲里，取道西伯利亚赴莫斯科。途经伊尔库茨克时，他曾给家中去信，叙述旅途情况。

会上，共产国际号召殖民地半殖民地人民奋起进行民族民主革命斗争，远东各国代表介绍了本国革命运动的情况。高君宇兴奋地聆听着、记录着共产国际的指示和各国革命运动的经验。

会议闭幕后，高君宇等人留苏学习访问了一段时间。他们一面如饥似渴地学习共产主义理论，一面考察十月革命后苏俄的政治、经济状况和革命经验，还参观了工厂、学校、部队和农村，并参加了"共产主义星期六"的义务劳动。

4月，高君宇等人为了避开白匪的袭击，取道柏林、巴黎，从海路回到北京。回国以后，高君宇对马克思主义理论和中国革命的认识产生了新的飞跃，进一步意识到自己肩负的历史使命，为宣传贯彻远东会议精神积极奔走。

5月5日，高君宇出席了在广州召开的中国社会主义青年团第一次代表大会，与蔡和森、张太雷等代表一起制定了中国社会主义青年团纲领，当选为第一届团中央执行委员。

在同年 7 月初召开的少年中国学会杭州年会上，高君宇提出学会当前的任务："除反对军阀以外，我们应于任何可能范围内揭示帝国主义的恶魔。"在他的努力下，这次年会终于通过一项决议："本会对时局的主张：对外反对帝国主义的侵略，对内谋军阀势力的推翻。"

7 月 16 日，他参加了中国共产党第二次代表大会，在党的二大上传达了远东会议精神和共产国际的指示，参与制定了中国共产党第一个反帝反封建的民主革命纲领。在会上，高君宇当选为第二届中央执行委员会委员。会后，高君宇通过参与创办和编辑的党中央机关刊物《向导》，大力宣传党的政治纲领，鼓动革命人民共同"反抗国际帝国主义的侵略"。

9 月，俄日在长春会议后决裂，高君宇立即在《向导》撰文予以评述，揭露日本帝国主义的丑恶行径和反动本质。他一针见血地指出："以武力胁迫交涉的普鲁士帝国主义强盗方式，和奸诈巧取的英国帝国主义商人手段，是一向日本传统的外交策略；这一次且两样兼采并用，这不但说不上什么交涉的诚意，侵略热欲已完全表露出来了。"

1922 年冬，高君宇发动贺昌等在太原省立第一中学成立了以"研究学术，服务社会"为宗旨的青年学会，并出版刊物《青年》，以教育团结进步青年。后来，青年学会由傅懋功（彭真）、王瀛等继续主持，把吸收会员的范围扩大到校外，教育团结了许多进步青年，为山

高君宇遗像

西培育了一批革命骨干。

## "故纵不捕"的"热诚红娘"

1923年，高君宇参加了党的三大。大会中心议题是讨论加入国民党的问题。在激烈的会议争论中，高君宇坚决支持马林、陈独秀的意见，赞成共产党员以个人身份加入国民党。大会确定了同国民党建立统一战线的策略。

1924年1月20日国民党召开第一次全国代表大会，孙中山改组了国民党，革命统一战线宣告正式建立。3月，在李大钊的领导下，国民党北京特别市党部成立，高君宇任总务股主任。5月，担任中共北京区委执行委员的高君宇受中共北京区委指派，准备回山西筹建党组织和筹划山西地区国共合作等事宜。

这年5月13日，湖北督军萧耀南逮捕了一批共产党员。京汉铁路总工会委员长杨德甫被捕后，供出了在北京的全国铁路总工会的秘密机关和张国焘等人的住址。5月21日清晨，腊库胡同16号被京师警察厅侦缉队包围。由于高君宇已经起床工作，居室又靠近门房和厨房，从窗口看见军警直奔上房张国焘的房间，他赶紧销毁文件，躲进厨房，化装成伙夫，拿起一个菜篮子，从容地走出大门，当天就坐火车去了山西。而张国焘与他的新婚妻子杨子烈被侦缉队抓走。北京当局下令"严速查拿，务获归案"，但高君宇已乘车离开北京。

高君宇到太原后，秘密住在山西省立第一中学的青年学会里，加紧进行建党活动。从李毓棠关于团组织的汇报中，高君宇了解到：经过革命斗争考验的太原社会主义青年团，已发展成为组织领导山西青年运动、工人运动的先锋军了。其组织已由原来的一个团小组发展成为9个团支部，团员60余人，而且斗争不再局限于学校范围，在工厂、矿山也播下了革命的火种。

于是，高君宇在已是共产党员的李毓棠、傅懋恭的协助下，开始对团组织中的骨干分子一一进行考察，侯士敏、潘恩溥、张叔平等被吸收为新党员，举行了共产党太原小组成立会议。

在会上，高君宇代表中共北京区委讲话。他首先讲了在太原建立党组织的必要性和紧迫性。他说，自从1921年7月中国共产党诞生以来，在李大钊和北京党组织的领导下，北方地区的革命运动已呈燎原之势。单就罢工斗争而言，北方地区已先后爆发罢工百余次。而在我们太原地区发生的罢工斗争却次数极少。究其原因，就是我们太原地区没有一个能够领导工人阶级及广大人民群众战斗的核心力量。这个核心力量，就是共产党组织。他说，随着国共合作为基础的革命统一战线的建立，国民革命运动正在蓬勃发展。为了适应这一形势的需要，迎接大革命高潮的到来，在太原地区建立党组织就显得尤为必要。因此，太原党小组的建立，是关系到太原乃至整个山西革命运动的大事。

接着，高君宇详尽地阐述了党章、党纲。谈到当前的任务时，高君宇指出，当前党小组的一项重要任务就是筹划山西的国共合作，建立革命统一战线，以开展工农运动，开创国民革命的崭新局面。最后，他宣布中国共产党太原小组正式成立。

到 1924 年夏，又有一批团员转为党员，经中共北京区委批准，正式成立了中共太原支部。高君宇在帮助建立太原党组织时，带来了一份《旅莫支部会议记录》。新成立的太原党支部就以旅莫支部为榜样，召开党员会议，严格组织生活，定期开展批评与自我批评，到工厂中参加工人运动，在革命斗争中经受锻炼和考验。

由于受到北洋军阀政府的通缉，高君宇的行踪很快被阎锡山的密探发现，阎锡山立即下令缉捕他。高君宇在群众的掩护下，化装成火车司炉，安全地离开了太原。事后，老奸巨猾的阎锡山又伪善地托人转告高君宇说："我是故纵不捕。"

高君宇从山西脱险后，经上海转赴广州。

到达广州后，高君宇担任孙中山先生的秘书。10 月 10 日，广州商团突然发动武装叛乱，袭击游行队伍，杀害游行的革命人士。高君宇遵照孙中山的讨伐令，率领工团军与滇、桂、湘、豫、粤各军部队积极参加平叛斗争。他乘指挥车，冒着枪林弹雨，深入前沿阵地指挥作战，不料一弹飞来，洞穿了指挥车的玻璃，子弹从高君宇的胸侧擦过，他险遭不测，幸好只是手受了轻伤。最终，商团的叛乱活动被全部镇压下去。

当时，周恩来也参加了平息商团叛乱的指挥工作。由此，高君宇与周恩来相识。这一时期，高君宇与周恩来因工作关系而交往较为密切，两人互相吐露了心中的爱情秘密。周恩来当时虽为赫赫有名的黄埔军校政治部主任，在恋爱问题上却有些腼腆，他暗恋着天津达仁女校的教师邓颖超，但一直未能向心爱的姑娘表白心迹。而高君宇则苦恋着石评梅。

石评梅原名石汝璧，1902年出生于山西省平定县的一个书香门第，因自幼酷爱梅花，后来改名"评梅"。父亲石铭是清末举人，石评梅从小受到父亲的严格教育，打下了深厚的国学底子。1919年秋，石评梅考入北京女子高等师范学院。此时正值五四爱国运动过后不久，石评梅一方面在学校勤奋学习课业，一方面开始创作诗歌和散文，向各报刊投稿。后来她著有《涛语》《偶然草》等书，成为著名的青年女作家。她的诗歌和散文凄婉而真切，与冰心、林徽因等齐名。

当时，北京有个山西同乡会，是旅居北京的山西人节假日聚会的场所，高君宇常在这里演讲。1922年春的一个假日，石评梅走进山西同乡会大厅，大厅里黑压压地坐满了人，只见一位英俊的青年正在向大家演讲，她赶紧找了个凳子坐下，向身边的人打听，才知道他就是高君宇。高君宇关于科学、民主、自由问题的演讲，句句说到了石评梅的心坎里，她确认自己遇到了真正的知音。

其实，高君宇曾是石评梅父亲石铭的得意门生。那时候，老师身边那个"倚门回首，却把青梅嗅"的小女孩并没有引起他太多的注意。没有想到若干年以后，在这次山西老乡的聚会上，他再次见到了小师妹。小师妹已经长成大姑娘了——白衣黑裙、眸子闪亮，高君宇差点儿认不出来了。

同乡会后，高君宇和石评梅有一席交谈，高君宇对爱国事业的热忧，石评梅的清丽典雅及对青年命运的关心，使二人互生敬重之心。高君宇常邀石评梅到陶然亭去听关于工人运动和妇女解放的演讲，有时二人相约到陶然亭湖畔散步。

在交谈中，他们发现彼此之间有着相同的理想和抱负，而面对动荡的社会和不可预知的未来，他们也会有相同的苦闷与彷徨。石评梅曾经在一封信中向高君宇倾吐她的思虑。高君宇在回信中这样写道："所以我就决心来担我应负改造世界的责任了。这诚然是很大而烦杂的工作，然而不这样，悲哀是何时终了的呢？我决心走我的路了，所以对于过去的悲哀，只当着是他人的历史，没有什么迫切的感受了。……我很信换一个制度，青年们在现社会享受的悲哀是会免去的——虽然不能完全，所以我要我的意念和努力完全贯注在我要做的'改造'上去了。"

这些文字令石评梅感受到希望与力量，她不但视高君宇为知己，更将他当作自己精神上的师长。而此时的高君宇已经认定，石评梅是一个人品才情都十分可取的女子，她就是自己爱情的归宿。

### **相思红叶与象牙戒指寄深情**

1923 年的夏天，石评梅完成了北京女子高等师范学院的学业，毕业后她受聘于母校的附属中学担任国文教员和体育教员。石评梅给自己的寓所起名为"梅窠"，她在这里专心从事文学创作。"梅窠"其实是京郊一座破旧古庙，多年的风雨侵蚀使它看起来更像个荒斋，多亏有一盆傲霜的红梅点缀着，才多少冲淡了一些冷寂。

这年秋天的一个傍晚，石评梅接到了在北京西山养病的高君宇以"天辛"为化名写的一封信。刚刚拆开，一片透剔的香山红叶悄然飘落在床头。她拿起来对着窗口的阳光仔细一看，上面写着一句诗："满山秋色关不住，一片红叶寄相思。"

石评梅的心弦被拨动了。她刚刚从一次残酷的爱情中解脱出来。原来，她孤身在北京求学的时候，父亲曾经托他的学生吴念秋照顾她。当时吴念秋在北大上学，与高君宇同年级。吴念秋关心她的生活，与她一同读诗、写诗、评诗，赢得了她的爱。可是过了一段时间，石评梅突然发现，吴念秋已是一个有妻室儿子的人。这对她的打击太大，石评梅的心被撕碎了。在与吴念秋分手后，她决定一生独身。

刚从一段伤心的感情中脱身出来，又有一份感情来到时，石评梅犹豫了。在来信中，高君宇坦率地说明了自己的处境：第一，他的父母包办，在乡下给他找了一个妻子；第二，他是中共最早的党员之一，而且当选为中央委员，他选择的是一条危险的政治道路；第三，他身患在当时看来难以治愈的肺病。

原来，高君宇还在中学读书的时候，他的父亲高配天就给他娶过一个名叫李寒心的农村媳妇。他们的这桩婚姻是封建礼教的恶果，给两人都造成了不幸。

李寒心1894年生于山西静乐县神峪沟村。相传她是清代乾隆嘉庆年间曾任过刑部、户部主事官和云南巡抚的李銮宣的后裔，到她父亲李存祥时，李家已成为地地道道的农耕之家。但李存祥知书达理，很讲礼义。高配天鉴于他祖上的荣耀和"有其父必有其女"的想法，决定与李家结为亲家。因封建家长制思想十分浓厚，两位老人根本没有同孩子商量，更没有让他们见面，在高君宇还很小的时候就为他俩定了亲。李寒心比高君宇大两岁，她父亲受"女子无才便是德"观念的影响，没让她上过一天学，到大姑娘时还目不识丁。据说她在村里也有一位青梅竹马的心上人，但当时封建礼教哪能容许他们自由恋爱。

高君宇考入山西省立第一中学，逐步接受新思想后，他懂得了追求婚姻自由，并立志要找一位志同道合、有理想有才华的革命伴侣。因此，他大胆地向父亲提出要退婚。高配天尽管很疼爱高君宇，但儿子要退婚，他还是认为大逆不道，并严厉地呵责："要退掉这门亲事，除非我死去以后！"

1910年，高君宇只有14岁，李寒心也只有16岁，高配天却要把儿媳娶过门来。高君宇苦苦央求说："我还是个孩子，刚读高等小学，有了媳妇会影响学业。"这样婚期推迟了一年又一年。到1914年，在山西省立第一中学读书的高君宇放寒假回家，见到家里张灯结彩，唢呐阵阵，正要给他办喜事。在父亲的威逼下，高君宇勉强入了洞房，看到了第一次见面的媳妇，她的脸上没有一丝笑容，眼睛里流露出一种哀怨的神情。她没有文化，国家大事、社会变革等大道理她更是一窍不通。高君宇对这个姑娘只有同情和怜悯，没有爱情可言。

高君宇返回山西省立第一中学后，先在恩师石铭家里住了几天，就开学上课了。高君宇在太原读书以及去北京上大学后，多次给父亲去信，称为了两个人共同的幸福，请求同意离婚，并恳求"释放此可怜女子"。但是父亲每次在回信中都严词拒绝他的请求。

为了将李寒心从高家解放出来，高君宇在外地从事革命活动时期除了给父亲去信外，也曾给岳父李存祥写过13封信，请求同意与其女儿离婚。但当时人们不懂得什么是离婚，只认为女人被丈夫休掉是最丢人的事。为此，这个婚也一直没有离成。

尽管石评梅心里也很喜欢高君宇，她也不在乎他在信中提及的后面两点，但是鉴于自己惨痛的经历，她表示："宁愿牺牲个人的幸福，而不愿侵犯别人的利益，更不愿拿别人的幸福当作自己的幸福。"最后她狠下心来，提笔在红叶背面写了一行字——"枯萎的花篮不敢承受这鲜红的叶儿"，并回寄给高君宇。

高君宇接到石评梅退给他的红叶题字后，虽然心中有些黯然，但并未失去对她的希望，依然执着追求，痴心不改。他一如既往地关心她，约她参加一些活动，结交一些工人朋友。石评梅很感激高君宇，但并不抛弃自己的独身主义。

1924年5月，高君宇受李大钊指派回山西建党时，为躲避追捕，秘密潜入家乡峰岭底村。他对李寒心说："咱们离婚吧！离了婚对咱俩都有好处。"李寒心不解地问："什么叫离婚？"高君宇说："就是你不要做我的妻子，我也不要当你的丈夫，你可以自愿选择一个能够同你经常在一起生活的人。"李寒心说："这不是要休掉我吗？以后可让我咋见人呢？"高君宇说："这不是休，休妻只是男人的特权，只有男人赶走老婆，而女人是不能休男人的。这是男女不平等的做法。而离婚，男女都可以先提出来解除婚姻，是男女平等的做法。这些年把你关在我家够苦你了。以后我也不可能常回来。不能再苦你了。咱们商量一下，如果你同意，咱们就离了，我也不是硬要赶你走。"

不久，阎锡山追捕高君宇的形势稍有缓和后，高君宇在本家长工和太原工人的掩护下匆匆返回山西省立第一中学，召集贺昌等人秘密地建立了山西第一个共产党组织。6月24日，他在太原给岳父李存祥又写了一封要求解除包办婚姻的信。

李存祥毕竟是个通情达理的人，接到这封信后他觉得高君宇说得句句在理，况且小两口也同意，于是认为女儿与高君宇的婚姻再勉强不得了。他不顾传统世俗偏见与乡人的议论，第二天就派人到峰岭底村给高家捎去话，说根据孩子们的意愿，同意他俩离婚。

随后，高君宇给石评梅寄了一封长达20页的挂号信，向她报告了自己与李寒心解除婚姻关系的经过，再次表达了自己对石评梅忠贞不渝的爱情。

石评梅接信后，内心更加苦恼。她在日记中写道："接到君宇信，详叙到家后情形，洋洋洒洒，像一篇小说，他已得到她的谅解，而且粉碎了他的桎梏，不过他此后恐怕连礼教上爱的人也没有了，我终久是对不住他。"石评梅给高君宇写了回信，勉励他努力于自己的事业，对他的爱意仍没有接受："我可以做你唯一的知己，做以事业为伴共度此生的同志。让我们保持冰雪友谊吧，去建筑一个富丽辉煌的生命！"

随后，高君宇奉中央的指示，自太原经上海赴广州。途中他给石评梅再次写来长信，表明了革命者对待事业和爱情的态度。信中说："从此我决心为我的事业奋斗，就这样漂零孤独度此一生。……我是有两个世界的：一个世界一切都是属于你的，我是连灵魂都永禁的俘虏；在另一个世界里，我是不属于你，更不属于我自己，我只是历史使命的走卒。"

为了表明自己对石评梅的忠贞爱情，高君宇到广州后特意买了两枚象牙戒指，一枚连同平定商团叛乱时用过的子弹壳寄给北京的石评梅作为生日留念，另一枚戴在自己手上。这一次，石评梅终于打开了心扉，把戒指戴在自己的手上。然而，她不知道，上天留给他们的时间只有几个月了……

## 生未成婚却死而并葬的传奇

这年10月23日，冯玉祥在北京发动政变，囚禁了贿选总统曹锟，驱逐废帝溥仪出宫，并电邀孙中山北上共商国是。11月13日，孙中山偕夫人宋庆龄在高君宇的陪同下，毅然离粤北上，经香港到上海，取道日本，12月4日到达天津。

此后孙中山因肝癌病重滞留天津20多天，在此期间高君宇受周恩来委托特意看望了邓颖超，并把周恩来的求爱信转给了她。后来，邓颖超在一篇文章中回顾这段往事时说："高君宇同志做了我和周恩来同志之间的'热诚红娘'，而恩来同志又做了我得见君宇同志的介绍人。"

不久，高君宇随孙中山到了北京。一路劳顿，高君宇肺病复发，咯血不止，到北京后即被迫住进一家德国医院治疗。石评梅得悉后，经常去探视。每次探视高君宇，她都会带来一束心爱的红梅。有一次，高君宇睡着了，石评梅就给他写了张纸条："当梅香唤醒你的时候，我曾在你的梦中来过。"

当病情稍有好转时，高君宇就要求出院，德国主治大夫可棣只好答应了他的要求，但嘱咐他："出院后一定要静养6个月，不然是很危险的。"

出院后，为了安全，党组织安排他住在德国医院附近的东交民巷苏联大使馆，并派专人进行护理。在这里，高君宇与前来探望的赵世炎等人交谈，共同筹划国民会议促成会的有关事宜。在促成会筹备工作的紧张时刻，他明知自己身体上的"数架机器不堪耐用"，但还是忘我地投入工作。

1925年农历正月初五，北京下了新年的第一场大雪。高君宇和石评梅又一次来到了南郊陶然亭。

雪后的陶然亭一片银白，四周寂静，天地间仿佛就这一对恋人。石评梅织着毛衣，高君宇给她拿着线团，和她边走边聊，心中升起久未有过的惬意。那天的太阳仿佛也要帮助这对爱侣，加倍地放着热，高君宇心中满是欢乐和力量。他不怕前途多舛，只求上苍让他拥有健康，好让他帮助石评梅打开心结，最终赢得她的心。

在陶然亭一片背依树林、面临芦荡湖水的空旷雪地上，高君宇向石评梅说起在广州给孙中山当秘书时和各军阀斗争的旧事，忽然一阵激动："评梅，你看北京这块地方，全被军阀权贵们糟蹋得乌烟瘴气、肮脏不堪，只有陶然亭这块荒僻地还算干净了！"他指着亭子旁边的一块空地对石评梅说："评梅，以后，如果我死了，你就把我葬在这儿吧！……"本来高兴的石评梅一下子伤感起来，不知拿什么话来安慰高君宇。

1925年3月1日，国民会议促成会第一次全国代表大会在北京开幕。高君宇被推举为代表，带病出席。3月2日，他腹痛难耐，并伴有发烧、恶心、呕吐等症状，但他仍然坚持开会。

到了4日，高君宇实在支持不住了。高君宇的弟弟高全德把高君宇送到协和医院，大夫马上进行了诊断。初步诊断结果是急性阑尾炎，需要马上开刀。于是，高君宇自己在手术单上签了名字。

石评梅闻讯后立即坐车赶往协和医院，她找医生问明病情，医生只是叹息道："太晚了，太晚了。不过我们正尽力抢救。"的确，到医院治疗太晚了，高君宇因为急性阑尾炎发作，并发腹腔脓肿和败血症。

3月6日（据1991年协和医院新发现的"高君宇病历"及医疗报告，不是有关史书及《永远的丰碑》中所说的3月5日）0时25分，年仅29岁的高君宇永远地离开了正要携手的爱人，留下了未完成的事业。

从高君宇的遗物中，石评梅找到了当初那片寄情的红叶，上面字迹依然，只是中间已经枯干了，裂了条缝。捧着这片红叶，石评梅心如刀割："红叶纵然能去了又来，但是他呢，是永远不能再来了！"

高君宇去世以后，《向导》《中国青年》《北京大学日刊》等纷纷发表悼念文章，哀悼这位中国青年革命运动的健将。3月29日，中共北京区委在北京大学的礼堂举行隆重的追悼大会，李大钊、邓中夏、王若飞、赵世炎、邓颖超和苏联驻华大使加拉罕等人送了花圈，沉痛追悼高君宇。

在追悼会上，邓颖超怀着极其沉痛的心情和迫切的愿望，希望能见石评梅一面。但是，那天石评梅因为悲痛过度而几次晕厥，未能参加追悼会。不过，在追悼会现场，石评梅撰写的挽联和挽词格外引人注目，其中挽联是："碧海青天无限路，更知何日重逢君。"

高君宇对陶然亭情有独钟。陶然亭建于清康熙年间，从清末到民初就是仁人志士进行革命活动的地方。他曾和李大钊、毛泽东、邓中夏等人在这里召开秘密会议，商讨中国革命前途，也和石评梅经常在此漫步。党组织征求石评梅的意见，石评梅依高君宇生前的愿望，将墓地选在陶然亭葫芦小岛北部锦秋墩的北坡下。组织上考虑为了避免北洋军阀政府的干涉，决定丧事完全以石评梅和高君宇的胞弟高全德的名义安排。

石评梅写下高君宇曾写在自己照片上的一首言志诗，作为碑文："我是宝剑，我是火花，我愿生如闪电之耀亮，我愿死如彗星之迅忽。"她后来还写道："君宇！我无力挽住你迅忽如彗星之生命，我只有把剩下的泪流到你的坟头，直到我不能来看你的时候。"并在墓的四周种了百余株松柏，经她精心浇灌，这些树木茁壮成长。

石评梅后来写了大量的诗文，其中《墓畔哀歌》表达了她刻骨的

石评梅在高君宇的墓前

思念之情："假如我的眼泪真凝成一粒一粒珍珠，到如今我已替你缀织成绕你玉颈的围巾。假如我的相思真化作一颗一颗的红豆，到如今我已替你堆集永久勿忘的爱心。……我愿燃烧我的肉身化成灰烬，我愿放浪我的热情怒涛汹涌……让我再见见你的英魂。"

陶然亭畔高君宇墓前，这位憔悴女子在每周末风雨无阻前来悼祭，用她的泪水浇灌高君宇墓前的花草。

她太悲伤了，也太劳累了，她不仅担任北京女子高等师范学校附中女子部主任，还代国文课、体育课，晚上又要熬夜写文章，每个星期天又必去陶然亭……她娇弱的身体终于抵挡不住疾病的侵袭。她患了急性脑膜炎，被送进协和医院抢救。

1928年9月30日，年仅27岁的石评梅因病医治无效而离开了这个她爱恨交加的世界。临终前，她的手上仍戴着那枚白色的象牙戒指。

"生前未能相依共处，愿死后得并葬荒丘"，这是石评梅生前的心愿。朋友们便将她葬在了高君宇的旁边，墓碑上刻着"春风青冢"四个字，让这对苦命的鸳鸯终于得以不受时间与空间的限制而相亲相爱。后人称之为"高石之墓"。

新中国成立后，周恩来和邓颖超曾几度到陶然亭湖畔的"高石之墓"前凭吊。高君宇当年欣然当起了传书的"鸿雁"，促成了他们这对革命伴侣的结合，他们无法忘怀"红娘"高君宇。

一次，周恩来到这里凭吊这位只活了29个春秋的我党忠诚战士和他的女友石评梅，大家围过来向总理问候致敬。周恩来指挥大家高唱"没有共产党就没有新中国"等歌曲，用高亢的歌声悼念这对亲密恋人。

20世纪50年代初，陶然亭公园建园时，"高石之墓"曾被迁到南郊人民公墓。1956年6月，周恩来总理在审批北京城市规划总图时，特别强调要保存"高石之墓"，他说："革命与恋爱没有矛盾，留着它对青年人也有教育。"同年8月，"高石之墓"迁回陶然亭公园。

邓颖超也曾撰文表达对高君宇和石评梅的缅怀："我和恩来对君宇和评梅女士的相爱非常仰慕，对他们没有实现结婚的愿望，却以君宇不幸逝世的悲剧告终，深表同情。"

"文化大革命"期间，"高石之墓"遭到破坏，当时已身染重病的周恩来闻讯后十分痛心，立即委托邓颖超妥善照管。1973年，在邓颖超的关照下，两块汉白玉石的"高石墓碑"被移至首都博物馆保存，高君宇的遗骨火化后安放在北京市郊的八宝山革命公墓，石评梅的遗骨也得到妥善迁移。直到1984年，"高石墓碑"才得以重新屹立在陶然亭湖畔。在许多青年的心目中，那是纯洁爱情的象征。

# 王新兰

"跑"在万里征途上

BU FU SHAOHUA

WANG XIN LAN

　　王新兰，原名王心兰，萧华将军夫人，长征路上最小的女红军。1924年6月出生于四川省宣汉县，5岁送过情报，9岁参加红军，11岁随红四方面军长征。曾任红四方面军红四军政治部宣传员、宣传队分队长，中央军委三局五十五分队报务员，八路军一一五师政治部新闻电台台长、秘书处机要秘书，东北南满司令部秘书兼电台台长，第四野战军特种兵司令部秘书处秘书，总政治部机要科副科长、专家工作室主任，交通部干部局干部科科长、外事处处长，总政治部秘书处副处长、主任办公室副主任，军委副秘书长办公室副主任，兰州军区后勤部副政委、顾问等职；1955年被授予上校军衔；1985年12月离休（正军职）。

## 王新兰 | "跑"在万里征途上

### 一

5岁送过情报，9岁参加红军，11岁随红四方面军长征——在别的孩童还懵懂无知的年龄，她已踏上了革命的道路。她曾任红四方面军红四军政治部宣传员、宣传队分队长等。

在北京育群胡同一个幽静的四合院里，居住着一位九死一生的传奇女性，她就是开国上将萧华的夫人、兰州军区后勤部原副政委王新兰。2016年的一次采访中，老人讲述了80多年前"跑"长征的细节及自己的人生片段。

### 经典组歌诞生的前前后后

"雪皑皑，野茫茫，高原寒，炊断粮。红军都是钢铁汉，千锤百炼不怕难……"每每听到这熟悉的歌词和旋律，王新兰的眼前就闪现出丈夫萧华创作《长征组歌》的情景。一唱起丈夫写的这首歌，当年三过草地雪山的王新兰总是心潮起伏——关于长征，她的记忆太深刻了。

关于长征，美国记者斯诺曾说："总有一天，会有人把这部激动人心的远征史诗全部写出来的。"在长征胜利30年后的1965年，12首"三七句、四八开"的系列组诗横空出世，这就是《长征组诗》。其中10首被谱曲传唱，即《长征组歌——红军不怕远征难》。组诗的

王新兰接受专访时留影（余玮 摄）

作者就是王新兰的丈夫、时任解放军总政治部主任的萧华。

1965年7月19日，天津人民礼堂，萧华第一次审看《长征组歌》排演。当时，天气炎热，排演现场连电扇都没有。就在这样的条件下，萧华和王新兰却看得十分投入。排演完后，萧华和王新兰走上舞台。有人搬来一把椅子请萧华坐下，萧华看了看演员们被汗水湿透的演出服，转头对文工团团长晨耕说："你让演员们把演出服脱了，也都坐下吧。"

萧华说，作为长征的亲历者、战斗员和指挥员，他觉得有一种巨大的历史责任感在推动着他写《长征组诗》。所以，他一定要写出来让战士们演唱，让所有人了解长征的故事，牢记长征精神。他对演员们说："你们唱得不错，但是如果你们了解了长征就会唱得更好！"萧华随后说："长征这段历史是十分感人的。我在写《长征组诗》的时候，泪水经常打湿手稿。我每每写到最艰苦的地方，就回想起那些与我一起长征的战友，他们有的已经牺牲了。"说到这里萧华哽咽了，王新兰和演员们也都掉下了眼泪。

晚年，王新兰回忆说：1934年，时年18岁的萧华跟随红军主力开始了举世闻名的长征。二万五千里的长征路，他亲身经历了一场场生死考验。他忘不了当年长征路上的每一个场景，忘不了和自己一起战斗生活过的战友。回忆长征，萧华有太多的话要说，有太多的情要诉。

1964年2月，萧华染上了严重的肝炎，待在北京公务繁多，不利于治病康复，周恩来总理指示萧华离开北京，到外地休养一段时间，并特别关照要王新兰一同前往,以便陪同照看。这一年4月,萧华和王新兰来到杭州西子湖畔。此时,全军各部队正准备红军长征30周年庆祝活动,不少文艺单位多次向亲历过长征的萧华约稿,这成了萧华创作《长征组诗》的直接动因。

其实,讴歌长征,萧华早有想法。自从走完了长征路,长征便成为萧华生命的一部分。那场震惊世界的远征,那场使红军从濒于灭亡中再生的大迁徙,那场红军向难以承载的生存极限挑战的英雄壮举,萧华视之为中国共产党最珍贵的精神遗产,认为值得大书特书。

早在1958年夏,萧华得到一本描绘长征的画册,如获至宝。当时,他与有关方面负责人谈话说,除了画册,应该用多种艺术形式表现长征。他还对王新兰说,如果有一个整块的时间,那一定要写一写长征。遗憾的是,繁忙的工作一直使他无暇拿起笔来。到杭州治病疗养,萧华终于有了创作的机会。

创作首先遇到的是艺术表现形式问题。萧华考虑到身体状况欠佳,不便写长篇大论,于是采用诗歌的形式。萧华长于诗词,在杭州又集中阅读了唐诗、宋词中的一些名家之作。中国古诗词凝练含蓄,韵律优美,极富表现力和形式美。经过思考,他很快确定了用组诗的形式表现作品的内容。考虑到舞台演出的通俗性,他在借鉴古诗词的基础上,采取了"三七句、四八开"的格式,即每段诗词用4个三字句、8个七字句,共12行68个字,一诗一韵。这种形式,既有统一的格律,便于记忆朗诵、谱曲歌唱,又较旧格律自由,不受平仄、对仗的限制。

创作的真正难度在于对作品内容的整体把握。萧华虽亲历长征，但他当年只有18岁，先是担任少共国际师政委，过草地前是红二师政委，只熟悉红一方面军的长征。对于红二、红四方面军和红二十五军的长征则知之不多。因此，要把红军三大主力艰苦卓绝的长征准确地概括到一组诗歌中，是十分困难的。为此，他阅读了有关长征的大量资料和老同志写的回忆录，反复阅读毛泽东的《论反对日本帝国主义的策略》《中国革命战争的战略问题》以及《关于若干历史问题的决议》等著作，用其中关于长征的精辟论述，作为创作的指导思想。同时，他认真研读了毛泽东关于长征的诗词。

掌握丰富的史料后，萧华按照长征的历史进程，从极其复杂的斗争生活中，选取了长征中12个"节点"，安排了组诗的整体结构，即：告别、突破封锁线、遵义会议放光辉、四渡赤水出奇兵、飞越大渡河、过雪山草地、到吴起镇、祝捷、报喜、大会师、会师献礼、誓师抗日。

于是，萧华忘记了自己病人的身份，进入忘我的创作境界，屋里的灯光常常亮到午夜。王新兰也无法劝丈夫休息，夜深人静时，她会悄悄地在丈夫身边站一会儿，她看到的是一页页被泪水打湿的稿纸。王新兰说，为了不影响萧华的康复，在创作前，她与萧华曾有许多"约法"和"规定"，但是萧华一进入创作状态，就什么也不顾了，甚至通宵达旦，常常是一边流泪一边写。

长征途中没流过一滴泪的萧华，将感情的闸门向逝去的历史打开了。王新兰说，他写得很辛苦，人瘦了几公斤——那真的是"呕心沥血"。

写就后，萧华用毛泽东的七律诗《长征》中的首句"红军不怕远征难"为题，将组诗呈送给周恩来总理和在京的多位老帅传阅。老帅们都说，用12首诗来概括长征全过程，这在过去是从来没有过的，组诗高度概括了中国工农红军举世无双的二万五千里长征的历程，歌颂了无产阶级革命战士不怕任何艰难困苦和坚韧不拔的革命意志，抒发了无产阶级革命战士的英雄气概和革命乐观主义、革命英雄主义的崇高精神。周恩来非常高兴，也非常喜欢，尤其对"四渡赤水出奇兵""毛主席用兵真如神"特别赞赏，说这是"神来之笔"。当时正在搞音乐舞蹈史诗《东方红》，中间恰巧缺长征的内容，周恩来说，这下好了，先把《飞越大渡河》放进去，于是"组诗"开始变为"组歌"。

曲谱初稿成形后，萧华在杭州的病房里接见了北京军区战友文工团的晨耕、生茂、唐诃、遇秋4位曲作者，让他们一首一首地为他哼唱，并提出修改意见。

其实，当初为组歌谱曲的除北京军区战友文工团的晨耕、生茂、唐诃、遇秋4人外，总政文工团时乐蒙也写了一稿，他这个版本气势宏大，技巧很高。周恩来反复听了两个版本后，觉得各有千秋。考虑到北京军区战友文工团的版本好唱好记，便于传唱，基本倾向于这个版本。王新兰印象深刻的是：一次周总理审查战友文工团的"组歌"时，她和萧华带着5个孩子也去了，周总理问萧家5兄妹："两个《长征组歌》，你们都听过吗？"他们回答说，听过。周总理又问："你们说，两个组歌，哪个好？"4个大一点儿的孩子不好意思说，13岁的萧霞却脱口而出："北京军区的好。"周总理又问："好在什么地方？"萧霞说："好听好唱。"周总理笑着说："看来咱们意见是一致的。"当时，一旁的王新兰笑了。

战友文工团排练期间，周恩来亲自去作动员，要他们去部队参观学习，了解情况，不但要形似——穿上军服，穿上草鞋，打上绑腿——更要神似。

王新兰依稀记得，当年在天津审看排演时，萧华含着眼泪讲了很多，几次都哽咽着讲不下去了。那天，萧华对全体演员说："是30年来一直撞击我心灵的东西让我写出这组诗来。这组诗是有剧情的，必须带着真情实感来唱，才能更好地表现它。"

周恩来总理曾这样评价萧华和他的组诗："只有经过了长征的人才会写出《长征组歌》，只有有激情的人才会写出《长征组歌》。你为党和人民做了件好事，为子孙后代做了件好事，我感谢你。"王新兰也认为，《长征组歌》是一部饱蘸着血泪和激情的经典之作。

"总理在病重期间，我们都很想去看他，但萧华刚从狱中出来，我们无法进去。总理生前，曾先后17次观看组歌演出，他能唱出组歌的全部内容。总理在弥留之际，最后唱的一句是'官兵一致同甘苦，革命理想高于天'……"说到这里，王新兰声泪俱下，哽咽难言。

据悉，"文化大革命"期间，《长征组歌》有8年没有正式演出。1975年，邓小平主持军委工作后，指示复排《长征组歌》。同年10月，复排后的《长征组歌》在北京展览馆剧场连演一个月，场场爆

1965年冬，萧华、王新兰全家在上海

满，反响的热烈程度远远超乎演员们的想象。很多观众看完演出后都不坐车了，而是手挽着手一路哼唱着《长征组歌》回家。

《长征组歌》这部脍炙人口的音乐史诗，用血与火谱写的旋律，穿透20世纪的回音壁，响彻新世纪的天空。而由组歌述说、重现的长征画面，令人们感慨万千，定格为永恒的记忆……

## 小小通信员的红色启蒙教育和红星情结

"哥哥当红军，弟弟要同行。莫说我年纪小，当个通讯兵……"当年红军打下四川宣汉城时，一个小女孩一脸稚气，挤在看热闹的人群里，第一次看见穿着军装、腰上别着盒子枪的女兵，十分羡慕。看到女兵们为群众领唱这些革命歌谣的场面，这个小女孩十分激动：女兵好威武，好漂亮，我要能成为其中的一员该多好。

当年的这个小女孩就是王新兰。王新兰原名王心兰，参加革命后改为"新兰"。1924年6月，她出生在四川省宣汉县王家坝的一个知识分子家里。父亲王天保是前清贡生。王新兰6岁那年，父亲去世。在王新兰的印象中，父亲常年穿件青布长袍，举止儒雅。父亲看重读书，王新兰从记事起就常听父亲说："耕，养命；读，达理。二者废一不可。"

王新兰的叔叔王维舟是个地下党员，在家乡创办了一所新式学校——宏文小学。5岁那年，父亲送王新兰到这里读书。在这里，王新兰不仅读书习字，还接受了最初的革命启蒙。

当时，王维舟秘密发动群众，建立了川东游击军，领导了著名的川东起义。于是，军阀刘存厚把王维舟视为眼中钉，悬赏捉拿他。王维舟和王新兰的两个哥哥经常躲在一个阁楼上。5岁的王新兰已懂些事，慢慢有些觉察，先是发现她的哥哥时不时地往楼上钻，后来又发现只要哥哥上楼，叔叔也准在楼上。王新兰发现他们的行动有些神秘，神情都很庄重，她想他们一定在干什么大事情。

不久，刘存厚派一个连的士兵进驻王家坝，连长就住在王新兰家。国民党连长经常指挥他的手下四处活动，搜山，抓人，给地下党和游击军的联络造成很大困难。地下党看王新兰年纪小，不易被怀疑，就经常派她去送信。有些文章说王新兰9岁参加革命，其实，早在5岁那年王新兰就给共产党送信，已经开始革命活动了。后来谈及此事，王新兰笑了笑，说："能活下来就不错了。9岁参加革命，江青还说是假的，她说什么——长征死了那么多人，一个八九岁的小丫头还能活下来吗？"

送信要穿过村后一片阴森森的密林，王新兰一边摸索前行一边提防蛇虫，常吓出一身冷汗。然而和这比起来，更惊险的是碰到敌人。一次她走到林边，迎头碰上驻在本村的国民党连长。王新兰急中生智先开口说道："长官，摸到这里做啥子？""烦得很，打只野鸭吃吃。""刚才听见说今晚伙上有卤大肠。"她投其所好。果然，连长眼睛一亮："真的？""哪个骗你。"连长一脸高兴，正要走，又回头问："你上哪儿去？"王新兰强作镇定地说："猫儿跑了，我来找找。"等连长走远了，她踩了踩鞋窝里的密信，赶紧撒开小腿跑进了密林……

回想起当时的险境，王新兰显出一丝孩子般的狡黠与得意："那可是我第一次撒谎哟，也不晓得怎么那么像。"就是这封信促成了一次战斗的胜利，缴获了敌人十几支枪。小小王新兰，为游击队立下了汗马功劳。

王维舟离开那个阁楼后，王新兰的两个哥哥也跟着他走了。他们奔波在宣汉、开江、梁山一带的广大农村，发动群众。沉寂了几个月的川东大地又沸腾起来了。他们走过的地方，红红火火地建起了农民协会、妇女会和游击队。这时，王新兰心里明白，这些都和小阁楼上那些秘密活动有关。

1932 年底，为配合从鄂豫皖根据地撤出的红四方面军入川，川东游击军加紧了对敌斗争，努力扩大游击根据地。到 1933 年 10 月，在红四方面军发动的宣（汉）达（县）战役中，王维舟配合红军主力前后夹击军阀刘存厚，使其溃不成军。

11 月 2 日，在宣汉县城西门操场隆重举行了庆祝大会。庆祝大会上，川东游击军正式改编为红四方面军第三十三军，任命王维舟为军长。大会盛况空前，大街小巷被挤得水泄不通。几十年后，王新兰回忆起那天的盛况还十分高兴。她说："那天，姐姐心国带着我，半夜就起了床。我们一人举着一面小旗，跟在队伍里，向会场走去。离宣汉城还有好几公里路，就听到了从那里传来的锣鼓声和鞭炮声。一进城，就被满眼的标语、红旗和此起彼落的口号声包围了。"

此前，王新兰还没有看见过那么多的人聚会，十分兴奋。她远远地看见，站在操场土台子上的叔叔王维舟第一次穿上了正规的军装，刮了脸，显得很精神。

几天后，王新兰的姐姐王心国也参加了红军，被分配到红四方面军宣传委员会。看到姐姐戴上了缀着红五星的八角帽，王新兰又高兴又羡慕，整天蹦蹦跳跳跟在姐姐后面，一会儿跟着学歌谣，一会儿帮着刷标语。

这时，王新兰也找队伍上的人要求当红军，队伍上的人说她太小不行。王新兰又到另一个征兵点去问，还是不行。王新兰为此闷闷不乐。姐姐知道她的心思，答应她到了12岁，一定帮她当上兵，因为红四军有一个12岁的宣传员。这时，王新兰认真地对姐姐说，那我就说是12岁。姐姐说，你长得那么小，说12岁哪个相信？王新兰照了照镜子，一副无可奈何的样子。

此时，西北革命军事委员会决定，宣、达一线的红军和地方机关撤至川陕苏区的中心地域通（江）、南（江）、巴（中）一带。姐姐担心母亲和妹妹，专门从红四军赶回家，将母亲托付给村苏维埃主席，让她随苏维埃一起转移。母亲走后，家里只剩下王新兰孤零零的一个人了。于是，王新兰一头扎进姐姐怀里哭了起来，说一定要跟着她去当红军。姐姐没有办法，只好带着王新兰一起来到了红四军军部。

姐姐把王新兰领到红四军政治部主任徐立清跟前，说她的妹妹要参军。徐立清笑着打量了一下这个眼巴巴看着自己的小女孩：剪裁合身的小旗袍，透着生气的短头发，白里透红的圆脸蛋，可爱极了。不过，他还是叹了口气："孩子，你太小了——个头还没有步枪高，还是找个亲戚家避一段时间吧。"一听这话,王新兰的眼泪扑簌簌地掉下来。

忽然,王新兰停下哭泣,大着嗓门说:"你别把我看小了,我什么都能干!"徐立清见她率真的样子,哈哈大笑道:"哦?什么都能干?那就说说你能干些什么。"

"好!"听首长话有松口,王新兰的劲头更足了,"我会写字,会跳舞,会吹奏,还会唱歌!"说着她还用手在地下写了几个字让徐立清看。这时,姐姐王心国也在旁边帮腔:"首长,你就收下我妹妹吧!你别看她年龄小,可她已经为党工作好几年了。"她如数家珍地把王新兰几年来为党传递情报的事讲给徐立清听。

徐立清一边听,一边连连点头:"嗯,不错,不错。"仔细听王心国说完,徐立清转而对王新兰说:"小妹妹,不是红军不要你,只是你的年龄太小了……"一听又没希望了,王新兰发起了小孩脾气:"小?小怎么了?哪个天生会打仗,还不是一点点学起来的。我虽然年龄小,可学东西还快呢!"

一旁的王心国又替妹妹求情说:"白匪(国民党军队)来了,和红军沾边的都得杀,留下来不是等着让白匪杀吗?就让她跟着红军走吧,我晓得她太小,没办法,能活下来就活,活不下来就……"王心国说着,眼泪流了出来,"她小是小,却懂事,不会给队伍添麻烦的。"

徐立清想了一阵子,击一下掌,说:"你,红军收下了!"王新兰破涕为笑,兴奋得跳了起来。这一年,王新兰9岁。直到晚年,王新兰还庆幸当年红军接收了她。

很快，王新兰被分到红四军宣传委员会，和姐姐住在一起。王新兰回忆说："穿上专门为我做的一套小军装，戴上红五星八角帽，别提心里多高兴了。"

后来，红四军成立宣传队，王新兰就成了一名小宣传员，"天天跟着老同志学识简谱、吹笛子、吹箫、打洋鼓"，成了宣传队里的多面手，经常参加演出自编的戏剧或舞蹈，给部队鼓劲。

一天，王新兰返回宿舍没有看见姐姐，就四处找，却在床板上发现了一个字迹清秀的纸条："小妹，组织调我到省委工作，来不及和你告别，以后就靠你自己管理自己了。"拿着小纸条，王新兰哭了起来。

原来，中共川陕省委要在红四军里找一个文化程度高的人，去给省委书记周纯全当秘书，选来选去，最后选中了王新兰的姐姐王心国。王新兰没有想到，从此以后她再也没有见到自己的这个姐姐，也再也没有见到自己两个同样在红军队伍里的哥哥及姐夫。

1934年秋，红四军开到了四川北部的旺苍坝。一天，有人捎信给王新兰说，你的母亲就在附近，病得很厉害。王新兰心急火燎地赶了10多公里路，在一间四面透风的破房子里见到了病危的母亲。一见面，母女俩哭成一团。母亲抚摸着女儿说："心兰，陪妈几天吧。"王新兰只是哭，不说话——部队行踪不定，她来时领导交代过必须当天返回。王新兰无法开口把这话告诉已经垂危的母亲。

晚年，王新兰对子女回忆说："离开妈妈、走出那间破房子的时候，我没有回头，也不敢回头，怕在妈妈绝望的目光中再也迈不动脚步。"那时，王新兰心里清楚，这次相见，是她们母女的永诀……

## 红军娃"跑"在长征路上挑战生存极限

"同志们，加劲走，赶快穿过大风口。莫歇劲，莫逗留，'三不准'要求记心头。……"当年在寒冷的风口上，王新兰打着小竹板，向路过的部队一遍又一遍地说着烂熟的顺口溜。那段历史越来越远，亲历者越来越少，笔者有幸采访到王新兰。她作为一名参与者，以女性特有的细腻，对长征这一深刻影响中国革命的行动有自己客观且翔实的描述。

1935年春，红四方面军西渡嘉陵江，开始长征。这年3月30日晚，在这望不到头的队伍里，不到11岁的"红军娃"王新兰迈着稚嫩的小腿，被宣传队的大姐姐们搀扶着，登上了渡江的木船。

王新兰不知道这条船会把自己带到哪里去，她只知道自己必须跟着这支队伍走，因为除了这支队伍，她什么也没有了。说到对长征的感觉，王新兰说："最深的感觉就是走路，没完没了地走路，整天整天地走，整夜整夜地走。"

部队打仗时，王新兰她们就和群众一起抢救伤员，有时一天要抬几百个伤员。王新兰年纪小，抬不动重伤员，就扶着轻伤员走。长征路上，爱讲笑话的王新兰出现在哪里，哪里就有许多笑声。可是过江半个多月，有人发现听不到她的笑声了。原来，王新兰染上了重伤寒，吃不下饭，身体一天比一天虚弱。这时，还清醒的王新兰不断地提醒自己，无论如何，千万不能掉队——在这种时候掉队，等着自己的只有死亡。

一天早晨，王新兰挣扎着刚走几公里路，眼前一黑，就一头栽倒在地。战友们用树枝扎了担架抬着她继续往前走。部队走到川西时，她已牙关紧闭，不省人事了，没过多久，头发眉毛全都脱落了。宣传队的一位大姐抱着一线希望，天天把饭嚼烂，掰开她的嘴，一点点喂她。终于，王新兰奇迹般地睁开了眼睛。

宣传队抬着重病的王新兰行军，行动十分艰难，特别是有敌人尾追的时候。一天，在一个村子宿营，有人建议给房东一些大洋，把王新兰留下来。红四军政治部主任洪学智得知后，赶忙来到宣传队，说："这孩子表演技术不错，一台好的演出，对部队是一股巨大的精神力量。"他给宣传队下了一道命令："再难也要把她带上，谁把她丢了，我找谁算账！"

王新兰躺在担架上，被战友们抬着走了个把月。渐渐地，王新兰开始进食了，脸色也好了起来，部队到达理番时，她已能勉强坐起来了。死神最终与王新兰擦身而过。

王新兰能下地以后，就拄根棍子，拖着红肿的双腿，紧紧地跟着队伍，走那永远也走不到头的路。王新兰人小腿短，别人走一步，她得走两步，她一边走一边在心里告诫自己："千万不能掉队，千万不能掉队！"就这样，王新兰跟着队伍跋涉着。

病终于好了，王新兰又开始参加宣传队的工作，每天跑前跑后地从事宣传鼓动。

在翻越夹金山时，宣传队的女战士衣衫单薄，身上冷得像刀割一般。当时大部队定在凌晨5点动身上山，宣传队必须提前到险要处搭宣传棚。王新兰她们刚走到山脚，就感觉到雪山的厉害——地下的雪冻得硬邦邦的，木棍着地，发出"咯咯"的响声。越往上爬，空气越稀薄，呼吸十分困难。看到王新兰这么小的孩子站在风口上宣传鼓动，红军战士都很感动，用力向上爬。十一师过去了，十二师过去了……宣传队员们都快冻僵了，十一师政委陈锡联经过时，爱怜地摸着王新兰的头说："部队快过完了，你们宣传队快些走，这里不能待得过久。"

1935年6月，部队到达懋功，红一、红四两个方面军胜利会师。十万大军聚集在一起，两个方面军的同志相互倾诉，相互慰问，互赠草鞋、羊毛什么的。王新兰回忆说，当时到处热气腾腾，空气中充满了歌声和笑声。那些日子，王新兰每天都有演出：唱歌、跳舞、吹口琴。

部队在懋功停留了一段时间，但没有筹到多少粮食。8月上旬，部队在毛泽东的直接率领下，从毛儿盖出发进入草地。

茫茫草地，已经多少个世纪没有出现人的足迹。一群红军战士走进来，一曲人类求生存的壮歌在无垠的草地上奏响了。王新兰背着一条线毯、一双草鞋、一根横笛，拄着根小棍紧跟着前边的同志，走进了草地。

进入草地，王新兰和其他红军战士一样，白天吃野草，晚上没觉睡。"因为都是水,一块干地也没有,不是每个人都有一个小背包嘛,里头有双草鞋,或者还有一个床单什么的,就把它垫在屁股下面坐着,大家背靠背坐着,背靠背坐着,晚上冷啊,冷得要命。"

草地的夜似乎很长,王新兰她们又冷又饿。指导员到附近找来些枯草,生起一把火,领着她们搓手、跺脚、唱歌。歌声驱散了寒夜,迎来了黎明。王新兰回忆说:"当时,整天饿得发慌,有时挪动一步,就浑身摇晃,眼前直冒金花。"

一天、两天、三天……她们在草地上走啊走啊,前方终于出现了树木,草地走到了尽头。王新兰抑制不住泪水,与同伴们紧紧地拥抱在一起。回望草地,已经有无数战友倒下了,留在了草地上。后来,王新兰说:"过雪山草地,印象最深,永远也忘不了,因为那是在整个长征的两年历程当中,最艰难最苦的,而且可以说是挑战极限——那真是,每一个战士都在向极限挑战。什么极限?死亡极限,生存极限。"

刚走出草地,张国焘公开和党中央搞分裂,下令红四方面军重过草地南下。9月中旬,王新兰跟着部队二过草地。时值秋天,缺衣少食,加上部队刚过一次草地,战士们已经疲惫不堪了。茫茫草地,似乎没有尽头,路旁不断增添新隆起的坟头。王新兰和几个小队员谁也不说话,她们闷闷不乐地跟着部队走,心里的疑问越来越大:"为什么不跟中央北上,为什么要过草地南下?"

倒下的人越来越多,战士们凭着顽强的毅力,终于又走出了草地……

11月中旬，红四方面军在百丈地区与国民党军十几个旅激战，毙伤其1.5万余人，但因自身伤亡过重、敌众我寡，被迫撤出百丈，转入守势。后来，王新兰说，上边叫怎么走就怎么走，直到南下碰壁，清算张国焘的分裂主义时，她才真正知道是路线上出了问题。参加了百丈之役战场救护的王新兰说，此前，她还没有见过那么惨烈的战斗：红军和国民党川军相互扭结在一起，用手撕，用嘴咬，尸体摞在一起，纵横错列，触目惊心。王新兰和宣传队的队员一次次冲进硝烟里，把一批又一批伤员抬下。回忆起那段往事，她说："在百丈激战的7天7夜里，宣传队的工作特别艰难。经过百丈这一战，我觉得自己一下子长大了。"

百丈一役是张国焘南下碰壁的开始。当时，红四方面军大部集中在夹金山以南的天全、宝兴、芦山一带休整、集训。由于王新兰在火线救护和宣传中的突出表现，这年11月，她光荣地加入了共青团，成为宣传队中年龄最小的团员。

王新兰参加的集训还没有结束，国民党薛岳部纠集10个团配合国民党川军向天全压来，王新兰她们奉命连夜赶回部队。敌人进攻暂时被击退后，红军被迫西撤，由丹巴西进。

1936年2月下旬，红四方面军再次翻越夹金山、折多山等大雪山，于3月中旬到达道孚、炉霍、瞻化、甘孜一带。此时，全军已从南下时的8万人锐减到4万人。对张国焘的不满情绪在官兵中蔓延……

7月2日，红四方面军主力与红二、红六军团齐集甘孜。会师那

1937年，王新兰（中）与战友在陕西三原镇

天，洪学智组织宣传队敲锣打鼓列队欢迎，王新兰第一次看到了闻名已久的贺龙、任弼时、关向应等。由于朱德、任弼时、贺龙、关向应等人的努力，南下走到绝路的张国焘不得不同意北上与中央会合。

就这样，王新兰随红四方面军第三次走了草地。王新兰说："第三次过草地是最艰苦的一次，走到草地时，部队带的粮食都快吃光了。经过前两次草地行军，草地上能吃的野菜、草根也都挖光了。进入草地不久，不少人已饿得上气不接下气，有时走着走着就看到前边一个同志倒下了……"

1936年10月，红一方面军和红四、红二方面军先后分别在甘肃会宁和静宁胜利会师。至此，震惊中外的长征宣告结束。

采访时，当笔者说"您是徒步走完长征全程的年龄最小的红军"时，王新兰笑了笑说："当时我的年龄小，步子小，别人走一步，我得跑两三步，一天到晚总在不停地跑。别人走完了长征，我是跑完了长征。"

# 焦润坤

戎马征战只为不再是孤儿

BU FU SHAOHUA

JIAO RUNKUN

焦润坤，新四军老战士。1924年10月出生于江苏省常州市。1943年春参加新四军淞沪四支队，同年12月编入新四军浙东纵队五支队。参加过解放战争、抗美援朝战争等，历任文化教员、排长、政治指导员、营教导员等职。立三等功两次，授三级解放勋章。1955年授大尉军衔，1961年授少校军衔。晚年，参加过北京新四军研究会、华中抗日根据地研究会。

焦润坤 | 戎马征战只为不再是孤儿

———

2014年7月7日，卢沟桥畔，坐落在这里的中国人民抗日战争纪念馆雄伟庄严。首都各界在此隆重纪念全民族抗战爆发77周年，中共中央总书记、国家主席、中央军委主席习近平等党和国家领导人同现场1000多名各界代表齐声高唱中华人民共和国国歌。"……冒着敌人的炮火，前进，前进，前进进！"雄壮的歌声在纪念馆前广场上空回响。

国歌唱毕，现场响起深沉悠长的礼号声，全场肃立，中国人民解放军三军仪仗队行持枪礼。习近平神情庄重，迈步走上台阶，来到"独立自由勋章"雕塑前。一名中国共产党抗战老战士和一名中国国民党抗战老战士，在两名少年儿童陪伴下也走到雕塑前。习近平和抗战老战士以及少年儿童一起按下启动按钮，为"独立自由勋章"雕塑揭幕。

伴随着庄严肃穆的乐曲，红色幕布徐徐开启，一个巨大的八角星形的独立自由勋章浮雕呈现在眼前，基座下方用中文和英文镌刻着"中国人民抗日战争全面爆发纪念地"铭文，基座侧面的云纹及和平鸽纹饰栩栩如生，整座雕塑寓意中国人民为追求和平正义、捍卫民族独立自由而不畏强暴、不怕牺牲的斗争精神。

一位老兵就是一部"活的抗战史"。站在习近平总书记左侧、胸前挂满奖章与纪念章的，一起为"独立自由勋章"雕塑揭幕的中国共

2014 年 7 月，焦润坤在卢沟桥抗日战争纪念馆出席有关活动

产党抗战老战士就是新四军老兵焦润坤。怀着敬意，笔者于 2015 年采访了这位年过九旬的老人。尽管华发苍颜，但老人身板硬朗，步伐矫健，耳聪目明，讲话干脆利落，英姿飒爽，风采依旧，显得比真实年龄年轻很多。但一提及抗战的往事，老人的声音就低沉了下去，微蹙的眉头好像堆积着厚重的回忆。

在老人家中的墙上，除了那幅他和妻子的金婚纪念照，最醒目的就是那张他与国家领导人的合照。"我是日本侵略者的罪行的见证者，从小就目睹了侵略者惨无人道的罪行；同时我也是个受害者，日本侵略者害得我家破人亡，我成了孤儿，即使到了教养院，我还是成了细菌战的受害者；最终我参军抗战，成为抗日战争的亲历者。当下，在享受幸福生活的同时，不要忘记过去的苦难，要奋发图强！"随着老人话匣子的打开，我们仿佛回到了那个战火纷飞、国土沦陷的岁月，一同见证他的传奇经历。

### 抹不去的国仇家恨

"少小离家老大回，乡音无改鬓毛衰。儿童相见不相识，笑问客从何处来。"这首《回乡偶书》，90 岁的常州籍新四军抗战老战士焦润坤老人在 2014 年秋省亲时深切体会到了诗中之意。几天里，他在儿子的陪同下，专程前往溧阳水西村新四军江南指挥部纪念馆，参加在常州大剧院举行的"抗战精神颂"主题演唱会，到天府陵园瞻仰常州抗日英雄纪念碑，还抽空回到儿时居住过的青果巷，找寻年少时的记忆。

焦润坤在老乡的陪伴下，回到儿时居住的青果巷。走在小桥流水依旧的青果巷里，正素巷、石灰弄、蛤蜊河……这一个个地名，从焦润坤的记忆中冒出来。"小时候最喜欢在河里游泳，我的母亲在这边岸上一喊，我就'扑通'一声扎进水里，游到了河对岸。"走进青果巷82号的院子时，老人感叹，"那时候走不进这种大户人家，这是我第一次走进青果巷的大院。"

老人很有礼貌，每到居民家中都要打招呼，确定不打扰他人正常生活才会进去。走访的时候，胜利巷16号的居民姚先生刚好打开大门，与老人热情地拉起了家常。姚先生祖上是做纺织印染生意的，从他家前门穿过的，就是焦润坤儿时戏耍的蛤蜊河。

"家乡的那些地名，是这辈子都抹不去的记忆。"焦润坤忠告年轻人今天依然要牢记历史，"虽然你们没有亲历战争，但当下的幸福是每个人都经历着的。在享受幸福生活的同时，不要忘记它的来之不易；要献出自己的力量，为更好的生活尽力。"

1924年10月24日，焦润坤出生在江苏常州的一个城市贫民家庭。"小时候家里很穷，兄妹三个，我是老大，下有一个弟弟、一个妹妹，听说还有两个姐姐，我没有见过。父亲身体又不好，我没读几年书就跟着父亲一起卖豆腐。打铁、撑船、磨豆腐，这是旧社会的三个苦行当，卖苦力的活儿，当年我家就是以卖豆腐为生。尽管日子有些苦，但是还算过得去。"

1937年7月，日本侵华战争全面爆发。"八一三"淞沪会战后，上海沦陷。紧接着，日本大肆进攻南京，并对沪宁沿线多个城市狂轰滥炸，常州也未能幸免。这时，焦润坤不满13岁。母亲磨的江南豆腐嫩滑清香，焦润坤白天随家人在火车站等处提篮叫卖，维持一家人的生计，然而这一切被日军疯狂的轰炸终结了。

焦润坤是那场灾难的亲历者。"有一天，我正提着篮子从茭蒲巷出来，沿街卖豆制品，空袭警报突然响了。"焦润坤回忆说，警报刚刚拉响时，老百姓并不在意，但一会儿敌机就出现在城市上空，扔下炸弹。"日寇的炸弹如雨点般落下，街上顿时血肉横飞。"这一天，焦润坤切身体会了什么叫"尸横遍野，惨叫连天"。

整场轰炸持续了约半个小时，焦润坤躲在双桂坊和西庙沟的十字路口的街边，逃过一劫。"等敌机离去，我看见满街都是死伤的平民百姓，惨不忍睹，到处是'救救我啊，救救我啊'的哀号，真是造孽呀！"讲到这里，老人闭上了眼睛。回想当时的惨景，老人激动地挥着双手："我是个受害者，同时也是日寇暴行的见证者。日军侵略的暴行抹不掉，我就是活的见证！"

2014年返乡时，焦润坤坚持去看看双桂坊和西庙沟的十字路口。他说，那里是自己死里逃生的地方。现在的十字路口，矗立着"福记大饭店"，老人沉思了好一会儿才说："祝福自己的故乡天天有福。"

焦润坤说，日本人空袭常州城一个多月后，常州沦陷。幸免于难的常州老百姓，纷纷逃离家乡，躲避战乱。焦润坤也举家外逃，投亲靠友。"一家五口逃难，辗转奔波，逃到江北。到了那里，生活也没有着落，亲戚无力收留我们。无奈之下，母亲带着弟弟妹妹回到常州,父亲则带着我到上海找活路。我父亲有痨病,干不了活,我和他在上海走散了。"其后,焦润坤几经波折,被上海工华难童收容所暂时收养。"收容所条件艰苦。记得一次打扫卫生,地板上的铁皮补丁松了,揭开一看,里面全是臭虫,摁下去,满手都是血……不过,好歹有吃、有住了,也有人管我了。"从小过惯苦日子的焦润坤,倒也能随遇而安。

上海沦陷后,原本由上海各界人士在战争之初成立的难民收容所和慈幼院等相继关闭,大批孤儿又重回街头流浪。著名的奉化籍爱国实业家竺梅先、徐锦华夫妇目睹此情此景焦急不安,挺身而出。为了收容和养育这些难童,在宁波旅沪同乡会的支持下,竺梅先夫妇募集了5万元资金,于1938年在今宁波市奉化区莼湖镇后琅泰清寺创办了一所灾童学校——国际灾童教养院。

1938年夏秋之交的一个傍晚,为了不让那些孩子落入日寇手中,一艘满载着500多个灾童和部分教职员工的"谋福"轮,从上海十六铺码头出发驶向宁波。船上的500多个孩子,最小的4岁,最大的15岁。对于即将去往的那个教养院,会是个什么样的地方,会有什么人,他们一无所知。焦润坤就是这艘船上的灾童之一。

"为了顺利将我们送出日占区,竺先生还专门找了几个欧美人士,假装合作伙伴作为掩护。"焦润坤说。直到站在国际灾童教养院的大门口,孩子们还不敢相信自己将生活在如此温暖的地方。

当时的教养院里,有4排教室、7个大寝室、1个大礼堂,还有图书室、厨房、食堂、医疗室、理发室、操场等教学、生活设施。

"初到教养院，我感觉比家还要好！"说起待了4年的教养院，焦润坤还很激动。

一个月后，教养院又接收了从上海过来的100多名儿童。算起来，当时院里一共有600多个孩子，光吃饭的场面就壮观得很——一吹哨子，600多双筷子一起举起，"哗"一声，像下起雷阵雨。

教养院提供一日三餐，四菜一汤，每月吃两次肉。夏天，孩子们统一穿白衬衫、蓝工装裤，春秋季换发夹袄，冬季换发棉袄棉裤，全年穿布筋草鞋或蒲鞋，冬季加发一双布袜。教养院不但包吃住，还请来70多位教师。根据年龄与识字程度，孩子们被分为幼稚班、小学部和初中部，四个月一学期，一年三学期，每周休息一天，为的是多学知识，快些成材。由于没有正规的课本，教养院的课都是教师们自编的，语文课全是古文，数学三角、几何课本都是英文原版。"为了麻痹日伪军，竺梅先夫妇还专门请了几名外教。"

有饭吃、有衣穿、有书读，在那个特殊年代，这些简单的需求变成一种奢望，可创办国际灾童教养院的竺梅先夫妇，想尽办法为这些孩子创造了条件，要说呕心沥血也不为过。如果说吃穿用给了这些孩子基本的生活保障，那么竺梅先夫妇的全身心付出，还给了他们父母般的爱。竺梅先主外赚钱，为600多名孩子的衣食而奔波，而徐锦华主内，关心孩子的生活和教育。徐锦华把这些孩子当作自己的亲生子女，亲切地叫他们"小囡"。焦润坤回忆，一到晚上，皓月当空，山野寂静，教养院的通铺通常热闹得像在看大戏，孩子们打打闹闹，不肯睡觉。每到这时候，穿着旗袍的徐锦华都会拎着马灯过来巡查。

"哪个小囡还没睡啊?"远远地听到徐锦华的声音,孩子们就会钻进被窝,装出已经熟睡的样子。再晚一些,徐锦华还会再巡查一次。这时候孩子们大多闹够了也累了,都在酣睡了。有些孩子睡相差,脚和胳膊露在外面,她就轻轻地把被子掖好;容易尿床的,她也会扶起来把尿。

焦润坤在国际灾童教养院生活学习了4年多,教养院之于他是个人生启蒙的基地——"教养院是我爱国教育的启蒙基地、抗日教育的启蒙基地"。在这里,孩子们边学习边劳动,并接受体育锻炼。教养院还经常请一些著名人士来院宣传抗日。当年,孩子们还经常学唱《五月的鲜花》《大刀进行曲》等抗日歌曲。

"可恨的是,日寇连孩子也不放过。"

1940年10月,日军的一场细菌战,再次把他们推向了生死边缘。当时,日军对宁波发动细菌袭击,慈溪、奉化等地瘟疫横行。国际灾童教养院驻地也遭到日寇细菌弹袭击,大面积爆发瘟疫,近百名孩子受到感染,焦润坤也是其中之一。"当时我发高烧,打摆子,浑身脓包。那个痛苦真是要命,脓包要用剪刀剪破,用盐水洗。每天早上起床,宿舍里都是哭声一片,因为脓包破裂,和被子黏在一起,撕心裂肺地疼,床单成了花床单,痛得比上刑还难受。"焦润坤回忆说,"我们90多个人被集中隔离,由于日寇封锁,缺医少药,只能自生自灭。三个月后,走出隔离区,曾经挤得满满当当的床铺空出了一大片,不少原来的小伙伴都已经死去。我侥幸活下来,几乎瘦成了皮包骨头,像具'活骷髅'。"

"细菌弹投放多年后，我随部队路过慈溪，疫情仍未消除，水不能喝，地皮也不能碰，抬死人的活人都很难找。"焦润坤激动地说，"当年，日寇犯下了滔天罪行，造成了多少妻离子散的人间悲剧！但直至今天，日本还有一些人无视铁的历史事实，无视在战争中死去的数以千万计的无辜生命，逆历史潮流而动，一再否认甚至美化侵略历史，真是丧心病狂，恬不知耻！对此，我们绝不答应，要坚决回击！"

宁波市区、奉化相继沦陷，教养院经费来源困难，竺梅先在夫人徐锦华的全力支持下，承担起教养院的全部费用，由上海大来银行竺氏私人名下的资金陆续支付。粮食供应紧缺，竺梅先不顾严寒酷暑，到处奔走，冒着伪军搜查和土匪抢劫的危险，把粮食运到奉化。

1942年5月，竺梅先由于长期辛劳，积劳成疾，与世长辞，享年53岁。焦润坤记得，当竺梅先的灵柩到达泰清寺时，沿途百姓和教养院师生列队迎候，无不痛哭流涕。竺梅先在弥留之际，仍念念不忘教养院全体灾童，一再叮嘱夫人："一定要把孩子们好好抚养下去，直到他们能自立为止。"

竺梅先去世后，所有的担子落到了徐锦华身上。形势越来越困难，经费、粮食无继，教养院陷入重重困境，教职工的工资也发不出了，但没有人离开。渐渐地，一日三顿减为两顿，以前每天供应的米饭也改成了玉米马铃薯蘸着盐巴吃。焦润坤回忆说："竺先生去世后，我们的生活就变得差了，各人下学后就到山上挖野菜。"

教养院艰难维持着，后来汪精卫夫人陈璧君派人威胁利诱，企图接管教养院，但徐锦华大义凛然，严词拒绝："宁可解散，也决不让小囡去当汉奸的工具,绝不会把小囡送到日寇和卖国贼的手中!"徐锦华秉承竺梅先的遗志,维持教养院近一年,直到最后一批灾童毕业,安置好他们的工作,教养院才宣告结束。

"从教养院里出来的孩子,如今有在大陆的,也有在台湾的,还有在美国的。我们在后来的聚会中常常聊及往昔岁月。"晚年的焦润坤动情地说,"虽然彼此际遇不同,但是有一点,600多人里没出一个汉奸!"

## 否认历史是一种无耻

教养院解散时,焦润坤决定跟命运抗争。"走,打游击去!"焦润坤与32名同学一起,经慈溪到达上林湖集结,参加了新四军淞沪一支队。后来,焦润坤在一次养病期间与部队失散,又于1943年4月正式加入新四军淞沪四支队,该支队同年12月编为新四军浙东纵队五支队。

"那个时候,我们遇到很多困难,生活条件差,武器也远远落后于日本人,打仗就靠着勇敢和精神支持。"焦润坤回忆道,"但是因为团结,所以大家凝聚在一起,有着强大的战斗力,无论环境多么艰苦,也不管敌人多么疯狂残忍,都毫不畏惧。抗日战争期间,我脑子里只想着把日寇赶走。"焦润坤坚信,"正义的一方一定能打败非正义的一方"。

1945年春,中国人民的抗日战争进入了反攻的决战阶段,胜利在望。但是，盘踞在慈溪三七市（现属余姚市）一带的伪军宋庆云部所属的方惠部队却仰仗日寇鼻息，进行垂死挣扎，活动更为猖獗，他们在下湖头庙构筑工事，设立关卡，奸淫掳掠，无恶不作。当地群众对他们切齿痛恨，迫切要求新四军拔除这个据点。

4月15日，新四军浙东纵队三北自卫总队三中队奉命去消灭这股顽敌，中队长卓新民率领100多人开到三七市附近的稻香庵沿山一带村庄宿营。焦润坤说："当时我21岁，是个毛头小伙，中队长比我大几岁，将近30岁的样子。他得知我来自国际灾童教养院，平日里对我很照顾，我也一直把他当大哥一样。"

白天敌人没有发现新四军的行动，照样出来抢粮，当即遭到迎头痛击。敌人狼狈逃窜，一头缩进下湖头庙"乌龟壳"里。到了第4天（18日）下午，卓新民召集班以上干部会议，传达上级指示，要求部队直捣伪军老巢，彻底歼灭敌人，并作了战斗动员。焦润坤等战士请战情绪十分高涨，个个摩拳擦掌，立即做好了战前的一切准备。吃过夜饭，一声令下，部队向三七市下湖头庙挺进。

这天夜里，天下着蒙蒙细雨，道路泥泞，难以行走，黑暗重重，伸手不见五指，给行军带来极大困难，但部队士气旺盛，动作敏捷，没用多长时间，前哨部队一个排已摸到敌人的竹篱笆，但多数战士被敌人的火力压制在竹篱笆外的开阔地上，只能匍匐前进。为了夺取胜利，焦润坤和战友们冒着敌人密集的弹雨，用斧头、钳子拆掉竹篱笆，扫除了敌人的外围障碍，并一鼓作气冲到庙门前，向庙里投掷手榴弹，有的战士还把手榴弹塞进敌人堡垒的枪眼洞里。但是，由于缺少打攻坚战的经验和条件，既无炮，又无爆破工具，这时敌人集中火力封锁，战士们无法冲进庙里。

焦润坤清晰地记得，部队进攻到庙门时，敌人火力凶猛，卓新民带头进攻，不幸腹部中弹，血流不止，但是他并没撤退。"我发现中队长不时按着腹部，我估摸他是受伤了，便拉着他，让他撤下。"焦润坤说，"但是卓新民坚持说'别管我，拿下据点是关键'。这句话一直念叨到他牺牲。"

为了突破敌人的机枪封锁，让中队长撤下阵地，排长杨光明把剩下的手榴弹全部扔进庙里，大家齐声呐喊助威，干扰敌人的注意力。随后，焦润坤和另一名战士赶紧搀着卓新民撒下去。半个多小时后，他们才找到一家民办诊所，昏迷中卓新民还在念叨："杨排长打下来没有，攻进去了没有？"卓新民终因失血过多而不幸牺牲。焦润坤遗憾地说："平时跟他聊天的时候，得知他已经有个对象在处着了。他的伤不是致命的，以现在的医疗条件，中队长牺牲不了。"讲到这里，焦润坤长叹一口气，好久没有说话。这场战斗，共击伤、击毙伪军22人，焦润坤的战友共伤亡12人。

新四军浙东纵队英勇顽强的战斗精神使敌人胆战心惊，敌人连夜逃窜到叶家车站。次日黎明，附近群众给新四军送来猪、鹅、酒及慰劳资金等，庆贺胜利。下湖头庙一仗，狠狠打击了日伪的嚣张气焰。从此，伪军再也不敢出来骚扰，日寇也不敢轻举妄动了。这次战斗以后，群众成群结队，大白天挑着粮食，送到四明山区。

卓新民牺牲后，当地群众十分悲痛。第二天，在稻香庵召开了追悼会，周围许多群众闻讯赶来参加，还为卓新民做了一具很好的棺材，安葬烈士遗体。新中国成立后，有关部门修建了卓新民烈士墓，以缅怀烈士。焦润坤说："我一生都忘不了中队长，每年清明节，我都要唱一首《五月的鲜花》来怀念他。"

1945年8月15日，日军宣布无条件投降。这一年，焦润坤光荣地加入中国共产党。对他来说，"这是双喜临门"！

焦润坤参加过抗日战争期间浙东纵队北撤时的澉浦突围战，也参加过解放战争中的宿北、鲁南、莱芜、孟良崮、豫东、淮海、渡江等战役，足迹踏遍祖国的大江南北，后又参加了抗美援朝战争，当上了空军飞行大队二大队政委。他参加过大小战役60次，扛过步枪，开过战斗机，身上负过大大小小的伤，历任文化教员、排长、政治指导员、营教导员等职，立三等功两次，被授予三级解放勋章。

1949年的一天，焦润坤从上海出发，到解放军第三野战军的南京军区报到。从上海到南京，途经家乡常州，他不由得停下脚步，寻找失散多年的父母。

接受采访时，焦润坤谈及当年找到母亲的经过："我13岁离开常州的，到2014年离开故土就是77年，中间只是刚解放时回去寻找过母亲，当时只听人说母亲好像在迎春桥头的县学街口摆个豆腐摊，可是凭着记忆找了好几个来回，还是没找到。当时军管会的同志看到我身穿军装，又佩戴手枪，帮我寻找到了母亲。"

堂屋里，焦润坤的母亲佝偻着，借着光仔细打量来人后，老人激动地叫出了焦润坤的乳名。母子阔别12载，一朝相见，焦润坤激

1949年渡江战役后，焦润坤在上海空军航空处留影

动不已。"母亲老了，可还是一眼就认出了我。妹妹长大了，哽咽着叫我'哥哥'。"焦润坤说着，眼眶泛泪，"当时母亲以为我在逃难时已不在世了，还在清明、中元节为失去我烧过许多次纸钱，以寄托哀思。当看到我已是一名解放军军官后，兴奋不已。那个时候，母亲还是每天辛勤劳作做豆腐卖，维持生计。自母亲那里还得知，在我离开常州的第二年，已回老家的父亲去世了。母亲也是后来才知道我弟弟是1948年在一艘被国民党的军舰撞沉的小货轮上，被淹死了。妹妹告诉我，母亲早认为我死了，一直把我供在牌位上，烧钱纸的时候口里还念叨着——你们兄弟俩分着用，不要抢……"

"国家解放了，我不再是个孤儿了，终于一家团圆，不用再漂泊离散。"随后，焦润坤将家人接去了上海，母亲发挥余热在上海做起了沟通说服工作，每次跟军人家属沟通，总爱讲讲儿子的故事、党的故事。因为母亲的人缘极好，大伙不再叫她"焦妈妈"，都改叫她"光荣妈妈"。1955年，焦润坤被授大尉军衔，1961年授少校军衔。

焦润坤的夫人黄强，原名黄琳，小他6岁，出生在辽宁营口，与丈夫有相似的童年经历，也是日军侵华的灾童。1931年九一八事变后，年仅一岁的黄琳跟随任海关科员的父亲撤退到重庆，在那里长大。儿时的黄琳常拿着小马扎躲在防空洞内躲避日军轰炸，也常常目睹"人被炸得挂在树上""树上挂着断手断脚"等惨不忍睹的场面，她母亲在逃难中病逝。1949年，黄琳忍受不了后妈的虐待，从家里逃出来，到上海参军，遇到担任指导员的焦润坤。

当年，黄琳说自己的名字显得太弱，焦润坤说，那你就叫黄强吧。两人从此结下良缘，相伴至今，3个孩子的名字"云鹏""旭平""海鹰"，以"空""陆""海"的含义，寄托着两人的军旅情结。

## 幸福开启耄耋新生活

1964年8月，焦润坤从空军某部队转业到第一机械工业部调度局援外处任科长。1969年10月，一机部选调100多人到湖北十堰支援第二汽车制造厂（简称二汽，东风汽车前身）建设，焦润坤也在其中。他响应祖国号召，告别优越的大城市生活，从北京来到山城十堰。

"从北京坐火车到汉口，从汉口转车到光化，到了光化再转汽车到丹江，再坐船到邓湾，上岸以后，再坐一个多小时的汽车才能到十堰。"就这样，第一代东风人从北京一下落到了山沟沟里。点着油灯、在老乡家里打地铺的焦润坤，觉得自己又回到了打游击的年代。

虽然都是北京机关干部，但是大家没有长时间住在老乡家里，没过几天就自力更生搭起了芦席棚。"好多干部文职出身，以前从未干过挖土、踩泥、搭土坯、砍木头这些活儿。"就是在这些芦席棚里，第一代东风人"开水泡饭加咸菜萝卜干"，开始了独立自主建设汽车工业的道路。

人可以吃苦，但是设备却很金贵。常年不走人的山路坑坑洼洼，穿插诸多水路，设备运输相当艰难。"我们要从光化运一台机床，要经过丹江，没有桥，渡船只有一艘，载重就是40吨，机床本身将近

40吨，还要跟底座和拖车一起运。当时拖车一上跳板，船这侧就开始下沉，眼看要进水，我们的一位经验丰富的劳模朝司机大喊，让他加大油门，司机把油门一脚踩到底，拖车冲上船中心，才把船正过来。岸上的人们都惊了一身冷汗，要是船翻了就是大事故。"

焦润坤回忆，有次大年三十深夜，车辆走到六里坪，众人准备夜晚回到厂内再吃团年饭，然而因路况太差，等把机器运到厂内，已是大年初一中午。

在没有等级公路的情况下，成千上万的设备运往山里，没有出现过大事故。"我们制造了运输战线上的奇迹。"作为基建运输的一分子，焦润坤自豪地说。当年选址十堰是为了国家的军工安全，但是安全也意味着条件艰苦。东风汽车建设初期，基建战线上有数不清的挑战和奇迹。

工厂要投入生产，先得通水，然而离出产日期越来越近，打算从黄龙引水的工程两年才完成十分之一。焦润坤和时任二汽厂长饶斌商量后决定，发动所有机关和地方人员加入义务劳动，最终提前80天顺利通水。

"中国人一定要掌握自己的命运，自力更生。没有自主品牌，就没有坚强的根。"焦润坤说，二汽的建设一开始就跟一汽不一样，时间紧，任务重，几十条生产线同时上马，比一汽建设的时候一条生产线工装设备强好多，但是问题和挑战也很多。

针对工期紧和生产线复杂难调带来的质量问题，二汽开展了质量攻关。当时厂领导派焦润坤去做质量协调工作。"几十条生产线，全部是我们自己搞，完全国产化。一关不通都不行，一个零部件生产不出来或者有问题会影响整辆车。"

对于一个外行人来说，做汽车生产的质量协调是特别艰难的任务。各个生产线都有自己的困难、意见、看法和要求，有了问题大家互相都有意见，调和工作十分难做。"好在那个时候（1977年起）我被借到部里头去，在科技司，以科技司的名义来统筹各个专业厂，做了两年多的质量攻关协调的工作，费尽了心思，总算不辱使命，完成任务了。"后来在边境自卫还击战中立下战功的英雄车25Y，在试验爬坡成功的时候，所有的工人和领导都兴奋不已。"打仗也是打制造能力，没有强大的自主品牌，掌握不了自己的命运，靠人家来掌握你，什么都干不成。"

焦润坤说，他在二汽15年，与妻子和孩子一直分居两地，完成了二汽基建运输、通水和设备攻关三件大事。谈起二汽创业中一项项重大工程项目得以顺利完成时，焦润坤说，每次遇到困难，都是干部职工齐上阵，团结一致渡难关。大家都觉得能够为实现"汽车工业强国"的理想做点事，非常荣幸。

晚年，焦润坤曾回过十堰。"我感觉我的两只眼睛都不够用了。为什么？因为我都看不到十堰市原来的面貌了，全是新面貌，十堰变化太大了！十堰市和东风汽车公司在几十年发展中，共同建设了美好的家园！"

而今，十堰已经变为一个以汽车为支柱产业的工业基地，焦润坤见证了十堰从一片荒山变成现代化汽车城的蜕变过程。得知东风汽车公司已经连续多年进入世界500强企业前200名名单，他高兴地说："作为东风的一员，我为东风的发展感到非常高兴和自豪。有机会很想再次回到车城十堰看看，回到东风转一转。"

1984年，焦润坤自机械工业部科技司质量攻关组离休。1997年，北京新四军研究会成立，焦润坤成为首批会员，后又当上了浙东分会副会长、宣讲团团长。后来，他又加入了华中抗日根据地研究会。"我终于找到了自己最合适的位置。"此后，焦润坤多次走进北京卫戍部队、老虎团导弹部队、天安门国旗班等部队驻地，北师大、北航、中国传媒大学等高校，以及国家机关、街道，讲述战争经历，弘扬铁军精神。他的"口述历史"也被中国人民抗日战争纪念馆录制成视频节目。

焦润坤说，抗日战争那段历史的亲历者越来越少，他要在有生之年把传递历史记忆的工作做下去。忘记历史就意味着背叛。历史的伤痕还在，历史的警示还在，历史的教训还在。习近平总书记强调，历史就是历史，事实就是事实，任何人都不可能改变历史和事实。付出了巨大牺牲的中国人民，将坚定不移捍卫用鲜血和生命写下的历史。任何人想要否认甚至美化侵略历史，中国人民和各国人民绝不答应！焦润坤说，这个"绝不答应"是一种号召，是对全国人民和所有爱好和平的人们的号召。历史不容亵渎，历史不容歪曲，牢记历史不只是历史学家的事，更是关系到民族、国家的大事。"对那些罔顾事实、篡改历史的人，我们一起来斗争。尊重和维护历史的真实，是为了捍卫人类的尊严和良知！现在中国人到哪里都可以自豪地说'我是中国

抗战老战士焦润坤接受专访（余玮 摄）

人',因为我们掌握了自己的命运。"在焦润坤看来,抗战精神就是民族觉醒精神,而民族的觉醒将造就中华民族的繁荣富强。

"生命在于运动,但没有必要刻意去为了运动而运动。"焦润坤说,直到晚年,他的家里一直没有请保姆,平时做饭,都是他和老伴儿自己动手,碰到外出有活动,都尽量搭乘公交、地铁。"日常多运动,比起完成任务一样的锻炼效果更好。"老人尽管衣食无忧,但生活非常简朴,甚至没一张像样的沙发。到外地作报告,他坚持退掉主办方预订的单人间,与相伴的儿子同住一个标准间。

焦润坤喜欢看历史类书籍,也爱好管弦乐、小提琴。他耳聪目明,喜爱读书看报,最喜欢的歌就是《义勇军进行曲》。他常常和老战友们一起去新四军当年战斗过的地方开讲座、举办音乐会,给晚辈们讲当年的故事,希望将铁军精神发扬光大。每逢相聚,焦润坤总一次次精神抖擞地指挥大家高唱《义勇军进行曲》,把人们的记忆再一次拉回到那浴血奋战的岁月。"虽然现在的年轻人没有吃过我的苦,将来也不会再有机会吃这样的苦,但是生活在幸福中,要知道幸福来之不易,要把幸福牢牢掌握住,并且把这种幸福传承下去,才是责任所在。"

卢沟桥畔的"独立自由勋章"雕塑,缅怀的是那场救亡图存伟大斗争中无数的奉献者、殉难者,记取的是一段"四万万人齐蹈厉,同心同德一戎衣"的历史。

2014年7月,习近平在全民族抗战爆发77周年纪念仪式上发表了重要讲话。焦润坤清晰地记得,习近平说,要坚定不移捍卫用鲜血和生命写下的历史。在焦润坤看来，这段历史已经熔铸于亿万中国人的血脉与精神之中，成为永不磨灭的民族记忆。纪念仪式后，他随习近平等党和国家领导人走进抗战纪念馆展厅，参观"伟大胜利"大型主题展览。展览通过 900 余件文物、640 余幅图片及大量绘画、雕塑和声光电模型等，全面展现了中国人民抗日战争气壮山河的历史画卷。参观结束后，党和国家领导人还亲切看望了参加仪式的抗战老战士和老同志代表。这时，习近平再次和焦润坤握手，并微笑地询问他的身体情况。"很好，能赶上这么幸福的时代……"焦润坤说，因为当时太激动，久经沙场的他一下子蒙了，事先准备了满满一肚子的话一下子说不上来了。

焦润坤将自己的一生归纳成"四个阶段"："我的童年是个悲惨的童年，青年是个战斗的时期，壮年时投入二汽建设，我的晚年则是一个幸福的时期。"年至耄耋时，焦润坤还一直感觉自己的身体倍儿棒。2014 年 7 月 7 日参加抗战纪念活动那天，老人坚持不要陪同、不要专车，搭着顺风车就出发了。说起这次活动，焦润坤十分激动："能和总书记一起参加'独立自由勋章'雕塑揭幕，是我一生中非常荣幸、非常骄傲、非常幸福的事情，也是我替千千万万牺牲的战友们享受这个时代的幸福。"

# 张思德

"为人民服务"的代名词

BU FU SHAOHUA

ZHANG SIDE

张思德，全心全意为人民服务的典范。1915年4月出生于四川省仪陇县，1933年12月参加红军，不久加入共青团。1937年10月加入中国共产党。出任过地方少先队队长，红军仪陇县独立团二营通讯员，川陕省军区指挥部交通员、特务连班长，云阳八路军某部留守处警卫营班长，中央军委警卫营通信班长，中央警备团警备班长，安塞县某生产农场副队长等。1944年9月牺牲。2009年9月，被评为"100位为新中国成立作出突出贡献的英雄模范人物"之一。

一

　　首都北京。中南海新华门。门内影壁上，毛泽东手书的"为人民服务"五个大字同门前飘扬的国旗、高悬的国徽相互辉映。

　　据考证，除了在会议报告或讲话中多次阐述"为人民服务"的思想外，毛泽东还经常用"为人民服务"作题词，这是他一生中题词用语最多的一句话。

　　1944年张思德牺牲后，毛泽东参加了张思德的追悼会，亲笔题写"向为人民利益而牺牲的张思德同志致敬"的挽词，并发表了《为人民服务》的演讲，高度赞扬了张思德完全、彻底为人民服务的思想境界和革命精神。在陕西延安《为人民服务》讲话纪念广场，一尊张思德负薪前行的雕像巍然屹立。雕像后的山坡上，也有熠熠生辉的"为人民服务"五个鲜红大字。

　　张思德的形象成了"为人民服务"的代名词。一切服从党和人民的利益，党叫干啥就干好啥，张思德短暂而光荣的一生，生动诠释了全心全意为人民服务的宗旨。其实，中国共产党自成立以来始终高擎"为人民服务"的旗帜，团结带领人民求解放、谋幸福、图发展，奋力开创幸福美好的生活，赢得亿万群众的衷心拥护……

张思德木刻画像

## 一个少先队队长成长为警卫营班长

1915年4月,张思德出生于四川省仪陇县大巴山深处一个贫苦佃农家庭。张思德一家人生活非常艰苦,父亲张行品给地主扛长活,打短工。张思德生下来的时候,家里穷得连一粒米也没有。他的母亲重病在身,小思德饿得拼命呼喊,吮吸破了妈妈的奶头,也吸不出一滴奶水。没办法,妈妈拖着重病的身子,走东家,串西家,要来一把半把谷米,捣碎熬成糊喂他,还给他起了一个小名叫谷娃子。谷娃子出生不到7个月,妈妈就去世了。张思德的婶母刘光友收养了他。张思德6岁就下地干活,割草,挖野菜,拣蘑菇,采松果,什么都干。谷娃子吃"千家奶"穿"百家衣"长大,养母为了让他永记乡亲们的恩情,给他取名"思德"。

1933年2月,中国工农红军第四方面军创建了川陕革命根据地。这年8月,红四方面军解放了仪陇县,张思德第一个报名参加了少先队,成为乡里首任少先队队长。他积极帮助红军筹粮筹款,受到乡苏维埃的嘉奖。同年12月他加入红军,在仪陇县独立团二营当通讯员,在瓦子寨战斗中立功一次。同年冬,张思德进入列宁小学学习文化和军事,毕业后被调到川陕省军区指挥部当交通员,不久加入了共产主义青年团,后来又当了特务连的班长。在红军中,他作战机智勇敢,先后多次负伤,九死一生。

1935年,他随红四方面军参加了长征,三度走过人迹罕至的雪山、草地。他勇敢机智，曾只身泅水过江，夺得敌人的渡船，为红军强渡嘉陵江创造了条件。在川西茂县地区，他神奇地一人夺下敌人两挺机枪，被战士们亲切地誉为"小老虎"，一时传为佳话。

1936年到陕北后，他进入云阳荣誉军人学校学习和养伤。1937年抗日战争全面爆发，张思德所在部队在开赴前线前，留下老弱病残，编成一个警卫连。张思德因有伤病也被编入警卫连，任副班长，负责云阳镇八路军留守处和荣誉军人学校的警卫。1937年10月，张思德加入了共产党。从此，他更加严格地要求自己，一切行动服从党和人民的利益，党叫干啥就干啥。

据其班长张显扬回忆，有一回，部队在一片水草丰盛的沼泽旁宿营。一个小战士高兴地嚷嚷着发现了野萝卜，张思德过来检查，在水塘旁边果然看到一丛叶子绿绿的、模样很像萝卜的植物。饥肠辘辘的小战士拔起一棵就要往嘴里送，张思德忙赶上去止住他，把叶子先放到自己的嘴里，细细嚼了嚼，味道又甜又涩。不一会儿，张思德感到有些头晕无力，紧接着，他肚子开始剧痛，随后大口呕吐起来。在失去知觉之前，他还在嘱咐小战士告诉大家这草有毒。半个多小时以后，张思德慢慢醒来，迷迷糊糊地看见小战士端着搪瓷缸蹲在跟前，他急忙说："不要管我，快去告诉其他同志。"

1938年春，张思德被调到云阳八路军某部留守处警卫营担任班长。1940年春，调中央军委警卫营任通讯班班长。工作中，他总是承担困难、艰苦的工作。在他的带领下，全班战士出色地完成了各项任务。

延安时期，因为粮食不足，战士们总是吃不饱饭。通讯班的战士都是小伙儿，加上经常外出送信走远路，饭量比较大。为了让大家多吃一些，每次吃饭时，作为通讯班班长的张思德吃到一半，就不声不响撂下饭碗，提起水桶去打水。不久，张思德任中央警备团警备班长。

1942年11月，部队合并整编，干部精简下派，一些连排干部要去当班长，多数班长、副班长要当战士。张思德调中央警备团一连当战士，他愉快地服从组织分配。不久，他被调到延安枣园，在毛泽东等中共中央领导工作的地方执行警卫任务。他把全部心血都倾注在警卫工作中，为了保证毛泽东等中央领导有个好的工作和生活环境，他经常主动为驻地打扫卫生、铺石垫路、修补窑洞，兢兢业业地做好每一项工作。他还经常帮助战友补洗衣服、编草鞋、喂战马、挑水烧火、采药防病、站岗放哨，带头帮助驻地群众生产劳动，干好每一项革命工作。

大巴山腹地冬季寒冷不亚于北方，取暖多靠木炭。张思德小时候跟着父亲练就了烧炭的好手艺。1944年初，张思德积极响应党中央提出的大生产运动号召，主动报名参加中央机关组织的生产小分队，到离延安30多公里的安塞县石峡峪办生产农场，被选为农场副队长。同年7月，他进安塞县山中烧木炭。白天，他巡回各窑，掌握火候。晚上，他也要起来数次，爬上窑顶，观察烟色。窑里温度很高，有的木炭出窑还有火星。但每次出炭，他都是抢先钻到窑的最里边捡木炭，手上包的破布着火了，他就用手弄熄后继续干。他处处起模范带头作用，不怕苦，不怕累，哪里最苦最累，他就出现在哪里。

张思德（左）和战友一起烧炭

## 一位普通战士的牺牲与一篇光辉著作的诞生

1944年9月5日,张思德在完成自己任务的同时,又参加了突击队,与战友小白等一起开挖另一孔新窑,想多烧些木炭。中午时分,由于土质松软,加上雨水渗透,即将挖成的窑洞窑顶突然掉下几块碎土,出现险情。张思德眼疾手快,一掌将小白推出洞口,厚厚的窑顶坍塌下来,把张思德埋在下边。战士们和老百姓从四面赶来,拼命刨土。小白得救了,张思德却没能抢救过来。他牺牲时,年仅29岁。

噩耗传来,内卫班的同志个个失声痛哭。考虑到张思德曾是毛泽东等主要领导同志的警卫员,警卫队队长古远兴决定把消息直接报告毛泽东。

"主席,张思德牺牲了。"古远兴走进毛泽东的办公室,见他正聚精会神地批阅文件,几次张口又止,最后才小声地说了出来。

毛泽东闻讯后,惊讶地放下笔,他要详细了解张思德牺牲的经过。听后他沉默良久,沉痛地说:"张思德是好战士,站岗放哨,还陪我外出过,很熟悉。前方打仗是免不了要死人的,但后方搞生产出事故死人是不应该的。"

点燃一支烟,毛泽东站在窗前,深情地望向张思德牺牲的安塞山,问:"张思德现在安放在什么地方?"古远兴答道:"还被压在炭窑里,正在组织人往外挖。"

毛泽东显然生气了:"怎么能这样呢?要尽快挖出来,放哨看好。山里狼多，要是被狼吃了，你的队长就不要当了。"

随后，毛泽东又点燃一支烟，数着指头给古远兴下了三个指示："第一，给张思德身上洗干净，换上新衣服；第二，搞口好棺材；第三，要开个追悼会，我要去讲话。"

战友们把张思德遗体抬到安塞当地村子里后，毛泽东专门派一辆汽车将遗体送到枣园。

9月8日下午，陕北的天空灰蒙蒙的。延安凤凰山脚下的枣园广场上，张思德追悼大会的会场庄严肃穆。会场的土台搭起棚布，主席台两侧摆满了战友们采集的山花编成的花圈，台中央悬挂着张思德的遗像，遗像旁挂着毛泽东亲笔题写的挽联"向为人民利益而牺牲的张思德同志致敬"。

下午1点多钟，追悼会尚未开始，毛泽东就头戴八角帽，身穿粗布衣，在李克农和杨尚昆的陪同下从枣园的住所走出来。毛泽东的脚步沉重而缓慢，往日和蔼的面容如今显得严肃而庄重。走进会场后，毛泽东抬起上面有他题字的花圈，放到张思德遗像前，默哀许久。中央警备团政治处主任张廷祯介绍了张思德29年的生平事迹，随后，毛泽东即兴发表了著名的演讲。

毛泽东边讲边打着手势。讲到"替法西斯卖力，替剥削人民和压迫人民的人去死，就比鸿毛还轻"时，就把手掌卷成一个喇叭筒状，放在嘴边一吹；讲到"张思德同志是为人民利益而死的，他的死是比泰山还要重的"时，他就把右手往下用力一压……

作为领袖，如此郑重地参加一位普通战士的追悼会并致悼词，这显得异乎寻常。当时，毛泽东虽没有拿讲话稿，但显然打了腹稿，他是有着深远思考的。这缘于两方面：

一是毛泽东深知张思德其人。张思德被临时抽调到山里烧炭前，是毛泽东的内卫班战士，再往前，毛泽东同他有过两次不寻常的邂逅。1941年冬天，张思德一行三人从杨家岭前往新安场，途中路过石砭时，见到毛泽东的小汽车陷在磨沟的冰窟窿里，张思德跳进冰水中和另两位战友一起推车。事后，毛泽东记下了张思德的名字，还说："小同志，你是见路不平，舍身相助，这种精神，值得学习哩！"另一次是1942年春天，杨家岭修建大礼堂的施工中发生了险情，张思德用肩头顶住大梁，使梁下的工人和战士避免了一场大祸，自己却不慎受伤。路过的毛泽东看到这一情况，吩咐战士把受伤的张思德抬到自己的窑洞里。毛泽东仔细一看，认出了张思德，亲切地叫了一声："老朋友，是你呀，张思德同志！"

二是出于统一延安军民思想的需要，其根本的问题，是要把"为人民服务"的思想贯彻到全党全军中去，将其确立为党和军队的根本宗旨。因张思德事迹的触发，毛泽东的"为人民服务"的思想更加清晰、明朗和完善。张思德的死是偶然发生的，但毛泽东要把"为人民服务"的思想推广到全党全军全国人民中去却是必然的。

毛泽东历时半小时的演讲，对为人民服务的意义阐述至详，在场的同志无不受到深刻教育和鼓舞。中央办公厅秘书处速记室主任张树德对演讲的内容作了符号速记，之后又与其他聆听演讲的文秘人员一起对文稿加以整理，整理成文后由主席秘书胡乔木呈毛泽东审阅。

毛泽东看后，稍事斟酌，随即在文章的上方一挥而就，从此"为人民服务"这五个遒劲有力的大字，便成了这篇著名演讲的标题。

这年9月21日，延安《解放日报》第一版头条发表毛主席参加张思德追悼会的新闻报道，这篇报道是《为人民服务》的最早文献。当天第二版刊发有"中央警备团战士——张思德事迹"的长篇报道。

从此，"为人民服务"的声音传遍了延安，传遍了陕甘宁边区，传遍了全国各解放区。张思德的形象成了"为人民服务"的代名词，成了一种全新世界观的纪念碑。

1953年，《为人民服务》正式成文，收入《毛泽东选集》第三卷。全文共分五个自然段，600多字，言简意赅，内容丰富。这篇伟大著作开头直截了当地提出了我党的宗旨；第二段采取引经据典的方式生动地论述了人的生死观；第三段着重论述了如何正确对待缺点和错误的问题；第四段有多层论述，论述中强调在困难的时候不能有悲观的、失望的情绪，要树立"三要"精神，即要看到成绩，要看到光明，要提高我们的勇气；第五段着重阐述"送葬"和"开追悼"问题。

再以后，这篇经典著作被选入小学语文教科书，成为教育社会主义现代化建设接班人的有力思想武器。

### 伟人一生最珍爱的一句话成为党的宗旨

其实，毛泽东并不是在1944年9月8日举行的张思德追悼会上发表的讲话中首次提出"为人民服务"这一重要思想。

为人民服务，孕育于毛泽东投身中国革命实践中。毛泽东在湖南图书馆自学时，就决心要改变人民大众的困苦处境，决心为全中国痛苦的人、全世界痛苦的人贡献自己的力量。井冈山时期，毛泽东为悼念红军将领王尔琢的挽联下联是："生为阶级，死为阶级，阶级后如何？得到胜利方始休！"

"生为阶级，死为阶级"，指的是为工农大众、为人民群众之意。1939年，毛泽东在为中央写的《大量吸收知识分子》的决定中，首次提出党的各级组织要欢迎"为工农阶级服务"的知识分子。这是他有关"为人民服务"思想的最初表述，后来也曾有不同语境的相关表述。

毛泽东第一次全面、系统地阐述"为人民服务"的思想就是在张思德追悼会上的演讲。毛泽东指出："我们的共产党和共产党所领导的八路军、新四军，是革命的队伍。我们这个队伍完全是为着解放人民的，是彻底地为人民的利益工作的。""为人民利益而死，就比泰山还重；替法西斯卖力，替剥削人民和压迫人民的人去死，就比鸿毛还轻。""因为我们是为人民服务的，所以，我们如果有缺点，就不怕别人批评指出。"

1945年4月23日，毛泽东在中国共产党第七次全国代表大会上所致的开幕词中明确告诫全党："我们应该谦虚，谨慎，戒骄，戒躁，全心全意地为中国人民服务。"24日，在党的七大政治报告《论联合政府》中，毛泽东讲到我军的宗旨时指出："紧紧地和中国人民站在一起，全心全意地为中国人民服务，就是这个军队的唯一的宗旨。"讲到文化、教育、知识分子问题时，他指出："为着扫除民族压迫和封建压迫，为着建立新民主主义的国家，需要大批的人民的教育家和教师，人民的科学家、工程师、技师、医生、新闻工作者、著作家、文学家、艺术家和普通文化工作者。他们必须具有为人民服务的精神，从事艰苦的工作。一切知识分子，只要是在为人民服务的工作中著有成绩的，应受到尊重，把他们看作国家和社会的宝贵的财富。"在讲到党的作风时，他又指出："全心全意地为人民服务，一刻也不脱离群众；一切从人民的利益出发，而不是从个人或小集团的利益出发；向人民负责和向党的领导机关负责的一致性；这些就是我们的出发点。"他还进一步指出："应该使每个同志明了，共产党人的一切言论行动，必须以合乎最广大人民群众的最大利益，为最广大人民群众所拥护为最高标准。"因此，党的七大正式把"为人民服务"的思想写进党章，第一次明确了"全心全意为人民服务"是中国共产党的根本宗旨，使之成为中国共产党一切行动的指南。

随着新中国的成立，千百年来饱受压迫的人民终于当家做了主人。1953年，新中国开展第一次普选人民代表。一年后，人民选举产生的全国人大代表，表决通过新中国第一部宪法。这部人民的宪法明确写着：一切权力属于人民……

张思德，一名普通的战士。他把自己化作种子，埋在了一个炭窑里，升华出一种伟大的精神——为人民服务！一个平凡的名字从此与一个政党、一支军队紧紧连在一起，提升了整个中华民族的精神高度!

　　张思德生前战友陈耀评价说，张思德的生活十分艰苦朴素。"他从来没有计较过个人得失，从没有过个人要求，更没有为个人什么事忧愁过。他时刻考虑着人民疾苦，热情关心着战友们的成长。他处处为别人着想，对同志诚恳，热情，体贴入微。"在一些战友的印象中，张思德平常给人的感觉是老实木讷，其实他很内秀，工作肯动脑筋，打仗也很勇敢。

　　张思德对党的事业高度负责，无论在哪个岗位上都充满激情和干劲，勤勤恳恳，任劳任怨，在平凡的岗位上做出了不平凡的贡献，也正是有千百万张思德这样的同志默默奉献，才支撑起我们党的事业。张思德对人民无限热爱，部队走到哪里，他就把好事做到哪里，是模范践行初心使命的光辉典范。尽管张思德离开我们已半个多世纪了，但他全心全意为人民服务和为人民利益不惜牺牲的精神跨越时空，历久弥新，永远是激励中华儿女奋勇前行的强大精神动力。新的历史时期传承弘扬张思德精神，就是要把为人民服务的宗旨内化于心、外化于行，让张思德精神落地生根、开花结果；就是要一如既往地把弘扬践行张思德精神作为红色基因薪火相传，一以贯之地把弘扬践行张思德精神作为使命担当，自觉踏着张思德的足迹，努力向党和人民交上合格的答卷。

　　2009年9月，张思德被评为"100位为新中国成立作出突出贡献的英雄模范人物"之一。2018年9月，中央军委政治工作部统一印制张思德、董存瑞、黄继光、邱少云、雷锋、苏宁、李向群、杨业功、

四川仪陇张思德纪念馆

林俊德、张超等10位英模的画像，并下发至全军连级以上单位。

今天，张思德成了人们心中一座不朽的丰碑，毛泽东倡导的全心全意为人民服务的精神成为共产党人和革命战士的行动指南。中国共产党的成立、发展、壮大的历史，本身就是一部"为人民服务"的历史，党靠人民而生存，靠人民而发展，靠人民而壮大。人民群众也深深懂得，不能离开党，党和人民有着血肉相连的关系。为此，"为人民服务"在新中国成立后被各级党政机关及其工作人员作为座右铭和行动口号并躬身践行。

从共产党人"为人民服务"口号的提出，到以人为本与服务型政府建设，这一系列思想、理念、行为变革，不仅与中国政府发展和改革进程一脉相承，而且又赋予了丰富的时代内涵。以人为本，执政为民——民生，这是中国共产党对"全心全意为人民服务"宗旨的坚守，是中国共产党对初心和使命的铭记！

毛泽东当年的《为人民服务》不只是一篇悼念革命战士的悼词，更是一篇为人民服务的宣言，深刻阐述了为人民利益而牺牲的意义。"人民"二字已深深融入党的血脉，成为中国共产党人薪火相传、永不磨灭的精神基因。承载着中国共产党人的初心和使命，张思德精神跨越时空，历久弥新，成为中国共产党人精神谱系的重要组成部分。

# 吴芸红

永不褪色的红领巾

BU FU SHAOHUA

吴芸红，中国少年儿童运动和少年先锋队事业开拓者、中国少先队学科奠基人。1921年5月出生于浙江宁波，1945年参加革命。历任《新少年报》"咪咪信箱"专栏主持人，共青团上海市委少年部副部长、部长，团中央少年儿童部少先科科长，《中国少年报》社长兼总编辑，《北京少年》《北京儿童》杂志社支部书记兼主编，《辅导员》杂志顾问，中国少先队工作学会副会长等。

## 一

"芸，草也，似目宿。"东汉许慎《说文解字》如此解释。《淮南子》则言："芸草可以死复生。"（谓可以使死者复生）

吴芸红，这是一个很多人并不熟悉的名字，却是与许多人的成长紧紧关联的名字，是一个可以载入中国少先队史册的名字。她拒绝荣誉，拒绝稿费，拒绝组织上给她的特殊照顾。她的著作得到团中央与教育部的重视，填补了中国少年儿童运动的历史资料与理论的空白。

"沪上狂潮暗夜衷，星星火炬艳阳彤。柔言掷地如雷扑，羸体擎天尚自躬。白发层层倾善爱，苍生耿耿挂孩童。笔耕不辍春苗润，舍己芸人巾领红。"吴芸红瘦瘦的，温文尔雅，慈祥的脸上泛着笑容。简洁的话语，平和的神态，充满爱心，好像是老师，又像是知心姐姐。笔者曾几次接触与中国共产党同龄的她，她身上谦虚、真诚、质朴、与人为善的品质打动着笔者。走近她，才知道平易近人的她德高望重，高风亮节，与世无争，充满激情，无私奉献。

走近中国少年儿童运动和少年先锋队事业的开路先锋、中国少先队学科的奠基人吴芸红，受榜样精神的感染，如入芝兰之室。有领导曾如此评价："吴芸红同志毕生从事党的儿童事业，对少先队事业的发展功不可没。她是团中央少年部的老大姐，给年轻同志作了很好的干事和人品的榜样！"

中国少年儿童运动和少年先锋队事业开拓者吴芸红

吴芸红 | 永不褪色的红领巾

## 黑暗中毅然举起"星星火炬"

1959年，上海电影制片厂拍摄电影《地下少先队》。这部电影就是根据吴芸红和其他几位地下工作者一起经营《新少年报》的真实故事改编而成的。影片讲述了上海解放前夕，物价飞涨，民不聊生，人们经受着失业、饥饿和白色恐怖的威胁，几个进步的初中学生在《新少年报》的指引下加入地下少先队。影片中孩子们口中的"咪咪姐姐"就是现实生活中的吴芸红。当年，中国福利会儿童艺术剧院也推出了同名话剧。

1944年春，吴芸红考入上海之江大学教育系，与袁鹰（当代著名散文家、诗人、儿童文学家）成为同班同学。由于彼此志趣相投，性情相近，渐渐互相吸引，二人于1950年7月结成伉俪。

当年，吴芸红一面工作，一面教书，一面读大学，晚上还要写稿或批学生作业，空闲时间极少，根本没有时间和余钱逛公园、看电影、下馆子。大学尚未毕业的袁鹰在上海的进步报纸《世界晨报》《联合晚报》任记者、编辑，同时从事文学创作，投身民主进步事业。由于长期从事地下工作，两人走在一起时，只要一个手势、一个眼神，双方就能心领神会，无声胜有声。

袁鹰说，入大学不久，他就发现与吴芸红志趣相投，性情相近，就渐渐地被吸引了。"她的父母生了6个子女，她是最小的女儿，从宁波迁居上海，家境艰难，她自幼身体瘦弱，个性却坚强。那时，她

不负韶华：百年青春榜样

在沪西法华镇陆家路一所招收贫寒儿童的义务小学教书，课余来读大学。上海沦陷后期，煤电能源被支撑败局的日本侵略军搜刮殆尽，公共车辆时常停驶，她从法华镇沿霞飞路步行到陕西北路上课，每天要往返10公里路，却安之若素。"当年，在袁鹰的印象中，吴芸红"与人相处时，她总是真心相待，热情诚恳地帮助别人，不声不响，从不张扬，却赢得朋友、同学、同事的信赖和尊敬"。

早在1939年，吴芸红在上海务本女中读书时就加入了党的外围组织"学生界救亡协会"，积极投入抗日救亡运动。1945年6月，吴芸红在之江大学加入中国共产党。晚年，吴芸红还记得："我用米汤水写的入党申请书，在纸面上看不出文字。这是一种秘密的办法。"袁鹰和吴芸红都是抗战胜利前入党的，据袁鹰回忆，"那时只能做一些很秘密的工作，联络同学，开展小规模的活动"。

1946年2月16日，中共上海学生运动委员会社会青年区委创办了一份少年儿童报纸《新少年报》，旨在向少年儿童传授科学知识，引导少年儿童关心国家大事，培养少年儿童团结友爱的美好情操。社址就位于如今的上海市黄浦区自忠路（原西门路）355号。吴芸红是报纸的主编之一。1947年后，该报改由中共上海教师运动委员会领导。在吴芸红的印象中，当时上海虽然也有一些儿童读物，但都是以画报、连环画为主，很少能涉及时事新闻和社会知识。

《新少年报》以少年儿童为对象，内容包括时事新闻、社会知识、自然知识、文艺及读者园地等。报社的编辑、发行、联系小读者的工作都在一间小屋子里完成。报纸以活泼通俗的方式来传达信息，传播知识和真理，出版不久就赢得了孩子们的关注与喜爱。该报非常注重为小读者提供服务，第三版《少年园地》的《咪咪信箱》由吴芸红主持。当时，美术编辑在专栏处画了一只可爱的小猫咪，于是吴芸红有了外号"咪咪姐姐"，开始与小朋友结缘。她几十年始终不改初衷，淡泊名利，默默耕耘，为服务少年儿童操劳一辈子。

吴芸红上午教书，下午在之江大学读书，之后到报社忙办报，带领祝小琬、颜学琴处理小读者们的来信。她认为自己是在给"未来的国家建设者们"回信，因此每信必复，经常通宵达旦。有的孩子思想苦闷，不向家人反映，都写信给"咪咪信箱"求帮助。他们对当时社会不公，物价飞涨，几十万市民活不下去，尤其因他们的家长失业、自己失学而痛苦，有个小读者竟写诗表达怨愤的情绪："这是黑暗世界，没有亮光，只有痛苦与死亡……""咪咪姐姐"立刻回信说："世界不是一团漆黑，黑暗中闪烁着亮光，光亮会越来越大……"那个小朋友回信感谢"咪咪姐姐"给他力量，"《新少年报》就是我心中的光亮……"。

每天都会收到很多小读者的来信，倾诉生活或学习中的磨难和苦恼，吴芸红耐心、详细、亲切地答复小读者的各种疑难问题。尽管来信众多，但吴芸红从不马虎，每一封必定是认真读过，然后再细致回复，有时候一回就写五六页之多。她还选择其中有普遍意义的，在报上公开回答。当然，也有些问题并不是小读者的提问，吴芸红曾说，"我们接触到一些带有普遍性的重要问题，认为应该让小读者懂得，就在'咪咪信箱'上自问自答"。

"咪咪信箱"不仅是与小读者交流的桥梁，还是发现和培养小通讯员、小发行员的桥头堡。面对小读者的来信倾诉，吴芸红从不以指导者的身份自居，而是真正去关注孩子们和他们内心的需求。一封封回信，引导孩子们穿过苦闷的隧道，冲出彷徨的幽谷，迎来希望的朝阳。"咪咪姐姐"和小读者建立了深厚的友谊，成为他们心目中最有威信的好伙伴、知心姐姐。

白庚曾回忆："我在上海育光小学读书时，吴老师是我六年级的班主任。吴老师讲课总是慢声细语，清楚明白。她对学生要求非常严格，对不按时交作业的同学会严厉批评，但从不大声呵斥。课堂上除了讲解课文外还增讲文言文等篇章，时不时地插入一些时事，揭露社会上一些不平等现象。"

南京市中华中学退休老师陈俗征回忆说，"咪咪姐姐"有一颗纯洁的心，她的人格魅力像磁石一般吸引着我们跟她走；"咪咪信箱"是我们的百宝箱，从那里我们得到了许多知识，明白了许多道理。讲起第一次见到"咪咪姐姐"，陈俗征回忆道："1947年春天，《新少年报》通讯员第一次大会在上海华民小学举行。先是让通讯员互相认识，做游戏，吃花生米、糖果，玩得很开心，最后是'咪咪姐姐'讲话。这是我第一次见到她。那时她穿一件蓝色旗袍，微笑着慢条斯理地说：'今天你们都拿到通讯员证了，你们已不是普通的小学生了，你们是小记者。记者可厉害了，他要对社会负责任。他有一支笔，要写新闻，把看到的事写下来，让社会知道。所以小记者要关心社会……'我第一次听到'关心社会'这个词，什么是社会呢？我不知道，反正大概就是周围的事儿吧。"

在报社，吴芸红以"虹""丁丁"等为笔名撰写《孩子们》《爸爸讲的故事》《老伯伯讲老话》《丁丁的日记》等作品，反映了社会底层孩子们的苦难生活，以历史唯物主义观点以及借古喻今的手法帮助孩子们认识社会，坚持"把真理带给孩子"，教育、陶冶孩子们，启迪他们的心灵。当年，吴芸红不仅办报，还和战友们坚持组织各种小通讯员的活动，如时事座谈，读书讨论，参观报馆和儿童福利机关，唱歌、游戏、跳舞等联欢活动。她组织举办小记者"培训班"，邀请有关人士为小记者讲文学、诗歌、戏剧、新闻和美术等内容，又帮助小读者、小记者、小发行员参加社会实践，组织"一日夏令营"的"小先生"活动，办"识字班"，帮助流浪儿学文化，带领大家参加"石榴花"运动，大雪天到贫民窟访贫问苦，送寒衣送奶粉……于是，报纸与小读者建立了深厚的友谊，小读者的身心健康得到很好的维护。她曾说过："在少先队，少先队员是组织的主人，他们自己出主意想办法，自己动手组织各种活动，他们自己管理自己，自己教育自己，我们应该信任儿童、尊重儿童，适应儿童的特点。"这种儿童观在她几十年的工作中从未丢失。

《新少年报》当年的编辑祝小琬在晚年这样回忆她印象中的吴芸红："《新少年报》每一期她都要写好多篇稿件。她用不同的形式、不同的笔名向读者讲故事，文字生动活泼，内容丰富多彩，人物栩栩如生。付印前亲自校对清样，有时还要补白，报纸编好后，她亲自送印刷厂，向工人师傅交代。她夜以继日地工作，甚至顾不上吃饭，患上了严重的胃病，人愈发消瘦。"《新少年报》有近 200 个通讯员，发行万余份——这在当时的上海是罕见的。

1946 年的一天，上海市立洋泾中学数学老师曹文玉捧着一叠《新少年报》走进教室，鼓励同学们和这份报纸"交朋友"。曹老师说："中国一直在打仗，打了日本鬼子，现在自己人打自己人，弄得大家生活不安定！"《新少年报》上说的，正是该班学生章大鸿想知道的，他立即被这份报纸深深吸引，后来章大鸿才知道曹老师是地下党员。在曹老师鼓励下，章大鸿成了《新少年报》的义务小发行员，他多次投稿，还收到编辑吴芸红的来信鼓励。每半个月，报社分管发行的段镇（新中国成立后，相继担任共青团上海市委少年部部长、上海社会科学院青少年研究所所长、中国少先队工作学会副会长）都会骑车将报纸送至章大鸿家。除在本校同学中发起征订外，章大鸿还约同学利用放学和假期到浦东中小学征订。

当年的那些小发行员主要是帮助推销报纸，他们完全是义务的。吴芸红曾说过："许多小发行员不仅在学校里帮忙推销，有的还到马路上、公园里叫卖，千方百计把报纸销出去。他们知道报社经济困难，如果当期报纸卖不出去，钱收不回来，便不能出版下期报纸了。读者热爱《新少年报》，把《新少年报》看成是自己的报纸，把自己看成是报纸的小主人。"

1948 年 12 月 2 日，《新少年报》该出第 100 期了，但迟迟不见送报来，这可急坏了小读者。几天后，邮局送来一小卷纸，拆开一看，正是第 100 期，再仔细看，头版登着告别信《暂别了，朋友》："亲爱的少年朋友们，我们被迫痛心地和各位暂别……我们不要为离别而悲伤，相信黑暗定会过去，光明是属于大家的……"

原来，《新少年报》出到第 99 期时，突然有同志报告不幸的消息说：国民党教育局不准各校学生订阅《新少年报》……为了保存力量，组织决定，报刊立即停办，所有同志撤离报社，分散隐蔽，以等待时机。报纸被禁，这消息是意外的，也是意料中的。吴芸红曾说："按照党的指示，在短短两个小时里，同志们把来稿来信、白报纸、剩余的《新少年报》等整理好，然后迅速撤离。那间狭窄的但一度热闹非凡的小屋一下子变得冷冷清清。窗台上那盆当作安全信号的万年青花盆也被移走了，屋子里只剩下空的桌子、柜子、书架、椅子、板凳，以及几个装着书的麻袋，这些都准备过些日子来设法处理。"

领导决定，不放过最后一次教育孩子的机会，由吴芸红带领祝小婉、颜学琴等同志到她姐姐家连夜编出《新少年报》第 100 期。冬夜寒气袭人，冻得人手指发僵。颜学琴回忆说，"我们刻蜡版、排版等，忙了整整一夜"。吴芸红的姐姐在外屋踏缝纫机，替她们放风。吴芸红就是用冻得发僵的手指握笔写出了对敌人的战斗檄文、对小读者热爱的"情书"。当晚，出满 100 期，报头大标题为《暂别了，朋友》，向小读者们告别。告别信明确告诉读者：光明即将到来，那时我们会再见面的。

吴芸红回忆说："我们把第 100 期的稿件送到印刷厂排印，把给小通讯员的告别信分成几批分别投到几条马路上的邮筒里，便分头隐蔽起来。《新少年报》随即停刊了，后来听说小读者和小通讯员收到

《新少年报》1949年9月第十一至二十期合订本

最后一期报纸后，不少人急急跑到报社的那间小屋去找我们。门紧闭着，怎么能找到我们呢？什么时候能再看到《新少年报》呢？一些孩子伤心地大哭起来。"

当年的小读者孙自勤晚年回忆说："'咪咪姐姐'对我的帮助、关怀及教育使我很受感动。她把我当作自己的弟弟，我也把她当作自己的亲姐姐。当年《新少年报》受到反动政府的迫害停刊了，从此我也缺少了一份精神食粮，并且失去了与'咪咪姐姐'和一些大哥哥大姐姐们的联系，但是他们对我的教育我从未忘记过，时刻铭记在心。后来在'文化大革命'中，我听说《新少年报》也受到了怀疑和批判，'咪咪姐姐'等也不同程度地受到冲击和不公正的对待，感到很不是滋味。"

一个多月后，章大鸿收到邮寄来的吴芸红主持编辑的《青鸟》丛刊。看着熟悉的题花，他认出这就是《新少年报》的化身！原来，新少年报社遵照地下党的指示，秘密办了"改头换面"的《青鸟》丛刊（共办了7期），又把小发行员和小读者们聚集起来了，成为之后地下少先队的核心力量。

于是，原来《新少年报》的编辑又与小通讯员、小发行员相聚了，还建起"青鸟读书会"。"'青鸟'的秘密发行，给我们指明走向新生活的道路，它的传播为建立地下少先队作了思想准备，而青鸟读书会的建立则为建队作了组织准备。"章大鸿说。颜学琴回忆说，吴芸红秘密发展了几个初中生（通讯员）为地下少先队员，为迎接上海解放作多种宣传准备。

1949年2月,《新少年报》地下党支部传达《中共中央关于建立少先队与儿童团的决议》,支部书记胡德华把建立地下少先队的任务交给吴芸红、祝小琬、颜学琴、段镇。吴芸红等继续与那些要求上进、追求光明的少年保持联系,并将他们组织起来,逐个吸收进地下少先队。

4月4日旧儿童节下午,大家在育才中学学生朱汝俊家集合,地下少先队在上海秘密成立。为了保护队员,段镇提出,以苏联小说《铁木儿及其伙伴》里抵抗法西斯的"铁木儿"命名为"铁木儿团"。在窄小的阁楼里,章大鸿等23个通讯员举起拳头,面对纸剪的"红旗"跟着吴芸红庄严而又轻声地念着:"我宣誓,我自愿加入少年先锋队组织,决心同国民党反动派斗争到底,为祖国解放事业贡献出自己的一切力量。我一定严守秘密,遵守纪律……"宣誓完毕,吴芸红握住他们的手,热情地称他们为"小同志"。这是一批特殊的少先队员,他们的红领巾不能戴在胸前,只能藏在心里。于是,国统区第一支少先队成立了,地下少先队的号角吹响了。

首批成员之一的章大鸿在晚年忆起那段特殊岁月时说,当时中共上海地下组织创办的《新少年报》是地下少先队的摇篮。就这样,遍布上海全市的首批地下少先队员行动起来,在地下党引领下投入迎接上海解放的战斗。章大鸿记得,有人在棉袄里藏了揭露国民党屠杀真相的传单,躲过警察搜身;有人以打菱角、打弹子游戏为掩护,溜进敌营侦察,绘制地图,通过地下党转给解放军……他们为解放上海贡献了地下少先队力所能及的力量。

这年 5 月，上海解放。由于地下少先队员为解放上海出过力，他们受到上海市长陈毅等的接见。

新中国成立后，吴芸红被调到共青团上海市委少年部工作。为建立少先队组织、指导基层少先队工作，她跑遍中小学校做动员、讲解，培训辅导员，起草工作文件。当年和吴芸红一起在《新少年报》共事的段镇也在共青团上海市委少年部工作，段镇曾这样回忆吴芸红的工作劲头："她在团市委的时候要求少年部的干部每周都要到基层蹲点，要去发现好的少先队活动，发现好苗子好典型，然后再推广开来。"在吴芸红的建议下，以上海市杨浦区"怡和烟草公司子弟小学"为基地，创立了第一个工人阶级孩子们的少先队组织。

2006 年，《新少年报》创刊 60 周年。当年的几位小通讯员创办了小报《青鸟》，追忆《新少年报》人当年的感情。

## 默默耕耘的园丁

"1950 年 4 月，我第一次到北京参加会议。那是一次难忘的会议，也是少先队组织在全国范围广泛建立和发展的开始。谁也没有想到，听完工作报告以后竟是朱德总司令来讲话。朱老总，这是我中学时代参加地下党领导的上海学生界救亡协会时就听到过的最受人崇敬的名字之一。当然，朱总司令不是讲战争故事，而是讲关心下一代的重要意义，他的话给我们很大的鼓舞和信心。更想不到的是，我们有幸到中南海怀仁堂，受到党中央毛主席的接见。我们坐在会场上，远远望见台上毛主席、朱总司令和其他中央领导同志在谈笑,大家兴奋极了。"吴芸红说,她始终以热烈饱满的欢快情绪参加会议,其中有一项难忘的内容：第一次颁发经过修改正式公布的队章、队旗、红领巾。"我们这些参加会议的全体少年儿童工作干部按照队章规定举行列队仪式,宣誓入队,戴上红领巾。"晚年,吴芸红还珍藏着这条布质的红领巾。

1953年秋,吴芸红随袁鹰调到北京,在团中央少年儿童部工作。20世纪50年代,中国少先队基本上是学习苏联少先队的模式和经验。当然,这种学习不应该是全盘照搬,而是要适合中国的实际。什么是中国的实际呢？为了回答这个问题,吴芸红深入基层,一年中至少近4个月在各地的城乡小学调查研究,既跑城市集镇,也到山乡边寨,有时还去少数民族地区实地考察,从各种座谈会和个别访谈中发现典型,总结经验,找出带有倾向性的问题。

由于在少先队领域工作的时间长,少先队对于吴芸红来说已经是她生命中不可或缺的一部分。只要听到哪里有好的工作经验,或者好的少先队员典型,她都会无比兴奋。有一次,吴芸红去北京通县（今通州区）调研。那一天,她连续走访了两个小学,跟校长、辅导员、少先队员都进行了长谈,最后却耽误了回团县委的时间。等她调研回去,团县委已经下班,关了大门,她只能爬大门进去,翻窗取出自己的行李。

1957年,团中央书记处研究提拔吴芸红任少年部副部长,可吴芸红婉拒了组织上的安排,曾六次写信给团中央有关书记,恳切陈词说自己能力差，胜任不了领导工作，更适合一线工作。1964年6月共青团九大召开后，组织上调吴芸红任《中国少年报》社长兼总编辑。知情人说，吴芸红之所以同意担任此职，除她热爱培养教育少年儿童的工作外，可能是她愿意从事与此相关的文字工作。有人回忆说："那时，青年团系统相互间没有称呼职务、官衔的风气，全社人都叫她老吴。她当官不像官，不沾一点官气，依然是一位老大姐，常常以商量的口气与下属谈工作，从无颐指气使的神态。"

1978年，全国各地学校开始为少先队配备辅导员。由于新手很多，不少人不懂少先队工作业务，身为《辅导员》杂志顾问的吴芸红请示团中央后，组织着手编写《少先队工作手册》。工作量很大，吴芸红亲自写提纲，约稿，审稿。她常常带着病改稿子，为了稿子的质量，一字一句反复地抠，觉得不好的地方她就自己重写。手册出版后，受到各级少先队组织与广大辅导员的欢迎。

中国少年儿童出版社原编委、共青团第十一届中央候补委员谷斯涌说，吴芸红参与了第一次至第六次全国少年儿童工作干部会议的筹备工作和会后的贯彻工作："在团中央的少年儿童工作中，她是起草各类报告、决议、条例的重要笔杆子，也是研究、指导实践的专家。吴芸红熟知（20世纪）五六十年代我国少儿工作的全貌，为新中国的红领巾事业献出了自己的青春，被誉为这个领域的'活字典'。"

按离休前的职级和年龄，吴芸红出差可以坐软卧，但她坚持只坐硬卧。她身体虚弱，但每次公务都拒绝单位派车接送。按学识、能力和资历，她本可以直接申报高级职称——编审，却总把机会让给年轻同志。

曾任团中央书记处书记、全国少工委主任的罗梅说:"几十年来,她一心专注于工作,没有豪言壮语,甘愿做一颗默默无闻的铺路石子。她笔耕不辍,常常通宵达旦,从不要稿费,也从不向人提及,如果不是老同事的回忆,这些作品的作者也许会成为永久的秘密。"在吴芸红看来,写作是分内的工作,国家已经给了自己工资。

## "抢救"少运史料背后平凡而卓越的坚守

吴芸红是新中国成立以来团中央系统第一个被评为全国先进工作者的人,她还多次被评为团中央机关优秀党员、中直系统优秀党员、全国离休干部优秀党员等,并获全国少先队工作突出贡献奖。面对这些荣誉,她从来都是心有"惭愧",一直认为那些是自己应该做的平凡事。袁鹰说:"她一生为革命事业忠心耿耿,坚贞不贰;工作勤勤恳恳,认真细致;为人不求名利,淡泊明志。对优秀党员、'三八红旗手'以至全国先进工作者等荣誉称号,她认为自己同别人一样工作,受之而心有不安。"

1983年8月离休后,吴芸红着手总结几十年的工作经验,开始整理、收集、抢救史料,这是一项艰巨浩繁的工作。她不顾年事已高,到鄂豫皖边境,到福建龙岩、长汀,到江西瑞金,跑遍县乡文史馆、纪念馆,深入城市乡村、山沟边寨实地考察,收集我国少年儿童运动的第一手历史资料。同行的颜学琴回忆:"经多方打听,找到了当年的儿童团员，他们热情地对我们讲述当年儿童团的故事，我们还收集抄录了很多资料，收获很大。"据颜学琴讲，吴芸红了解了在苏区由中央儿童局领导的共产主义儿童团的历史情况，寻访了曾与彭湃合影的当年劳动童子团团员，参观了革命历史遗址"红宫"，吴芸红"不顾当时炎热的天气，总是为收集到了珍贵资料而感到十分欣喜"。历时两年，吴芸红和他人一起编写的40万字的《少先队工作手册》，被誉为"中国少先队学的奠基石"。

从年轻时就曾系统学习过教育学的吴芸红，十分渴望加强少先队的理论研究，探索少先队工作的规律和特点，从而使少先队工作真正成为一门科学、一门新兴的中国少先队学。抱着这个信念，当"全国辅导员进修学校"教材编写组组织撰写《少先队工作理论》时，她抱病参加审改教材。胃疼了，就吃止痛片，吃药后犯困，又喝浓茶……往往连续工作到翌日凌晨。她不顾年老体弱，到吉林、内蒙古等地和中央团校讲学，为全国辅导员进修学校举办的电视讲座讲少先队理论的第一课，并担任全国辅导员技能技艺比赛的评委。她时常为中国少儿运动史所困惑，年代不清，史料无人整理，线索如同乱麻，缺少统一、完整、科学的体系……她深感基础研究的薄弱，简直是一块尚未开垦的处女地。于是，她想全力开拓这块园地。

建党之初，毛泽东、李立三、刘少奇等先后来到安源开展工人运动，创办工人补习夜校，工人补习夜校犹如一盏暗夜明灯，让工人们看到了曙光。夜校的创办同样引起了小矿工们的好奇心，他们常常扒着夜校的门缝偷听讲课，听教员说着"工人生活不好不在命，在于资

吴芸红(中)、袁鹰夫妇与少年儿童在一起(余玮 摄)

本家的压迫"，慢慢懂得了团结抗争才有希望。1922年4月，安源地下党组织把这些苦难的童工召集起来，成立了党领导下的第一个少年儿童革命组织——儿童团，第一批团员有王耀南等。《辅导员》杂志曾采访过王耀南将军。这位当年的儿童团员在回忆中，描述了1922年9月在安源路矿工人大罢工前后安源儿童团活动的情景。吴芸红读到这篇文章时发现，这是有关中国儿童运动的最早的情况说明，证明了中国共产党在建党初期就十分重视对少年儿童的组织、发动和教育。但是，仅凭这篇文章还不足为据，吴芸红于是深入、细致地进行考证。从安源纪念馆和有关方面，她收集到当年安源儿童团组织和活动的第一手资料，发现安源儿童团虽只是些"红小鬼"，但在安源工人运动中发挥了意想不到的作用。正是因为安源儿童团团员年纪小，不易引起敌人警惕，所以放哨站岗、通风报信、散发传单、秘密接送等重要任务都是他们唱主角。相关的研究，使得中国少年儿童运动史的源头追溯到中国共产党建党初期。因此，以小矿工和工人子弟为主要成员的安源儿童团成了中国少年先锋队的先驱组织，安源被认定为中国少年儿童先锋队的诞生地。

离休后，吴芸红与有关同志到一些省区市收集有关少先队的历史资料，如去基层寻找最早那批见证少年儿童运动的人，访问当年的少先队干部等老同志，走访文史馆，利用收集到的资料，厘清中国少年儿童运动的历史脉络，总结丰富的历史经验，开少先队史学研究先河。她主编了近29万字的图书《中国少年儿童运动史》，这是新中国成立以来第一部比较全面系统地阐述我国少年儿童运动发展情况的专著。她还参与了《中国少年儿童运动史话》《少先队的光辉历程》《闪闪的火炬》的编写,并参与出版了多本《中国少年儿童运动史资料选辑》,为少先队理论研究树立了不朽的丰碑。书中的很多内容,都是她离休后用腿、用笔一点一点跑出来、写出来的。但她却拒绝要稿费,她说她做的都是她分内的工作。2003年到2004年,受全国少工委、中国少先队工作学会委托,吴芸红又主持编写了一本《中国少先队工作50年大事记》。

2016年5月27日,吴芸红因年老体弱、全身脏器功能衰竭而去世,享年95岁。袁鹰没发讣告,决定老伴的丧事一切从简。两人风雨相依60多年,相濡以沫,不离不弃,堪称模范。1990年他们结婚40周年时,袁鹰曾写过一首诗:"还记结缡日,悠悠四十年。风霜同携手,哀乐总相牵。留得丹心在,何愁白发添。今生情未了,再续后生缘。"

"青鸟依依报少年,耕芸脉脉小苗牵。昨朝风雨咪咪姐,后世春秋赫赫篇。火炬熊熊新蕾绽,领巾袅袅晚霞燃。酣酣伏案烛光熠,樟树葳葳碑柱天。"夜深得句,祭赠吴芸红先生!

# 陈家楼

## 共青城崛起的背后

BU FU SHAOHUA

CHEN JIALOU

陈家楼，1934年11月出生于上海闸北，1956年6月加入中国共产党，2010年6月病逝。曾任上海青年志愿垦荒队副队长、江西省德安县政协副主席。系中国青年群英会代表。

## 一

共青城，一座有着传奇色彩的城市，一批又一批年轻的垦荒者曾在这里度过他们激情燃烧的岁月。

出发去共青城前，许多知情者说，要追寻共青城的历史，就要采访陈家楼。当年，就是他带头写血书向陈毅市长请求垦荒的。到达共青城，笔者才知老人已离世多年，好在他的儿子陈得灵珍藏有大量文献与照片。随着陈得灵的述说，共青城繁荣背后鲜为人知的过往渐渐开始复活，被历史湮没的细节终于清晰呈现……

很难想象，60多年前，这里还是一片荒滩野岭，人迹罕至；60多年后，这里已经成为一座美丽的现代化新型城市。陈得灵依然记得，父亲晚年时常徜徉在繁华的共青城大街上，看着行人如织、车水马龙，露出欣慰的笑容。

### 血书开启的传奇

提起共青城的那段创业历史，作为当年上海青年志愿垦荒队发起人、共青城早期建设者陈家楼的后人，陈得灵难掩心头的那份激情："父亲1934年11月出生在上海闸北，我的爷爷奶奶都是工人。父亲读到高中二年级时因国民党的飞机炸毁校园，只好辍学。新中国成立以后，他一直是街道工作积极分子，加入了中国新民主主义青年团，

晚年陈家楼（宋汉晓 摄）

还被选为上海市第一届民主青年联合会执行委员、全国青年第二次代表大会代表,在北京见到过毛主席、周总理和团中央书记胡耀邦。"一下子,陈得灵打开了话匣子……

1955年,年轻的共和国万象更新,充满朝气,党中央号召全国各界青年志愿到边疆去开荒种地,解决粮食问题。当时的大上海,人口共有500多万,有几十万人待业和失业,光是失业、失学的青年就有30万左右。

陈家楼当时是上海青年社会主义建设积极分子。他和街道里的青年了解到国家的召唤,从描写苏联共青城建设的小说《勇敢》和电影《第一个春天》里知道了苏联青年的英雄业绩,他热血沸腾了。陈家楼连写几封请愿信,随后联络了十多名青年给陈毅市长写血书,请求组织上海青年去垦荒,像"二战"胜利后苏联青年到西伯利亚垦荒那样,为国家分忧解难,用自己的双手去垦荒,去创造一个"中国的共青城"!

收到请愿信后,陈毅在办公室接见了这群热血青年。穿着褐色中山装的陈毅一进门就摘下了墨镜,问:"谁叫陈家楼?""报告首长,我是陈家楼。""你什么文化?""高二。"

对于这段对白,陈家楼晚年还记忆犹新。"当时秘书本来说好只给我们5分钟时间,到时间就打铃提醒我们,陈毅市长却和我们聊了半个小时。"

陈毅接见这群可爱的年轻人时说:"我很赞赏你们,可以说你们是帮国家挑担子,是帮我陈毅挑担子,你们参加建设是个大好事。但是到边疆去不是上海能办得了的事情，要报请中央批准。大家去垦荒就是要吃很多的苦，会遇到许多意料不到的困难，你们想过吗？你们怕吗？""不怕！"陈家楼和他的同伴们异口同声地回答。"那行，我就要调中央工作了，你们决心那么大，我一定向毛主席、党中央汇报这事。"陈毅被他们的热情感动了。

陈毅被调到中央工作后，陈家楼等人天天翘首盼望有好消息。很快，共青团上海市委从北京带回了好消息，党中央和毛主席、周总理批准了陈家楼等青年志愿者去垦荒的请求。原来，毛泽东听了陈毅的汇报后说："上海是南方，上海的垦荒青年不适宜到北方去，到江西革命老区去为好。带文化去，要搭配各个行业的青年，年龄可稍大点，年龄小离开父母会哭鼻子咧。"周恩来则说："这些青年是要在那里安家落户的，不能少于30%的女青年，还要带上医生去。"

1955年8月31日，从首都北京传来了"北京市率先组成青年志愿垦荒队到黑龙江萝北开荒"的消息。这时，上海的青年再也坐不住了。

9月11日，上海市召开了青年社会主义建设积极分子大会，陈家楼代表其他四位青年在会上向1000多名与会代表宣读组建垦荒队的倡议书。12日，共青团上海市委一致决定接受青年陈家楼、吴爱珍、石成林、韩巧云、吕锡龄的倡议，组织第一支上海青年志愿垦荒队，到江西垦荒。

倡议书犹如一股强大的冲击波，在社会上即刻引起了强烈的反响。十几天的时间里，陈家楼收到来信五六百封，都要求跟他去垦荒。

一时间，1万多名各界青年把报名点围得水泄不通。报名的人太多，共青团上海市委从中严格挑选1000多名青年，经体检、政审合格后至上海华东团校学习一周，到市郊区进行农业劳动锻炼，体验江西生活，吃辣椒，练挑担，插秧，耙田……

经过一段时期的考验，1955年10月15日，第一支由团市委挑选的98名上海热血青年组成的志愿垦荒队在队长周文英、副队长陈家楼的带领下，打着"向困难进军，把荒地变成良田"的队旗，奔赴江西鄱阳湖畔的九仙岭下。

从繁华的大城市来到这片荆棘丛生的盐碱地，98名青年带着镰刀、床板，开始了真正的白手起家。采访中，笔者找到了陈家楼生前的手稿，上面写道："当我们来到千年沉寂的荒滩时，都惊呆了，想不到神州大地竟然有如此不毛之地。荒原土岗荆棘丛生，野兽出没；芦苇密布的滩地上，钉螺遍地，血吸虫肆虐，人迹罕见。难以想象的困难如同大山一样朝我们压来，是咬牙坚持下去还是卷起背包回家，成为许多人激烈斗争的心病。我作为发起人和领导者，不仅自己要克服心理障碍，还要稳定同伴们的情绪。"

当时陈家楼和几个队领导分头找队员们谈心，帮助队员解决生活和劳动中的具体困难，畅谈共产主义的远大理想。陈家楼处处起表率作用，用自己的模范行动影响和鼓励队友。

没有路，就劈开山坡修路；没有房子，就砍去杂树、蒿草，自己搭草棚。一到晚上，呼呼的北风一个劲地往草棚里灌，早上醒来，被

汤秀英（前排右一）、陈家楼（后排右三）等垦荒队员在一起

子上一层霜。开荒没有机械，本来拿纸笔的手抡着三四公斤重的大锄头，一锄刨下去，只能在红土地上划开三四寸深的道道，一天下来，手上全是血泡。但垦荒队员从不叫苦，每天"从鸡叫到鬼叫"拼命地干，比赛看谁手上的"光荣泡"多。

陈家楼早年曾给孩子们讲述："白天我们要开垦土地，晚上则是住在我们亲手搭造的茅草房中。有一天晚上，有人迷迷糊糊感到有东西在钻我们的草墙，一看竟是只老虎，当下吓出一身冷汗，慌忙把大家都叫醒，大家都起来还真没那么可怕了，纷纷打开手电筒，整齐、大声地唱起了'雄赳赳，气昂昂，跨过鸭绿江……'，那时还真把那大老虎给吓走了。"

## 沉浮之中"不做共青的逃兵"

1955年11月29日，团中央书记胡耀邦到德安县九仙岭专程看望上海垦荒队员，和大家进行座谈，为他们即将组成的合作社命名并题字为"共青社"。当晚，胡耀邦一边抓炒黄豆，一边与队员拉家常："我今天吃你们做的稀饭、炒黄豆、萝卜干，等你们把这里建设好了，我再来吃酒席。"陈家楼抢着回答："那时我们一定请您来我们这里做客。"

沉睡千年的荒地惊醒了！劳动号子的呼喊声，队员们的欢歌声，汇成了一支壮美的青春交响曲，给这里带来了勃勃的生机。大家凭着对祖国的赤诚，凭着对垦荒事业的真情，凭着年轻人的干劲和志气，投入到共青城初创工作中。抵达当年，垦荒队员们就开出20多公顷荒地，种上了油菜、小麦。一年后，110多公顷的荒地被开垦，加上当地农民送的530多公顷熟田，共生产了90多万公斤粮食和其他农副产品。

1956年6月13日，陈家楼被组织上批准加入中国共产党。这一天，成为他一辈子的光荣。

"共青"的事业因许许多多像陈家楼那样的热血青年积极参与而一路豪迈地走向辉煌。经过三次搬迁、三次开荒，共青社规模越来越大，形势越来越好。1978年9月，胡耀邦再次题词"共青垦殖场"。

"文化大革命"前，陈家楼因为批评地方干部挪用垦荒工作经费，被打成了"右派"，受到"开除党籍、撤销职务、每月发20元生活费、回原籍劳动改造"的处分。陈家楼对工作组坚定地说："从哪里跌倒就从哪里爬起来，我坚决不做共青的逃兵！"陈家楼不但没有回原籍上海，还动员家人也来江西。陈得灵说，直至1979年3月父亲才平反，恢复党籍，落实政策。

"被打成'右派'期间，全家住在一个20多平方米的房子里，没有商品粮吃，母亲种些自留地。我哥哥几次想当兵，因为父亲的'右派'特别身份而两次没有当成，父亲平反后他才如愿穿上军装。哥哥退伍后，原本可以分配到好的单位，但父亲不同意，哥哥被分在德安县棉纺织厂当锅炉工，工厂倒闭后只得自谋职业。"陈得灵边呷茶，边缓缓地说，"父亲对我们要求比较严格，他做事比较果断、执着。他曾找垦殖场的领导为'垦二代'解决过不少就业问题，但是从来没有想过为自己孩子的就业找关系。在我们全家最困难的时候,他也没有找组织提任何要求。这辈子,他讲的就是奉献牺牲、助人为乐,帮助人家总是满腔热忱。不过,我们也不能埋怨他。"

1969年夏到1970年春,共青社被迫解散。眼看着自己亲手创建的基业被糟蹋了,共青人想不通:这里有我们的青春、汗水,是我们生命的一部分呀!垦荒队员们想起了当年的血书、誓言,想起胡耀邦语重心长的嘱托:"我们面前还有两条大河,这就是愚昧和贫穷。这两条大河,我们还没有闯过去,但我们一定要闯过去!"听说胡耀邦已挨了批,为了避免不必要的麻烦,共青人把"向困难进军,把荒地变成良田"的队旗缝在棉衣里,穿在身上,决心把这面光荣的旗子永远扛下去。几年后,这面宝贵的队旗才重见天日。

共青社也历经磨难,天灾与人祸致使"共青"非常困难。这时,陈家楼一些仍在上海的亲戚纷纷劝他:"哪个不想往城里跳,你倒好,城里不住,让一家子跟着你到乡下去受罪!我们帮你想办法弄个回城指标。"陈家楼郑重地宣布:"这里就是我的新故乡了。我要做一辈子的江西老表!"就这样,一阵又一阵的"砍场风""解散风""回城风",也未能把这个年轻人刮走,他已经深深地爱上了这个地方。后来,有人问这位令人尊敬的老人:"共青"与上海,对哪一个感情更深?他诙谐地说,生是上海人,死是共青鬼!

据陈得灵讲:1985年,共青城经济发展后,基础设施建设需要大量的钢材。父亲主动请缨,回上海找到宝钢集团,来回坐公交跑了48趟,从当时的宝钢有关负责人那里争取到1000吨计划内钢材,为共

老垦荒队员陈家楼（左一）、周承立（左二）在垦荒报告会上接受青年献花

青城节省了200多万元。按规定，父亲当时可以拿12万元现金奖励。但是他推掉了，说："能争取到钢材是整个垦荒队的荣誉，'共青'的发展到处都需要钱，就用这些钱去支援建设吧。"

在陈家楼的遗物中，记者找到不少他珍藏的有关胡耀邦与共青城的手稿手迹。日子开始越来越好，但是在陈家楼等人的心中始终有一个夙愿没有实现，那就是当年胡耀邦答应过他们要来"共青"吃酒席。1984年春节期间，陈家楼等几位老垦荒队员在一起商议，明年就是共青垦荒和建场30周年了，是否能邀请耀邦同志再次来"共青"看看这里的变化呢。他们决定给时任党中央总书记胡耀邦写信，汇报"共青"这近30年的巨大变化，并希望他能抽空再次来"共青"做客。

1984年12月12日，是共青人的大喜日子。中共中央总书记胡耀邦第二次来这里，看望全体新老建设者。见到20多年前的老垦荒队员时，胡耀邦亲切地称他们为"垦友""棚友"，一句简单的称呼一下子就拉近了共青人和总书记的距离。当看到这里发生了巨大的变化时，胡耀邦感慨万分，欣然第三次题词"共青城"。

胡耀邦与大家谈心时，招待所的同志忙开了。从湖中捞上新鲜的鱼，准备"共青"自产的板鸭、猕猴桃酒、全汁葡萄酒，用瘦肉型猪肉包了饺子。胡耀邦不喝酒，可是在"共青"却破例畅饮。"这是你们用自己种的葡萄酿的酒啊，我愿意用它为你们的事业干一杯！"这一切，成为陈家楼晚年难以忘怀的幸福记忆。

1985年10月，在共青建场30周年之际，胡耀邦给新老建设者写了一封信，对他们所取得的成绩表示祝贺，并鼓励新老建设者们一如既往地发扬坚忍不拔、艰苦奋斗、崇尚科学、开拓创新的共青精神，把共青的事业不断推向前进。

## "垦后代"的红色接力

陈家楼后来担任德安县政协副主席，1994年正式退休。2007年，在纪念五四运动88周年、中国共青团成立85周年之际，200多名新中国成立以来各个历史时期的优秀青年代表欢聚在首都北京，参加"我与祖国共奋进"中国青年群英会，陈家楼作为知青代表出席了这次会议。在采访期间，记者注意到陈得灵珍藏了父亲出席这次青年群英会的所有资料与证件，客厅的侧墙上还醒目地挂着青年群英会代表合影的长卷。

晚年，陈家楼经常被邀请出去作演讲。他去过江西、北京、福建、广东等地，虽然身体不太好，但他总是说："只要我健在，有人愿意请我，我都会尽量答应。"他的听众大部分是年轻的大学生，他喜欢给他们讲过去的故事，讲那个让他为之自豪的共青城的崛起历程。"共青精神永远是一面旗帜，它已化成一种艰苦奋斗的精神！给这些青年做演讲，我很高兴。他们向我投来尊敬的目光。可能我们这种不计较个人得失的作为，对他们也能有一种触动。我想让他们明白：只有艰苦创业才有出路，只有开拓创新才有希望。"他经常勉励青年学子学有所成，自主创业。

2010年6月，陈家楼因胰腺癌去世。治疗期间，团中央有关负责人曾前来看望、慰问，问他有什么困难。陈家楼摇了摇头，说："没有什么困难，感谢组织的关心。"其实，他的二子二女都没有正式工作，以打零工糊口。陈得灵对记者说："父亲没有给我留下什么物质上的财富，但是精神层面的东西给予我们很多，我们做子女的给自己定位——靠自己的双手，勤劳致富，服务社会。"

在共青城的几天采访中，记者注意到20世纪50年代和陈家楼一样的老垦们都为自己的人生选择而激动，为自己开创的光荣事业而骄傲。曾有很多人对陈家楼说，没有他当年的举动，就不可能有今天的共青城。陈家楼总是连连摆手："不能这么说，原来是原来，共青城的崛起和腾飞，到现在的欣欣向荣，不仅仅是我们当时98个人的垦荒队的功劳，更重要的是之后几十年、几代人的奋斗和努力。这需要继续传承下去。希望共青城更好，一定能更好。"

"我们是志愿的垦荒队员，我们是毛泽东时代的青年……"2015年4月4日，上海青年志愿垦荒队创业交流促进会在嘹亮的《垦荒队员之歌》中成立，陈得灵被推选为首届会长。陈得灵说，促进会的成立是为了继承和弘扬父辈们的垦荒精神，深化我们作为上海人到江西垦荒者的子女的身份认同感和自豪感，互帮互助，共同发展与进步，与时代对接，传承垦荒老前辈的精神和友谊，搭建好垦荒者子女们创业交流的平台。他表示，他将深入挖掘、研究、宣传和弘扬红色垦荒精神，使之在新时期发挥正能量，关爱弱势群体，积极组织和参与扶贫慰问等公益活动，推动共青城的建设与发展。成立大会后，促进会成员冒雨祭扫胡耀邦陵园。次日，陈得灵等促进会骨干拜访了在共青城扫墓的胡耀邦长子胡德平。胡德平肯定了他们的做法，并勉励他们一定把这种垦荒精神传承下去。

"当年，父辈这群风华正茂、热血沸腾，充满正能量的年轻人，心怀建设新中国的理想和信仰，毅然舍弃大城市繁华优越的生活，志愿来到这块红土地，把人生最美好的青春留在了这里。他们克服种种困难，挑战着恶劣的生存环境，垦荒山，种粮食，自给自足地开创了从无到有的新生活，为落后的山区带来了新知识、新思想、新理念。父辈们的这种精神是我们'垦二代''垦三代'等的宝贵精神财富，影响着我们的人生观和价值观。"陈得灵在采访时表示，深为父辈们感到骄傲和自豪，自己有责任让后代了解父辈的这段光荣历史，牢记和发扬父辈的精神，接过他们的接力棒，助推共青城的社会、经济等各方面的发展。

采访之暇，记者信步宽达 50 米的共青大道，树木成荫，人来车往。放眼望去，一座座新落成的建筑无不显出共青城勃勃的生机，再也找不到荆棘丛生的荒滩，这里成了年轻人创业的活力之城，成了人们休闲度假的魅力之城。当年，陈家楼们在篝火旁遐想、憧憬的美景已变成了现实。2010 年 6 月，陈家楼的躯体离开了这块热土，但是他的魂魄已属于这片充满情感的红土地，这里是他最后的归宿。

诚然，共青城变了，但"艰苦创业"的共青精神却始终像一根接力棒，传递在共青城人开拓事业的跑道上！

# 雷锋

从日记中感受榜样精神

**BU FU SHAOHUA**

LEI FENG

　　雷锋，乳名庚伢子，原名雷正兴。1940年12月出生于湖南望城县（今长沙市望城区），1954年加入中国少年先锋队，1957年加入中国新民主主义青年团，1960年参加中国人民解放军，同年加入中国共产党，1962年因公殉职。历任湖南省望城县安庆乡政府通信员，望城县委公务员，望城县治沩工程指挥部通讯员，望城县团山湖农场拖拉机手，鞍钢化工总厂洗煤车间推土机手，鞍钢弓长岭矿山焦化厂工人，沈阳军区工程兵十团运输连驾驶员、运输连二排四班副班长和班长等。系辽宁省抚顺市第四届人民代表大会代表、中国共产党沈阳军区工程兵十团代表大会代表、沈阳军区首届共产主义青年团代表会议特邀代表。当选为"100位新中国成立以来感动中国人物"，并被评选为"最美奋斗者"。

2021年6月18日，坐落在北京奥林匹克公园龙形水系旁的中国共产党历史展览馆正式开馆，成为首都北京的又一座红色地标。2600余幅图片、3500多件套文物实物，首次全方位、全过程、全景式、史诗般展现中国共产党波澜壮阔的百年历程。其中，就展示了雷锋遗留的8本日记。

2019年9月23日，"伟大历程·辉煌成就——庆祝中华人民共和国成立70周年大型成就展"在北京展览馆开幕。从1949年到2019年，成就展采用编年体形式，带领观众沿着"时光隧道"，跟随历史年轮，全方位回顾和感知中华人民共和国走过的光辉历程。这条新中国70年"时光隧道"里，9本雷锋日记本静静陈列在展品柜里，与来来往往的观众一起诉说历史，展望未来。

这9本雷锋遗留的日记本、记事本，其中有一本是没有用过的。其余8本若按雷锋成长经历来划分的话，有3本是雷锋参军前写的，时间跨度在1958年至1959年；5本是雷锋参军后写的，时间跨度在1960年至1962年。雷锋遗留下来的日记从严格意义上讲，并不完全是日记体裁。

雷锋参军前的3本日记本中只记了少许日记，其余多数是他学政治、学文化、学技术的笔记。参军后的5本日记，也是日记和学习笔记混写在一起的。如果是日记，雷锋便在上面标明年月日；如果是笔记，一般没有年月日。正因为雷锋日记的这个特点，所以在以后准备正式发表、出版时，便有一个筛选、整理的过程。

雷锋虽然只有小学文化程度，但他留下了100多篇闪耀着共产主义思想光辉、充满着理性思考的日记，而且语言平实朴素，简练生动。雷锋日记是解读雷锋精神的第一手资料，是探讨雷锋精神成长道路的钥匙，是雷锋留给我们的宝贵精神财富。

## 最早见诸报端的雷锋日记

1960年冬季，沈阳军区开始宣传学习雷锋的活动。当时，我国国民经济遇到暂时困难，中央军委召开会议强调加强军队思想政治工作，全军即将展开"两忆三查"教育活动。雷锋就是在这样一个历史背景条件下，被沈阳军区领导机关发现并广为宣传的。

在沈阳军区工程兵政治部组织雷锋到各地作忆苦思甜报告前不久，沈阳军区《前进报》社从一篇来稿中发现了雷锋这个先进典型。报社十分重视这一情况，经过研究，当即决定由总编辑嵇炳前协同新华社军事记者佟希文、李健羽前去采访。在这次调查了解过程中，嵇炳前在沈阳市雷锋作报告临时住的办公室床上，发现了雷锋的日记。在征得军区工程兵政治部副主任王寄语同意后，嵇炳前把借来的5本日记本交给时任《前进报》编委的董祖修，让他看看能否摘录发表一部分，并向董祖修介绍了报社拟宣传雷锋的计划。

当时已是下班时分，董祖修接过雷锋的日记本，拿回家去，当晚

2021年，中国共产党历史展览馆内展示的雷锋日记

便在灯下阅读起来。他打开1960年雷锋参军后新使用的日记本，一下子便被扉页上贴着的黄继光画像吸引住了。那是一张剪自画报的黄继光画像。画像上展现的黄继光，目视前方，颇具战场上仇视敌人、勇往直前的英雄气概。雷锋在画像两侧空白的地方竖着写道："英雄的战士黄继光，我永远向您学习！"

董祖修一本一本往下看。从雷锋那一篇篇充满着阶级爱憎的倾诉当中，从那一句句为了党、为了人民、为了共产主义甘愿献出自己的一切，直至最宝贵的生命的铮铮誓言当中，他深感雷锋绝非一般战士，而是一位真正把个人的苦同整个阶级的苦连在一起，把个人的解放同全人类的解放事业连在一起，自觉为共产主义事业奋斗终生的先进典型。

董祖修仔细琢磨雷锋日记中一段段颇具哲理性的话语："一滴水，只有放进大海里，才永远不会干涸，一个人，只有当他把自己和集体事业融合在一起的时候才能最有力量"；"要记住：在工作上，要向积极性最高的同志看齐；在生活上，要向水平最低的同志看齐"；"雷锋同志：愿你做暴风雨中的松柏，不愿你做温室中的弱苗"……

第二天，董祖修向报社表示，日记完全可以摘登，他还想前往雷锋所在连队采访一次，希望可以得到更多更新的东西。嵇炳前欣然同意。董祖修来到运输连，雷锋正好外出作报告，不在连队。经人指点，董祖修在连队找到雷锋的一只小箱子，又发现了几册笔记本和一些在稿纸上写的哲言、诗歌……在这次整理雷锋日记的过程中，董祖修见到了雷锋，并向雷锋说明了整理日记准备发表的情况，雷锋表示同意。

　　董祖修在阅读新发现的日记时，突然从打开的日记本中飘落下一张小纸条。他捡起一看，是雷锋的笔迹，上面写着："对待同志要像春天般的温暖，对待工作要像夏天一样的火热，对待个人主义要像秋风扫落叶一样，对待敌人要像严冬一样残酷无情。"董祖修如获至宝，喜出望外。这四句话用春、夏、秋、冬四季作比喻，把一个革命者对待同志、对待工作、对待错误思想以及对待敌人所应有的正确态度非常精辟地表述出来，是雷锋形象的真实写照，是雷锋精神的高度概括。他想，如果把这四句话同雷锋的事迹结合起来宣传，一定会收到很好的效果。

　　1960年11月底，《前进报》在研究对这四句话如何处理时，董祖修以负责的态度说明了事实，肯定这是出自雷锋日记本中的一张纸条，而不是来自日记本身。大家认为，四句话虽然没有正式记录在雷锋的日记里，但它并没有违背雷锋的生活实际，所以决定选用。在讨论中，有人认为其中的第三句，即"对待个人主义要像秋风扫落叶一样"，同其他三句相比，末尾少了一个形容词，但是为了忠于原作，刊载时没有随意增加文字。

　　这年11月26日，沈阳军区《前进报》用两个整版的篇幅，发表了《毛主席的好战士》的长篇通讯，报道了雷锋的先进事迹。稿件还同时发给了新华社、《解放军报》、《辽宁日报》，以及辽宁《共青团员》《辽宁工人报》《沈阳日报》。各报刊在发表时，标题都作了修改，如《苦孩子成长为优秀战士》《茁壮的新苗》《红色的战士》等。

那时宣传调门最高的是《前进报》，沈阳军区还同时提出了"学雷锋、赶雷锋、超雷锋"的口号。从以上事实可以看出，雷锋牺牲前两年，他的名字就已经传遍了东北大地，在全国范围内，他也是有一定知名度的。

同年12月1日，《前进报》以《听党的话，把青春献给祖国》为总题目摘发了雷锋从1959年8月30日至1960年11月15日间的15篇日记，并加了热情洋溢的编者按。这是最早见诸报端的雷锋日记，是作为宣传雷锋事迹的重要材料出现的。

## 整理雷锋日记的细节

雷锋牺牲后，1963年1月7日，国防部批准命名雷锋生前所在班为"雷锋班"。《前进报》为了进一步宣传，1月20日由董祖修选辑，经报社领导初审，沈阳军区政治部审定的32篇雷锋日记又在《前进报》用了将近一个半版的篇幅发表，其中包括1960年发表过的雷锋日记15篇。

召开"雷锋班"命名大会时，沈阳军区政治部向前来采访的记者提供了部分介绍雷锋事迹的材料和由《前进报》社摘录、发表的日记。会后，《人民日报》《解放军报》《中国青年报》《中国青年》杂志等，纷纷发表雷锋日记，均来自《前进报》。雷锋日记摘抄开始同全国人民见面。

应当说，《前进报》给各报刊提供的日记摘抄，总的来说是准确的，是尊重雷锋原作的。但同日记原文相对照，《前进报》发表的日记也有个别变动之处。从《前进报》这方面来说，是从四开四版小报的需要出发，在文字上作了删节和压缩；而在选辑过程中，由于一时难以查实，编辑又将雷锋抄录报刊书籍的一些名言警句当作雷锋自己所写日记的内容。

1963年2月7日，《人民日报》刊载雷锋日记摘抄之后不久，周恩来总理曾让邓颖超打电话给《人民日报》总编辑吴冷西，说读了雷锋的事迹和日记很感动，认为日记写得好。同时，邓颖超告诉吴冷西，总理好像在哪儿见过《唱支山歌给党听》这首"雷锋"的诗作，希望报社认真查实，搞清楚日记中哪些是雷锋自己的话，哪些是他摘录别人的话，别人的话应注明出处。

吴冷西很快把电话打到总政宣传部，总政又及时将电话打到沈阳军区政治部。沈阳军区政治部又将核实雷锋日记的任务，交给了《前进报》编委董祖修。

1963年3月中旬，董祖修接到核对雷锋日记的任务后，把当时军内外报刊上刊登的雷锋日记摘抄仔细查对了一下。《前进报》最初刊载时的问题也出现在其他报刊上，主要表现在：雷锋自己的话与雷锋摘录别人的话，没有区分开来，缺少必要注解。但总的来说，刊发出来的日记是忠于原作的。董祖修把查对结果如实作了汇报。沈阳军区政治部领导为了慎重起见，特派他和负责对外宣传报道工作的徐文一同前往总政宣传部，以便及时把宣传中某些不准确的地方纠正过来。

当时，总政宣传部已初步确定正式出版《雷锋日记》一书。总政负责出版的同志的设想是这样的：在出版前言中，从正面说明这是依据雷锋日记的原文，对已发表过的雷锋日记进行详细校对，并增加了一部分新的内容而选辑成书的。这样，就可以借此机会把原来某些不准确的地方纠正过来，使今后的宣传有个可靠的依据，使学习有个准确的版本。

1963年，董祖修等人在沈阳和北京校对雷锋日记的过程中，考虑到小纸条上的"对待同志要像春天般的温暖，对待工作要像夏天一样的火热，对待个人主义要像秋风扫落叶一样，对待敌人要像严冬一样残酷无情"这句话在全国人民中的传播和影响，斟酌再三，最后确定把它保留，加在1960年10月21日的日记之后，中间加了一句连接的话："我要牢牢记住这段名言。"

鲜为人知的是，核对雷锋日记的过程中，有人曾经把雷锋的日记本拆开过。为什么要拆开完好的日记本呢？当时完全是为了宣传报道的需要，为了让《雷锋日记》早日问世。自1963年3月毛泽东题词"向雷锋同志学习"发表后，全国各地记者纷至沓来，到《前进报》要雷锋日记摘抄，有的人执意要阅读雷锋日记原稿。为防止珍贵的雷锋遗物丢失，又能满足新闻宣传的需要，董祖修想出了一个一举两得的办法：把雷锋的日记本拆开，然后组织人手前来抄写，抄完之后再装订上，当然，绝不能把日记本搞坏。

当董祖修把这个想法向部队领导提出之后，领导开始有些犹豫，怕把雷锋遗物弄坏。但董祖修过去在沈阳军区印刷厂精装车间参加过劳动，知道这种用锁线机装订起来的本子，拆开之后是完全可以再按原样装订起来的，而且会装订得很好。因此，他向领导说明了情况并请他们放心，领导也就同意了。

董祖修来到与报社同在一层楼的军区文化部，请他们从军区文工团找来10位同志，以便帮助抄写。然后，董祖修把雷锋的日记本细心地拆开，一打一打地排列了次序，并加上了号码。

大约用了两天的时间，雷锋日记（连同雷锋的笔记本里的少量日记）的整个抄写和初步校阅工作进行完毕。董祖修逐篇细读，订正了个别标点和文字。这样，一份完整准确的雷锋日记抄件，便在短短几天之内完成了，为《雷锋日记》的早日出版争取了时间。

日记抄完之后，董祖修最关心的要算是装订日记本的事了。他请报社与军区印刷厂最熟悉的同志把拆开的本子送到印刷厂装订。军区印刷厂对雷锋的遗物十分珍惜，他们特意请一位老师傅，按照精装的办法，把几册日记本一针一线地装订起来，然后把封面粘好。日记本被带回来后，大家一看，不仅几乎和原来的一样，而且比原来的旧本子订得更结实了。

不久，雷锋的日记本、笔记本共9本，连同雷锋其他遗物一起，被征集到中国人民革命军事博物馆，作为宝贵的精神财富长期珍藏。

雷锋日记抄件在上交之后，经总政宣传部审查，共选辑121篇，约4.5万字，于1963年4月由解放军文艺出版社出版。这是在全国范围内发行的第一本内容丰富、文字准确的雷锋日记。这本日记的出版，满足了全国人民学习雷锋的需求，也成为对雷锋的永久纪念。

1972年12月，在毛泽东等老一辈革命家发出向雷锋同志学习号召 10 周年前夕，根据解放军总政治部办公会议通过的决定，沈阳军区负责提供与审定了一本新的《雷锋日记选》。这本书稿，由沈阳军区工程兵政治部洪建国负责初选；沈阳军区政治部党委按照总政关于"由沈阳军区负责审定的要求"，责成组织部长张力军、宣传部长栾绍光、《前进报》社副总编辑董祖修组成审查小组，具体执行总政治部的指示。

对雷锋遗留下的日记，工作组都是按照时间顺序，一天一天地核实、鉴别。其中雷锋记录生活、工作、学习的日记，很容易认定；但很多日记记录了一些富有深刻寓意的精辟论断、名言警句等，就必须仔细分析，因为里面有的是雷锋写的，有些似乎不是。对照雷锋的笔记本可以看出，雷锋平时看了很多书，做了不少摘记，有的注明了出处，有的却并未注明。雷锋日记里引用最多的是毛主席语录。

其中，日记本里有一段话这样写道："一个人出生在世界上以后，除了早夭的以外，总要活上几十年。每个人从成年一直到停止呼吸的几十年的生活，就构成个人自己的历史。……每个人每时每刻都在写自己的历史。每个共产党员和每个共青团员都应该想一想，怎样来写自己的历史……我要永远保持自己历史鲜红的颜色。"当时工作组以为这是雷锋自己的话，收录进最早的《雷锋日记选》版本中，列为第一篇。等过了几年，才发现这段话原来摘自中央党校杨献珍的一篇文章，于是在再版时便删去了这段摘记。这段话当时还曾被误认为是雷锋的话而在《人民日报》组织的一次报道雷锋活动的文章中作为引语出现。

工作组对雷锋日记中有关事实过程、人名、职务、单位、番号、地名、时间、数字等，都一一核对。但在发表时还是做了一些技术处理。为了保密，将雷锋日记中的部队番号一律改成××部队；将不便透露的人名，改成×××。经过反复研究，还将部分语义重复、过时的话语、用词等，做了删节。1973年8月，新的《雷锋日记选》由解放军文艺出版社出版。

1990年3月，解放军总政治部再次整理出版《雷锋日记选》。这本日记选弥补了原来版本的不足，增添了新的内容，更好地反映了雷锋"憎爱分明的阶级立场，言行一致的革命精神，公而忘私的共产主义风格，奋不顾身的无产阶级斗志"，成为在新的历史条件下，"学习雷锋同志，弘扬雷锋精神"的好教材。

《雷锋日记》的出版发行，与其衍生的出版物如《雷锋的故事》等很难分开计算。因为《雷锋的故事》一类图书中往往也包含《雷锋日记》内容。

据查，在国家图书馆和版本图书馆两个保藏当代出版物最完备的国家书库中，见到的《雷锋日记》及其衍生的出版物不尽相同。剔除重复品种，从1961年到1966年共有54种，"文化大革命"中从1971年开始共有21种，1977年到1998年，见到的不少于382种。已知版本有中文、韩文、英文、日文等多种文字。这么多品种和版本，印数的统计便有些难度了。

《雷锋日记》的出版有几个高峰：1963年毛泽东等领导人题词后，到1966年出版52种。1971年周恩来批评了当时的"出版口"不

作者余玮采访雷锋战友乔安山时在抚顺市雷锋纪念馆前留影

出版这类书后，有21个新版本问世。从20世纪70年代末邓小平两度重提学雷锋，到90年代初党中央再度号召学雷锋，出版了382种涉及雷锋日记及研究雷锋的著作。

党的十八大以后，习近平总书记在不同场合发表了有关学雷锋的重要讲话，为新时代学雷锋提供了行动指南。随后，各大出版社又出版了一系列有关雷锋的书籍和《雷锋日记》。

## 写日记的源起及其正能量语言

雷锋是1957年秋天开始学着写日记的。当时，雷锋在湖南省望城县委机关当通讯员。彭正元比雷锋大4岁，高中文化，硬笔书法很好，机关很多同志都知道他坚持写日记的事，他是雷锋在县委机关的良师益友。

1957年秋的一天下午，彭正元因事路过机关大门口，与雷锋相遇。雷锋面带微笑地对彭正元说："请告诉我，日记怎么写才好？""你在写日记？"彭正元反问雷锋。"嗯，我在学着写日记。"雷锋坦率地告诉彭正元。彭正元把自己的粗浅认识说了出来："学写日记，这是好事，我也在写日记。写日记既可提高自己的文化与写作水平，又可锻炼提高分析事物的能力。"

"写日记的好处确实很多。"雷锋表示同意彭正元的看法，并迫不及待地问道，"怎么写日记？"彭正元就把写日记的体会和盘托出，告诉雷锋："从写日记的形式看，有无标题的，开始就写×月×日，星期×，晴（或阴、雨）；还有一种是有标题的。我喜欢后一种形式。因为日记有标题，就体现了这天日记的中心内容，看了一目了然，也便于今后归类整理。"雷锋听了说："哦，还这样讲究啊！"接着，他又很有兴趣地继续问道："如何才能写好日记呢？""这就讲不清楚了。"彭正元思考了一下，继续说道，"但我觉得有几点值得注意的：一是不要记流水账式的。如记每天起床、上班、下班、吃饭、睡觉，这就没有意思了。二是要记一天中有突出意义的事。选择一两件把它记全、记深、记好，不要面面俱到。三是记事时，可写自己的感受和见解，或练习写景物，逐步提高自己的写作水平。"

彭正元后来回忆说，雷锋就是按照他的这些指点，开始长期坚持写日记，养成了写日记的习惯。1958年4月，雷锋曾主动把日记递给团山湖农场办公室干部方湘林看。方湘林回忆："我希望真有爱情日记，可仔细一看，写的全是政治与技术方面的内容，如下放干部总结评比大会记录，自己在大会上的发言提纲，拖拉机性能，拖拉机驾驶规则，等等。用现在的话讲，全是'正能量'语言。"

雷锋的日记中，有很多巧用比喻的手法。

"骄傲的人，其实是无知的人。他不知道自己能吃几碗干饭，他不懂得自己只是沧海之一粟……这些人好比是一个瓶子装的水，一瓶子不满，半瓶子晃荡，可是还晃荡不出来。这有什么值得骄傲的呢？"（1962年3月2日）这则日记旨在批评那些狂妄自大者，当然也是自警。"吃干饭""沧海一粟""一瓶子""半瓶子"是信手拈来的比喻，而"可是还晃荡不出来"却别有风味。

"要学习的时间是有的,问题是我们善不善于挤,愿不愿意钻。一块好好的木板,上面一个眼也没有,但钉子为什么能钉进去呢?这就是靠压力硬挤进去的,硬钻进去的。由此看来,钉子有两个长处:一个是挤劲,一个是钻劲。我们在学习上,也要提倡这种'钉子'精神,善于挤和善于钻。"(1961年10月19日)钉子钻进木头,人所共见人所共知,但拈来比喻学习也应当挤和钻,确实是匠心独运。

雷锋日记中,比喻和对比套用写法也非常得体。

"我懂得一朵花打扮不出春天来,只有百花齐放才能春色满园的道理。一花独秀不是春,百花齐放春满园。"(1959年9月×日)。通俗的比喻,鲜明的对比,形象地说明先进人物要带领大家一道进步的深刻道理。

"雷锋同志:愿你做暴风雨中的松柏,不愿你做温室中的弱苗。"(1960年1月18日)。这叫"自题",用比喻和对比,表明自己誓做坚强的共产主义战士的决心。

雷锋的日记还采用了对比、排比连用的手法,如:"青春啊!永远是美好的,可是真正的青春,只属于这些永远力争上游的人,永远忘我劳动的人,永远谦虚的人。"(1959年10月25日)。日记先用"青春"与"真正的青春"作对比,接着加用排比,热情地讴歌了拥有真正青春的人的美好情操和宽广胸怀。

## 弘扬精神自读日记开始

《雷锋日记》当年曾印刷过数千万册，里面的许多警句教育了全国几代人。毛泽东主席也曾看过雷锋的日记。那是1962年国庆节前夕，时任沈阳军区党委副书记、副政委兼军区政治部主任杜平挑选了多本日记和雷锋事迹材料，派专人报送总政治部，并建议转呈毛泽东主席和周恩来总理。在杭州会议期间，毛泽东谈到雷锋时赞许地说："我看过雷锋日记的一部分，此人懂得一点哲学。"

读书是汲取文化养分的主渠道，雷锋是一个爱读书、爱学习的文学爱好者。雷锋在学习上，不仅目的明确，知道为什么而学，而且爱动脑，善于学习。他的知识面很广，读的书涉及方方面面。但他读得最多的还是毛主席的著作。雷锋非常热爱毛主席和毛主席著作，1961年4月×日，雷锋在日记中写道："毛主席著作对我来说好比粮食和武器，好比汽车上的方向盘。人不吃饭不行，打仗没有武器不行，开车没有方向盘不行，干革命不学习毛主席著作不行。"20世纪50年代中期，《毛泽东选集》发行量还不大，一般只发到县委书记一级。雷锋跟县委书记张兴玉在一起的时间多，所以他常借来看，看不懂就问。雷锋调到鞍钢工作后，积极响应毛主席"又红又专"的号召，认真学习毛主席的著作，从厂党总支书记那里借到《毛泽东选集》一至三卷，如获至宝，日夜攻读。他随身带着毛主席著作，工间休息学，到食堂吃饭排队学，晚上在被窝里打着手电学，到调度室学……参军后，雷锋更是毛主席著作不离身，抓紧一切可利用的时间学习。雷锋刻苦学习马列主义、毛泽东思想，在改造客观世界的同时也改造了主观世界，把自己练成一个拥有坚定理想信念，坚守共产党人精神追求，全心全意为人民服务的共产主义战士。

曾有人说雷锋是"那个白天做了好事不留名，晚上全都写到日记里的人"。对此，雷锋研究专家陶克少将表示："日记是那个时代的产物，就像我们今天写博客、发微博一样。所不同的是，那时的日记是自己生活的记录，是不和别人分享的。再说，雷锋记日记时也不可能想到，日后要发表给全国人民看。"雷锋日记中包含了大量的读书摘要、名言警句、技术要点等内容，由此可见，他写日记并不是为了记录自己的好事。

曾有人质疑《雷锋日记》是"集体创作"，不是雷锋独立写成的。理由是雷锋仅是一个高小毕业生，哪来那么深的文化底蕴和那么高的思想境界？对此，雷锋战友乔安山非常气愤："我跟雷锋都在运输连四班，他这个人特别爱学习，也爱带着大家一起学。那年头报纸的报眼上经常有'最高指示'（毛主席重要论述摘编），他只要看到，就把'最高指示'剪下来，贴到墙上，领着我们一起念，一起学。他的好多思想都是从不断学习中学来的。雷锋有个记日记的习惯。1962年五六月份，我们在沈阳北郊施工打山洞，我俩同开一台车，同住在郊区一个老乡家里。那天回去的时候都凌晨两点多了，他还要记日记。我就劝他，说这么晚了就别写了。他说'当天的事就得当天记，不记睡不着觉'。接着拿张纸把灯罩住，让我先睡，他就写上了。那时候，我俩几乎天天在一起，从没见过哪个人替他写什么东西再让他往本上抄的。那个年代，谁敢那么做，那不是欺骗组织欺骗党吗？那是多么严重的问题啊！"

易秀珍于1958年11月与雷锋一起从湖南到鞍钢工作。她曾回忆起一段在弓长岭建设工地的生活场景："有一天晚饭后，我来到雷锋住的土房里，想帮他洗衣服。看见他坐在通铺上正埋头写什么，我悄悄凑近一看，原来他在写日记。他扭头看见我，赶忙合上了日记本。我说：'不要对我保密了，净写些什么青春啊、美好的，我都看见了。'他冲我一笑，索性把日记塞到我手里：'拿去看吧，管够看，我的日记对谁都不保密。'我坐在板铺炕边上，心里想：不管你保不保密，反正我要看看。……这本日记每篇写得都很简短。很少叙事记人，多是抒怀言志的……我把日记还给他时，他开玩笑地说：'看出什么秘密啦？'我说：'你这个人是透明的，一眼就能看透，能有什么秘密。'我要帮他洗衣服，他说什么也不让我洗。"

一个只有小学文化的苦孩子能有这样的思想和文字水平，能写出高质量的日记来，一个重要的原因是善于学习。雷锋日记真实地反映出雷锋崇高的政治理想和积极向上的人生追求，笃信只有在奉献中才能实现人生的价值。这一切都来源于他对毛主席著作的刻苦学习和钻研，是马列主义、毛泽东思想武装了他的头脑，为他写日记筑牢了思想理论之基。

雷锋学习毛主席的著作时养成了写读后感的习惯。1960年2月15日，雷锋在日记中写道："敬爱的毛主席，我看到您写的《纪念白求恩》这篇文章，深受教育，被感动得流下了热泪。过去有人讽刺我说：'你积极有什么用，那么点的小个子，给你一百五十斤重的担子，你就担不起来。'我听了这话，还埋怨自己为啥长这么点小个子呢！可是，您老人家说：'一个人能力有大小，但只要有这点精神，就是一个高尚的人，一个纯粹的人，一个有道德的人，一个脱离了低级趣味的人，一个有益于人民的人。'这话给我很大鼓舞。个子小，我也要尽我自己最大的力量，做到毫不利己，专门利人，向伟大的国际主义战士白求恩学习。"1960年3月×日，雷锋在日记中还写道："我学习了毛主席著作以后，懂得了不少道理，脑子里一豁亮，越干越有劲，总觉得这股劲儿永远也使不败。"1960年12月×日，雷锋在日记中写道："我深切地认识到，要想成长进步，要为党做更多的工作，就必须认真读毛主席的书，听毛主席的话，照毛主席指示办事，才能做毛主席的好战士。我一定抓紧点滴时间进行学习，做到书不离身，有空就掏出来看一段，在明年读完《毛泽东选集》第四卷中的《抗日战争胜利后的时局和我们的方针》《关于重庆谈判》《关于目前国际形势的几点估计》《目前形势和我们的任务》《将革命进行到底》《论人民民主专政》《丢掉幻想，准备斗争》等重要文章，重读《毛泽东选集》一、二、三卷中的重要文章，坚决做到边学、边想、边改、边运用……""我从开始学习毛主席著作那天起，就牢记这样几句话：理论学习如果脱离实际，即使学得烂熟，但是表里不一，言行不一，仍然不能很好地改造思想……"

雷锋读毛主席的书最大的特点就是能做到理论联系实际，不仅对毛主席的立场、观点、方法去加深理解，还从毛主席的著作中学到了文章的写作方法和技巧，更主要的是他通过学习毛主席著作，更加政治坚定、思想进步、道德高尚、品行端正，为写出思想格调高、语言畅通、文字招人喜欢、让人读后深思的好的日记奠定了坚实的政治思想基础。

雷锋在学习上有着顽强的毅力，这股"钻"劲和"挤"劲，为他练就了写日记的本领。雷锋学习时不管遇到多大困难，都会千方百计地把它克服。特别在学习毛主席的著作时，通过自己的学习实践，他总结了"五步学习法"，对《毛泽东选集》每一篇每一页都标注了学习重点，还用眉批形式记录自己学习的心得体会。他在学习时很讲究科学的方法，充分发挥自己的才能，提高效率，节省了大量的时间。

雷锋在念书时就严格要求自己。据雷锋读小学时的老师回忆：雷锋在念书时，学习最好。他胸怀"为毛主席争光，为雷家争气"的远大目标而学习，因而在学习上有无穷的动力，勤奋攻读，求知面广，用心领悟，收获丰硕。在读书时，他不仅刻苦认真，还能独立思考，所以作文成绩优秀，立意高，言之有物，以情感人。在清水塘完小读五年级时，他在写《我的家庭》作文时，一边写，一边哭，思亲的悲痛在他的笔端流淌，他从爸爸的死写到妈妈的死，字字血，句句泪，一个少年抚今追昔，仇恨旧社会、感谢共产党的情怀跃然纸上。雷锋参加工作后，更加懂得文化知识的重要，"我现在太需要提高文化水平了"。所以，他积极主动地去县机关干部业余文化补习学校学习。雷锋每天晚上到校很早，读书非常用功，特别喜爱语文课，是"学习班"中语文成绩最优秀的学员之一。他把自己写的《党是我的亲爹娘》一文送到老师那里请求帮助修改，还经常和班里的同志们一道讨论"排比""设问"等修辞手法在文章中的作用。

雷锋生前敬重的模范人物、湖南省总工会原副主席冯健回忆说："雷锋英俊潇洒，才华横溢。他爱读书，爱音乐，爱好文学创作。在团山湖农场，他写过一首长诗《南来的燕子》，激情澎湃。写过一篇极有散文味道的小说《茵茵》。我以一个同行的眼光欣赏这篇小说，发现他的形象思维能力非凡——他以极多的人和事凝结出一个典型人物，血肉丰满。在雷锋的日记本上，我还看到了关于创作抒情诗、叙事诗、小说和散文的理论摘抄。可以推论，如果雷锋真搞起创作来，那定会是我等高水平的老师呢！"

时间对每个人来说都是公正平等的。但不同的人有不同的态度，在时间利用上是不一样的，爱学习的人，就能科学地安排和利用时间，把一天当作两天用。雷锋就是这样的人。在鞍钢时，他专门为自己做了个学习计划：早晨坚持学习一个小时，晚上学到 10 点至 11 点。到部队后，他是个汽车兵，由于训练、工作，每天都很忙，没有更多的学习时间。于是，他把学习的书本放在挎包里，人到哪里书到哪里，有空就看上一点儿。出车回来，他总是要挤出时间来学习。熄灯号响后，为了不影响其他战友休息，他就偷偷地跑到工棚、车场、厨房，甚至司务长的宿舍去读书，并且一看就是大半夜。有时，雷锋还拿着手电照着，在被窝里偷偷地看书，有一次还被查铺的连长发现了，"狠狠"地批评了他一顿。

湖南雷锋纪念馆赠给余玮的有关雷锋给群众回信的照片（余玮 翻拍）

正由于雷锋有这种挤劲，他读的书越来越多，知识越来越丰富。有一次雷锋去电影院看电影，电影开演之前，雷锋便拿出书借着电影院里的灯光看了起来，坐在他身后的一个小学生看到这个解放军叔叔正在聚精会神地看书，觉得挺奇怪：电影马上快开演了，怎么还在看书？于是小学生便探身看看是谁，原来是他们学校校外辅导员雷锋叔叔。于是他就问："雷锋叔叔，这么一点时间，你还看书啊？"雷锋说："时间短吗？我已经看了三四页了。时间短，可是看一页算一页，积少成多嘛！学习，不抓紧时间不行啊！"雷锋问这位小学生："你对学习抓得紧吗？"小学生不好意思地答道："不紧。"雷锋亲切地说："不抓紧可不好。你们在学校里学习，太幸福了，一定要认真地学。"1961年10月19日，雷锋在日记中写道："有些人说工作忙，没时间学习。我认为问题不在工作忙，而在于你愿意不愿意学习，会不会挤时间。"

雷锋常年坚持学习毛主席著作和一些革命文学，不仅提高了自己的思想政治觉悟，树立了正确的人生观，同时也极大地提高了文化素养和写作水平。雷锋在文学作品的影响下，写作兴趣大增，写出如此多催人奋进的日记来是必然的。《雷锋日记》缘于雷锋的独立思考，绝非"写作班子"的"集体创作"。

雷锋爱学习，爱思考，爱写日记，爱记心得。翻开他留下的一本本日记，那些珍贵的心语，承载着他的思想，记录下他的行动，从昨天走向今天，从今天走向未来，他那高尚、纯洁、智慧的灵魂，具有永恒的魅力。

雷锋用朴实无华的语言，写出了金子般熠熠生辉的道理。重温雷锋日记、传承雷锋精神，成为许多地方学雷锋活动的共识。雷锋精神是以雷锋的无私奉献精神为基本内涵，在实践中不断丰富和发展着的革命精神。它已经成为我们这个时代精神文明的同义语、先进文化的表征。

周恩来总理曾把雷锋精神全面而精辟地概括为"憎爱分明的阶级立场，言行一致的革命精神，公而忘私的共产主义风格，奋不顾身的无产阶级斗志"。雷锋的光辉形象始终活在人们心中，雷锋以22岁的短暂人生铸就了永恒的雷锋精神。2021年9月，中共中央批准中央宣传部梳理的第一批纳入中国共产党人精神谱系的伟大精神，就包括雷锋精神。

弘扬雷锋精神，自读雷锋日记开始！

# 龙梅
# 玉荣

寻访真实的"草原英雄"

BU FU SHAOHUA

LONG MEI · YU RONG

　　龙梅、玉荣，辽宁阜新人，蒙古族，曾被内蒙古自治区党委授予"草原英雄小姐妹"的称号，被评选为"20世纪我心中的英模"。龙梅，1952年出生，1970年入伍，历任解放军253医院理疗科护理员，内蒙古自治区达尔罕茂明安联合旗旗委副书记，包头市东河区团委副书记、东河区人大常委会副主任、东河区政协主席等职。玉荣，1955年出生，1976年毕业于内蒙古师范学院，历任内蒙古乌兰察布盟教育局副局长、乌兰察布盟团委副书记兼少工委主任，内蒙古自治区政协办公厅副主任、副秘书长等职。姐妹俩曾当选为全国人大第四、第五届代表，玉荣曾是团十一、十二大代表，中国残联一、二、三届代表，还获得全国扶残助残先进个人、自强模范称号。两人被评为"100位新中国成立以来感动中国人物"与"最美奋斗者"。

龙梅、玉荣 | 寻访真实的"草原英雄"

一

20世纪60年代，一场罕见的暴风雪袭击了内蒙古达尔罕茂明安联合旗草原，"草原英雄小姐妹"舍身护羊群的故事曾打动了亿万人，激励了千千万万的青少年。

然而，令人惊讶的是，有人说第一个发现并参与抢救她们的并不是当年报道的那位王姓扳道工人，真正的英雄哈斯朝禄却曾被诬为"偷羊贼""杀人未遂"者，忍辱蒙垢整整21年。

那一代人的偶像故事，当年曾被无数记者和作家写过，也曾被拍成电影、动画片，搬上过舞台，写进过小学课本。一切真的如当年艺术作品所演绎的那样吗？到底谁是第一个发现并参与抢救她们的人？有关真相到底是怎样的？后来她们又在做些什么？生活和工作还好吗？带着这些疑问，2007年笔者走进内蒙古，走近这对姐妹。

## 生命中刻骨铭心的一天一夜

1964年2月9日（农历腊月二十六）早晨，内蒙古达尔罕茂明安联合旗（简称"达茂旗"）草原上空飘着几片云，12岁的龙梅和9岁的玉荣帮父亲吴添喜出门放牧。玉荣回忆说："那天我们家的邻居叫爸爸去粉刷房屋。说是邻居，其实好远的，不像你们那里，草原上人家不多，都隔得远。当时我爸就答应了给邻居粉刷，我和姐姐就临时

20世纪60年代,被誉为"草原英雄小姐妹"的龙梅(右)和玉荣(左)

替阿爸阿妈放羊。"

吴家有6个子女，2子4女，龙梅排行第三，玉荣排行第四。吴添喜离开家时，对龙梅、玉荣说："阿爸去一会儿就回来，你们临时放一会儿。"龙梅说："阿爸你就放心吧，我们也不是第一次放羊。"当然，她们只在晴天放过羊，而且一般夏天放得比较多。

上午10点多钟，天色还好，风微微地吹，这时龙梅、玉荣赶着羊群出门。临行前，妈妈对孩子说："你们不要走远，一会儿你阿爸回来就接你们去。"

于是，龙梅和玉荣顺风赶着羊出去。前不久下过雪，雪把草埋住了，因为吃不上草，羊就往前跑。走了1公里路，龙梅同玉荣商量："妹妹，咱们再往前走一走，让羊好好地吃点儿草。"玉荣点了点头，姐妹俩就跟着羊群顺风走，渐渐地看不见家了。

中午时分，天气突变，低垂的云层洒下了一串串的鹅毛大雪，随后怒吼着的西北风卷起大雪漫天狂舞。刹那间，白毛风吞没了茫茫的草原：暴风雪来了！

龙梅和玉荣急忙拢住羊群，往回赶羊。但是狂风暴雪就像一道无形的墙，阻挡着羊群的归路，羊群顺风乱窜。在这关键的时刻，龙梅对妹妹说："这雪越来越大，你赶紧回家把阿爸叫来，把羊群赶回去。"

玉荣听了姐姐的话，掉转头顶着风雪拼命地跑，没跑多远就栽倒了。她起来回头一看，姐姐一个人在暴风雪中，左手拿着羊鞭，右手甩着脱下来的皮袄左右拦挡，没有自己这个帮手，羊群越发乱了。玉荣心想：离家还很远，如果把阿爸找回来，姐姐和羊群就找不见了。于是玉荣顾不得再去叫阿爸，立即返回羊群，手里挥动着小皮帽，嘴里不断地喊着。

龙梅和玉荣就这样拦挡一阵，跟上跑一阵，再继续拦挡，再跟着跑，不知拦了多少回，也不知道跑了多长时间。经过与暴风雪搏斗的第一个回合，龙梅和玉荣总算把散乱的羊群聚拢在一起。暴风雪中人是分不清方向的，在狂风和寒冷中更显得恐惧和孤独，成人尚且如此，何况孩童呢？

到了晚上，暴风雪似乎更加疯狂了。龙梅、玉荣凭借着地上积雪的反光，尽力识别自己的羊群。羊群照旧在风雪的呼啸中朝东南方狂奔着。在紧紧追赶羊群的时候，姐妹俩怕在奔忙中散失，便机智地相互高喊着："龙——梅""玉——荣"，彼此关照激励着，羊群在她们的呵护下一直没有散开。

因极度疲乏，姐妹俩便找到一个稍避风的地方休息。不知不觉，龙梅睡着了。深夜，龙梅冻醒一看，羊群、妹妹都不见了。她爬起来，一路走一路喊："妹妹，你在哪儿？"其实，玉荣就在不远的几百米处放羊，尽管当时玉荣看不到姐姐，但是能听到她的声音，于是朝着她喊："姐姐，我在这儿哪！"

喊了一会儿，两个人就会合了，又一起赶着羊群。龙梅埋怨玉荣说："你走的时候怎么不叫我？"玉荣回答："我没来得及叫你，想让你多睡一会，我把羊群拢回去。"

两姐妹跟着羊群继续前进，同风雪搏斗了一天一夜，已走出了30

多公里。

第二天拂晓,她们离白云鄂博车站不远了。龙梅突然说:"妹妹,你的靴子呢?"冻得已经有些麻木的玉荣一愣,看了一眼自己的双脚,说:"那不是在脚上穿着么?"龙梅细一看,哪是靴子,分明是脚上裹着雪,冻成了冰坨子。玉荣回忆说:"我的靴子早没了。雪特别深,一脚踩下去再抬腿时就掉了。但是那会儿已经麻木了,不知道靴子还在不在。羊顺风不停地走,我们就跟羊,如果不走的话,可能连人带羊都冻死了。"

草原上的暴风雪又称作"白毛风"。在这样的天气里如果迷失方向的话,非常容易被冻死或冻伤致残。龙梅往回走了几百米,好不容易才找到一只靴子,可是玉荣怎么也穿不进去了。羊慢慢往前走,龙梅想背着玉荣走,但玉荣不同意,说:"姐姐,你哪能背动我,我坐在这儿,你去把羊拢回来。"

于是,龙梅找了个山沟把玉荣安顿好,把自己的大衣也脱下来给玉荣,就走了。羊群要过白云鄂博车站的铁道了,就在这里,她遇到了救命恩人哈斯朝禄和他的儿子那仁满都拉。

自然,每个父亲都爱自己的孩子。达茂旗新宝勒格公社那仁格日勒大队的老人说,当年吴添喜听说龙梅、玉荣找不到之后,像疯了一样,留下一句"找不到俩孩子我也不回来了",就不顾一切地冲进了暴风雪中。直到 2 月 10 日得知龙梅、玉荣被救之后,人们才在很远的一个蒙古包里找到吴添喜。

## 真相被掩盖21年之后才得到澄清

2月9日这天早晨，牧民哈斯朝禄早早地起来为老同学特木尔高力陶做早饭。当时，老同学到他家已住了4天，临近春节，老同学打定主意回家过团圆年，当天拟赶到白云鄂博。

哈斯朝禄心里盘算着，自己也可以顺便到白云鄂博办点年货，再给儿子那仁满都拉理个发。他便牵着狗，带着儿子一起送老同学上路了。临行时，哈斯朝禄吞服了两片药，老同学哪里知道他还发着烧呢！

在茫茫雪原上走了半天，赶到白云鄂博火车站，已经是下午2点55分了，10多分钟后开往包头的客车就要发车了，而老同学曾随身携带的部分东西还寄放在达茂旗物资局办事处。那里距火车站有1公里路，要翻过一座小山，如果取回东西就要误车了。看来，只好在白云鄂博留宿，等第二天再走。

时间宽余了，哈斯朝禄便领着儿子那仁满都拉到街上去理发。腊月底，理发店里的生意特别好，耐心排队等到晚上10点多才轮到那仁满都拉理发。当天回不去了，这样哈斯朝禄父子俩也决定住下。

第二天，风雪仍在肆虐，哈斯朝禄坐不住了，他惦念家里的那群羊，惦念放羊的两个年幼的女儿，于是告别老同学特木尔高力陶，带着儿子领着狗背着年货踏上了回家的路。这时已是上午11点了，正刮着西北风，人侧着身子，狗耸着毛，一步步地往前顶。

横穿过铁道不一会儿，父子俩远远地望见铁路西边的一道浅沟里有一群羊，黛青色的天空下如同一块块大鹅卵石挤在一起，偶尔传来几声羸弱的咩叫。哈斯朝禄的心忽地一沉：别是两个女儿冻坏了，羊群跑到这里来了？

父子俩跌跌撞撞地跑到羊群前，才发现不是自家的羊群。三四百只羊身上挂满了冰溜子，肚子瘪瘪的，在风雪中哆嗦，紧紧地挤着不抬头。

"不管是谁的羊，咱们先把它们赶到桑布家，然后让他骑骆驼送到大队去。"父子俩顶着风赶羊如同逆水行舟，不论父子俩怎么吆喝、哄赶，羊群却一步也不挪动。这时哈斯朝禄才发现有3只死羊，于是对儿子说："你在这儿看住羊群，千万别让它们顺风跑掉，阿爸把这3只死羊送到火车站暂存一下，听见了吗，孩子？"

哈斯朝禄背起其中一只尚未完全冻硬的公山羊，深一脚浅一脚地朝车站走。当时，他烧还没有退尽，浑身软软的。他晃晃悠悠终于把死羊背到火车站的扳道房门前，一个30岁左右的王姓年轻人打开门，疑惑地盯着这位风雪中的蒙古族牧民。哈斯朝禄把羊放在窗户下边，气喘吁吁地解释了原委，并保证一两天内就会让大队的人来取。王某断然拒绝了，说怕给弄丢了。哈斯朝禄说："丢不了，谁要这皮包骨的死羊啊？"哀求了半天对方才答应暂时寄放，不过要求他在下午6点之前取走。

哈斯朝禄拔腿就往回跑，快到羊群时才发现还有一个小女孩和他儿子在一起。疑惑中，哈斯朝禄快步走上前去……

原来，哈斯朝禄走后不久，在迷漫的风雪里，这个女孩从西坡上向羊群缓慢走来。她两腮冻得青紫，毡疙瘩里灌满了雪，雪在里边融化后又冻成冰，围着脚脖子结成了一个圆形冰坨。她看见哈斯朝禄，咧了咧嘴，似乎要哭了。这个小女孩就是龙梅。

哈斯朝禄从龙梅口中得知，昨天她和妹妹玉荣放羊时，遭遇暴风雪，羊群被刮走了。她们跟着羊群跑了一天一夜，到现在还没吃一口东西呢。

"你妹妹在哪儿呢？"哈斯朝禄急切地问龙梅。龙梅举起鞭杆指着西北方向的山谷："玉荣在山里等我，她的毡疙瘩靴子也丢了。"哈斯朝禄已意识到龙梅的伤势，如不尽早抢救会有生命危险，于是赶紧说："我也是那仁格日勒大队的，快跟我到扳道房里暖和暖和，我再去寻你妹妹。"说着，他一手拎起装有年货的麻袋扛在肩上，一手紧紧拉住龙梅，又招呼儿子，直奔扳道房。

远远看见王某举着红绿信号旗，站在扳道房前朝他们连连摆手，一列客车就要进站了，车头喷吐着烟雾呼啸而来。哈斯朝禄怕耽误了救龙梅，当列车离他们还有200多米远时，他紧紧挽住龙梅的胳膊，奋力拽过铁道，这时，列车轰隆隆地从他们背后驶过。哈斯朝禄用胳膊挡住被列车卷起来的雪雾，看着那一闪一闪的车轮铿锵滚动，这才意识到儿子那仁满都拉还在铁道的另一侧。

哈斯朝禄把龙梅带到火车站扳道房后，请求工人们去西山谷找玉荣，自己去邮局打电话叫救护车。从邮局出来，他又跑到矿区，一进传达室就喊："我们有两个人要冻死了，请你们去一辆车抢救。"矿区区长伍龙随即组织了十多个身强力壮的小伙子，叫来汽车、救护车向山里进发去找玉荣。

火车站扳道房里，脱掉龙梅脚上的冰坨子之后，工人们赶快用雪给她搓脚、搓脸，之后喂开水、面包。龙梅总算醒过来了，但她不懂工人们的汉语，全靠蒙汉语兼通的哈斯朝禄当翻译。

不一会儿，一个工人抱着一个小女孩进来了，把她放在床上。只见她直挺挺地没有知觉，靴子没有了，只有像靴子一样的冰疙瘩。她就是玉荣。

正忙着抢救的时候，伍龙坐着小车来到这里，把小姐妹和耳朵冻伤的那仁满都拉送上车，向矿山医院疾驰而去……

采访中，记者了解到：哈斯朝禄1936年毕业于兴安盟陆军军官学校，1946年参加革命，1947年毕业于东北军政大学第九期，历任内蒙古自治运动联合会东蒙总分会内防厅军事部秘书，中国人民解放军内蒙古军区司令部参谋处军事研究委员会委员，长春市公安局《长春公安》杂志社编辑及内蒙古人民出版社蒙文编辑部编辑。

1958年，哈斯朝禄被错误地打成"蒙修特务"，被开除了公职，下放到达茂旗新宝勒格公社"劳动管制"。哈斯朝禄强咽着不快，带着全家来到新宝勒格公社落户。救助龙梅、玉荣就发生在他被"管制"期间。

1964年3月14日，《内蒙古日报》在头版发表了"草原英雄小姐妹"的长篇通讯。哈斯朝禄是在很多天后才读到这篇报道的，对于其中救助龙梅的几段文字，他读后很茫然：事情怎么变成这样子了？明明是我救了龙梅,怎么变成是扳道工发现并救助的?

这之后,随着"草原英雄小姐妹"的动人故事在大江南北广泛传诵,包头市话剧团赶排出话剧《草原英雄小姐妹》,其中"偷羊贼"、反动牧主白音影射的便是哈斯朝禄。

哈斯朝禄没有料到,他由于救助了龙梅、玉荣,一下子便从"被管制分子"升格为"偷羊贼""杀人未遂"者以及舞台上的"反动牧主白音"。这时,呼和浩特铁路局对王某等 8 名铁路工人予以表彰,并作出决定,号召全局职工学习白云鄂博车站乙班职工在抢救蒙古族少年儿童过程中表现出来的阶级友爱和助人为乐的共产主义精神。不久,内蒙古自治区召开隆重的庆功大会,给以王某为代表的 13 名人员披红挂金。哈斯朝禄十分不理解……

1972 年锡林郭勒盟草原上的那场大火,给这个本来就多灾多难的家庭又一次带来了撕心裂肺的痛苦——那场大火夺走了 69 个鲜活的生命,哈斯朝禄的小女儿奥登就在其中!在这次草原大火中,奥登不像当年龙梅、玉荣那么幸运,她不幸遇难了。这位在 8 年前的暴风雪中救了草原英雄小姐妹的蒙古汉子,此时不得不感慨:"苍天为何如此不公啊!"

他顾不得流泪,手里攥着女儿 300 元的抚恤金,继续踏上了寻找公正、恢复历史的征途。

1979 年,组织上为哈斯朝禄平反昭雪,他恢复了在内蒙古人民出版社的工作。这一年,哈斯朝禄一家阔别生活了 20 年的草原,回到了呼和浩特市。可是,哈斯朝禄救助"草原英雄小姐妹"的壮举一直不被承认。有关部门的负责人坚持让其"将功抵罪",不予表扬。这自然深深伤害了哈斯朝禄这位老革命的心。

1979年4月,与哈斯朝禄一起救龙梅的小儿子那仁满都拉给《人民日报》撰文《谁是第一个抢救"草原英雄小姐妹"的人》。此外,哈斯朝禄和女儿赵玉容也曾多次上访申诉,提出哈斯朝禄父子是第一个发现并参与抢救"草原英雄小姐妹"的人,要求调查处理并见报正名。

不久,时任中央纪律检查委员会第三书记、中宣部部长、中央秘书长的胡耀邦对此案作了批示,要求"彻底甄别处理"。1984年初,中央组织部催问查处情况。为彻底甄别核实,由内蒙古自治区党委组织部牵头,通过对当时的主要当事人进行调查,于1985年1月正式确认哈斯朝禄父子是首先发现并参与抢救龙梅、玉荣的人,表示由宣传部门通过适当的宣传手段消除有关社会影响,建议有关部门对哈斯朝禄给予一定的奖励,强调处理历史遗留问题要本着宜粗不宜细的精神,做好各方面的善后工作。

迟到21年之久的处理意见,终于洗清了强加在哈斯朝禄身上的不白之冤,老人那颗受伤的心灵得到了些许慰藉。

40多年过去了,虽然哈斯朝禄父子救人的事迹已经得到了澄清,然而由于当年政治环境及历史环境的局限,真实的历史事实并不为广大民众所知晓。

当年的扳道工王姓老人接受媒体的采访,毫不否认是哈斯朝禄第一个发现并救了龙梅,又去通知救玉荣的事情。为此,当年处境十分

内蒙古乌兰夫纪念馆内有关龙梅、玉荣早期的报道（余玮 摄）

尴尬的王某找过哈斯朝禄，希望哈斯朝禄能表态，说明自己也参与了抢救"草原英雄小姐妹"。哈斯朝禄当时对王某说："报纸上不是登了你的英雄事迹吗？咱们相信党报吧，我这儿你不用担心，不会有任何人到我这里来问的，我还戴着'帽子'呢！"可以想象，当年第一个发现和救助了龙梅、玉荣的幕后英雄承受了怎样的煎熬。

## 两代人之间难以解开的困惑

2月10日下午，龙梅和玉荣被送入了包钢白云鄂博铁矿医院。

在白云鄂博铁矿医院的工作总结上有这样两组文字记录："患儿龙梅，入院时表情淡漠，不能言语，手指手背肿胀明显，触之冰凉而坚硬，无明显压痛；两脚尚在毡靴内，与鞋冻在一起无法脱下。初步诊断为：全身冻僵、冻伤性休克及肾功能障碍。""患儿玉荣，入院时呈昏迷状态。双耳肿胀，有水泡形成；眼睑浮肿，瞳孔对光反应迟钝；两小腿自膝关节以下皮肤呈紫色，踝关节以下呈暗黑色，表面有冰层附着，足背两侧动脉消失。初步诊断为：全身冻僵，上下肢冻伤面积28.5%，冻伤性休克及肾功能障碍。"

经过白云鄂博铁矿医院的精心抢救，龙梅、玉荣姐妹才从死神的手中挣脱出来。不久，这对小姐妹被组织上转送到内蒙古医院、北京积水潭医院住院治疗，国家派出了高水平的医护人员为她们治疗，并给她们使用了最先进的仪器和药品。但由于冻伤严重，龙梅失去了左脚拇指；玉荣右腿膝关节以下和左腿踝关节以下做了截肢手术，造成终身残疾。

1964年3月12日,《人民日报》发表了长篇通讯《暴风雪中一昼夜》,详细报道了她们的英雄事迹。3月13日,时任内蒙古自治区党委第一书记、自治区政府主席的乌兰夫题词:"龙梅、玉荣小姊妹是牧区人民在毛泽东思想教育下,成长起来的革命接班人。我区各族青少年努力学习她们的模范行为和高贵品质!"内蒙古自治区党委授予她们"草原英雄小姐妹"的光荣称号。3月14日,《内蒙古日报》发表了长篇通讯《草原英雄小姐妹》。

在她们治疗期间,乌兰夫专程到医院亲切慰问了这对"草原英雄小姐妹"。一时间,从中央到地方,全国各级各类媒体竞相传扬她们的英勇事迹。

1965年,上海美术电影制片厂出品了动画片《草原英雄小姐妹》。动画片按照写实的题材要求,还原了现实生活中的英雄,特别是片中细节的处理非常感人。另外,动画片在人物造型上既考虑到动画艺术特点又兼顾民族色彩,丰富了人物性格特征。

"天上闪烁的星星多呀星星多,不如我们草原的羊儿多。天边飘浮的云彩白呀云彩白,不如我们草原的羊绒白……"这是动画片《草原英雄小姐妹》的主题曲《草原赞歌》,由巴·布林贝赫作词、吴应炬作曲。这首歌具有鲜明的内蒙古音乐的神韵。跳跃活泼的节奏,欢快明朗的旋律,荡漾着勃勃朝气,在喜悦与自豪中展现了草原的兴旺,表达了对敬爱的领袖和共产党的热爱。《草原赞歌》曾获全国少年儿童文艺创作音乐三等奖,2005年12月入选"感动我们的100首金曲"，2009年9月入选央视"歌声飘过60年——献给祖国的歌"。

1973年，刘德海、王燕樵、吴祖强创作了一首琵琶协奏曲《草原英雄小姐妹》，"以蒙古族孩子玉荣和龙梅在暴风雪中保护公社羊群的动人事迹为依据写成"——这是作者在总谱的扉页上写的说明。在这之前，同名动画片已在全国引起巨大反响，琵琶协奏曲的主旋律就是取自这部动画片的主题曲。乐曲首演于1976年，后曾于1978年和1979年两次在美国公演，受到了国内外听众的赞赏。

从内蒙古草原到大江南北，她们的故事被拍成电影、搬上话剧和京剧舞台，还被谱写成歌曲、编入小学课本，成为进行集体主义教育的好典型。很快，龙梅、玉荣这两个名字家喻户晓。

当年报道时，把姐姐的名字"龙衣"错写成"龙梅"，姐妹俩的姓也去掉了。玉荣说："叫的人多了，也就这样了。有一次，我去台湾地区参加一个文化交流活动，过境时因姓玉，海关人员还怀疑百家姓中没姓玉的，后来我说是蒙古族，才过了关。"

姐妹俩出院后，在政府关怀下，她们回到老家达尔罕茂明安联合旗开始读书，再没有放过羊。为了照顾她们的生活，组织上每月发给每人20元生活补贴，还安排了一位阿姨一边照顾她们的生活，一边辅导她们的学习，直到中学毕业。

17岁那年，玉荣还在读初中时就被任命为乌兰察布盟教育局副局长。"1972年我被任命为教育局副局长，那时好像是'军管'时期，任副局长只是挂个名儿，属于那种不脱产任命。"玉荣回忆说，"后来我从内蒙古师范学院毕业后才真正走上了教育局副局长岗位。"

采访期间，笔者注意到姐姐龙梅沉稳谨慎，妹妹玉荣开朗善谈。玉荣在接受采访的时候，龙梅会很认真地听，当玉荣为回答某个问题而略有思索的时候，龙梅就会在她耳边小声提点，"得令"的玉荣心领神会，便又是一番滔滔不绝。后来，笔者了解到：龙梅的嘴因为当年冻伤以致说话不便，说话多了嘴唇还会发抖，于是妹妹玉荣就成了"发言人"。

小说《陪读夫人》里有这么一段故事：身居美国的母亲为了让儿子学汉语，讲起了"草原英雄小姐妹"的事迹。当儿子听到小姐妹为保护公社的羊被冻成重伤时，他突然发问："妈妈，她们这样做，公社会付给她们很多钱的，是吗？"母亲后来告诉儿子："最好的奖励是全国小朋友都学习这两个草原英雄小姐妹。这能用钱买得到吗？"儿子最后明白了："世界上还有一种工作是不能计算报酬的。"

谈及这个故事时，玉荣说："当然，精神是不能用金钱衡量的。我们家是1960年从老家辽宁阜新过来的，那时候是困难时期，有自然灾害，过来以后第二年分到牧区内蒙古乌兰察布盟达茂旗新宝勒格公社那仁格日勒大队。因为羊群是公社的，是集体财产，是我们牧民的命根子，所以我们全家人都很珍惜这群羊。我记得当时一只羊的价钱是2块钱，384只羊死了3只，等于损失了6块钱。可是为了这6块钱，我落下了终身残疾。当时遇到暴风雪时没丢下羊群跑回家，第一个想法是害怕父母责骂。姐姐有一次放羊时丢了一只小羊羔，阿爸硬是让姐姐摸黑把羊羔找了回来。集体的东西，丢了可咋办呀？当时想法很单纯。"

对于姐妹俩当年能勇斗暴风雪保护集体羊群，玉荣补充说："那是因为我们家教严。阿爸总告诫我们：一定要放好公社交给我们的每一只羊，一只也不能丢。当时，雷锋精神深入人心。遇上暴风雪时，我们真的就是在想：要向雷锋叔叔学习。我当年的偶像就是雷锋、董存瑞、黄继光。我们生活的那个时代倡导人活在世界上，不只是为自己而活的。每个人都应该多想想国家、集体和他人，这样的人生也许更精彩。直至现在，这种思想还比较牢固。如果现在遇到这种事，我想我还能像以前那样去做——我们姐妹从来没有后悔过当年的举动。"

玉荣说："草原上气候变化无常，因为放羊而致残的牧民并不少见。我家附近的一个大队就有一户人家，也是在20世纪60年代，放羊时遇到了暴风雪，也是一天一夜才被救，那个牧民10个手指都没有了，两条腿被截肢，他也是为了保护集体的羊群，他也是英雄，但没有宣传，没人知道。但我们却成了时代的英雄，我们是幸运的，可能因为我俩当时年纪比较小，所以宣传得比较多。我们不过是普通牧民的孩子，是党和人民把我们培养成大学生、国家干部，并给予我们很高的荣誉。"透过这些朴实的话，笔者看到了一颗难能可贵的平常心。

玉荣有两个可爱的女儿：大女儿阿米拉乐，意为"生命的礼花"，汉语名为"乐乐"；小女儿格果日乐，意为"曙光"，汉语名为"朵朵"。玉荣经常对孩子们说：你们现在条件好了，更应该严格要求自己。政治思想上应该像"烈士"一样，工作上像"英雄模范"一样，生活上像"贫苦的人们"一样，这样心理会很坦然、很平衡。

玉荣接受记者采访时，女儿阿米拉乐正在日本学语言，每天上午上课，下午打工，一个人打两份工很辛苦，每天要到凌晨一两点才能休息，但她从不和妈妈叫苦，自己的学费和生活费也基本可以自理。"我大女儿现在去了日本，我为啥让她背井离乡呢？我想让女儿走出去，开开眼界，也可以锻炼一下她独立生活的能力。"玉荣对笔者说。

可对孩子的教育，玉荣曾一度困惑。玉荣的丈夫朝克给两个女儿讲她们的姨妈和妈妈当年同暴风雪搏斗保护集体羊群的事迹，希望她们能向姨妈和妈妈学习，做热爱祖国、热爱集体的好孩子。然而，孩子们不能完全理解她们的行为。小女儿格果日乐问："妈妈，人比羊更应该受到保护，为什么为了救羊而把人冻坏呢？你们可以先回家，第二天再去找羊嘛！"玉荣苦笑着说："那是集体的羊。人的生命尽管比羊的生命重要，但集体的羊是国家的财产，如果你在那个年代，你也会像妈妈那样去做。"格果日乐又问："集体的羊和个人的羊不一样吗？"玉荣陷入了沉思：如今的孩子思想观念已和她们那个年代的人大不同。想要用一两句话来向孩子们阐明"为了集体利益有时需个人做出牺牲"这个道理有点困难。她知道，对孩子的教育靠她一个家长、一个曾经的英雄是远远不够的，它需要的是全社会。

在龙梅、玉荣看来，虽然时代发展了，完全按照过去的标准去教育当代青年已经不大现实，但是过去的优良传统，爱祖国、爱人民、爱集体的传统还应该继承和发扬下去，这些都是中华民族的传统美德。她们很高兴看到国家对这方面的重视。玉荣对现下的追星现象也有自己的看法："追星不是不可以，但应该更有追求，追求的不应该是那些明星光鲜的外表，而应该追求他们成功背后的精神。在这方面，父母更应该引导孩子。"

## 荣誉的光环下走过坦途，历经爱情坎坷

当年各种宣传报道、各种社会活动、数不清的会议，让内向的龙梅迅速成熟起来，变得独立而有主见。后来，龙梅如愿以偿地穿上军装，成为解放军253医院理疗科的一位白衣天使。1970年，她作为学习毛主席著作积极分子出席了北京军区四好连队、五好战士的"双代会"。

在"双代会"上，一个沉默寡言、长得文雅而秀气的精瘦小伙子闯进龙梅的视野。他是内蒙古军区驻西盟骑兵团的卫生员张平。龙梅凭直觉感到自己找到了这辈子可以托付终身的人。可是，张平面对闻名全国的"小英雄"龙梅，根本不敢奢望。于是，龙梅主动地向张平发起了"进攻"。3天会议结束后，龙梅主动写情书和寄照片给张平，而张平觉得龙梅是著名的英雄，自己则是普通一兵，社会关系中又无"靠山"，只得对龙梅的"进攻"采取"回避"战术。

1971年秋，龙梅又一次在部队的培训班上见到了张平，再次热情地向他表达爱意：递条子，约会。张平终于被她的真诚和坦然感动了，牵起了这位他一直不敢"高攀"的姑娘的手。

然而，两人没有想到，好不容易跨过身份的鸿沟，民族差异的难题又摆在面前。张平是汉族人，龙梅是蒙古族人，龙梅家里人都希

望她找一个蒙古族的小伙子，还有老同志发话："蒙古族培养了你，你一定要找一个蒙古族的小伙子。"对张平，有人当面就讥讽他，"癞蛤蟆想吃天鹅肉"，"你找个英雄，将来还不是给人家带孩子、洗尿布，说不定人家地位高会把你蹬了"。

那时，龙梅给张平的信也会被别人悄悄地拆掉，根本传不到他手里。龙梅于是只得给张平的朋友写信，委托他把信交给妻子，再由他妻子递给张平。每封信都辗转好几个人的手才交到张平的手上，龙梅笑言谈恋爱就像搞地下工作一样。

当时，龙梅家的亲戚积极地为她另择蒙古族的"女婿"，有些领导也积极地为她另择当官的"女婿"，但龙梅一概谢绝，她认定张平忠厚老实、勤恳能干，非张平不嫁。至于张平，承受的压力不亚于龙梅：张平的家人劝他三思而行；有些身边人奉劝他不要找名人为妻，否则自己的一切会被名人的声誉和光环所湮没，劝他慎之又慎。就这样，龙梅和张平的恋爱足足谈了7年。直至1977年，龙梅以"为了民族团结"为由，向内蒙古自治区党委递交了报告，申请结婚，获得批准。经过数年的爱情长跑，两位有情人终于走到了一块。接下来是十多年的夫妻分居两地的生活。龙梅没有任何埋怨，也任由外面的流言蜚语四处传播。有人说："龙梅结婚的第二天就离婚了。"也有人说："龙梅不会生小孩。"龙梅倒是很豁达："他们爱怎么说就怎么说，我不怕。"

后来，龙梅被保送进包头市医专、内蒙古蒙文专科学校学习。自1976年转业后，龙梅先后担任达尔罕茂明安联合旗旗委副书记，包头市东河区团委副书记、东河区统战部副部长、东河区人大常委会副主任，1999年当选为东河区政协主席，并在换届中连任。龙梅对这份简历常常感到不安："我和妹妹其实只做了一件很小的事情，而党和人民却给予我们这么高的荣誉和待遇。"龙梅也经常告诫自己："要面对现实，把本职工作做好，不辜负党和人民给予的第二次生命。"

担任东河区人大常委会副主任期间，她分管群众信访、政法、城建和民族工作，工作琐碎而具体。为解决一个普通工人因住房引发的问题，她一次又一次骑自行车跑到有关部门，几乎把业余时间都赔上了。她还挺身而出，保护因揭发违法乱纪而受打击报复的群众，她说："我不怕丢乌纱帽，不论是哪个部门的领导，谁要'整'群众，我就和他打官司。"有位工人感动地说："不论大事小事，只要找上门来，龙梅主任都会热心帮忙。"

对政协工作，龙梅投入极大的热情。在她的带领下，东河区政协工作出色，被区委评为政绩突出班子。她曾牵头从温州引进8000多头奶牛，吸引5000多万元的投资。"我没有利用我的名字作为便利条件来做广告、搞宣传，这项投资完全是一点一滴攻坚下来的，虽然很累，可是我很高兴。"龙梅说，除抓好政协工作、发挥参政议政的作用外，她还把更多的精力投入到为东河区、包头市乃至自治区招商引资上。

张平当时在内蒙古包头军分区干休所当军医，20世纪80年代因研制出羊肠线穴位植入法，配合自制中药，治疗各种类型癫痫，疗效显著，在国内医疗战线上颇有影响。

1999年10月的一天，突发的心脏病夺去了张平的生命。龙梅悲痛欲绝。"真好像是天塌下来一般！"龙梅把女儿送去陪老年丧子的公婆，把儿子送到部队服役，曾经欢声笑语的家一下子变得冷冷清清，龙梅索性住进了办公室。

这一住就是一年多。一天，龙梅突然意识到她不能再这样生活在张平的阴影里了。"当时我哭了一宿，我也想不通。实际上我不想再找（个丈夫），但是不找又不行，我还年轻，生活上也需要有一个伴。以后小孩回来，我们起码有一个家。"

2001年5月，经人介绍，龙梅与包头市公交公司内退职工张宝生组成了新家庭。在丈夫张宝生眼里，"龙梅是个普普通通的女人，是个顾家的妻子"。在外是女强人的龙梅，回到家是个地道的好媳妇，做饭、洗衣样样抢着干。她骨子里透着一种努力、朴素和时时为别人着想的精神。

再来说说妹妹玉荣的经历。当年被送到医院之后，经过抢救，玉荣醒了过来。年仅9岁的玉荣还不晓得发生了什么事情，天真地问护士："阿姨，我的脚呢？"大家都不忍心让这么小的孩子面对截肢的现实，于是哄她："现在给你窝回去了，过几天才能放开。"没过几天，在换药的时候，小玉荣看到自己的脚没有了。

实际上，她的右腿膝下全部截去了，左腿保留了脚后跟，不得不装上假肢。随着身体的成长，那一节节增长的假肢，记录了玉荣艰难成长的历程。"每换一次假肢都特别痛苦，创口处总要经历一次重新磨合，直到磨出肉茧，20岁出头才算稳定。"回想往事，玉荣感慨地说，"夏天最难熬，两条假肢护腿的材料既厚重又不透气，接口处的肢体常在汗水里泡着，走的时间一长，就又红又肿，有时还会发炎。"

玉荣一次次忍着剧痛，任由假肢在原来的皮肤上磨出血、磨出茧子，才慢慢适应了失去双脚的人生。身体上的残疾让开朗的她更加坚强起来，她学会了骑自行车，在车水马龙的人流中，没有人会注意到她和别人有什么不同。

然而在爱情上，她却却步了。玉荣在中学毕业后被保送到内蒙古师范学院，成为一名工农兵大学生。她遇上了同班的一位朴实憨厚的蒙古族小伙子朝克。和姐姐龙梅一见钟情、勇敢追求的方式截然相反，她迟迟没有向朝克流露自己的情感。玉荣想得很多，自己身体上的残疾让她自卑，而姐姐曲折的爱情经历也使她对自己的感情非常谨慎。

大学毕业之后，玉荣被组织安排担任乌兰察布盟教育局副局长，而朝克也被分配到乌兰察布盟民族中学任教。和自己喜欢的人在一个城市，玉荣还是没有任何表示。直到两年后，上天又给了玉荣一个机会：她下放到民族中学锻炼，在这所学校任副校长兼副书记，和朝克在一起工作。在朝克心中，玉荣与其说是一位英雄，不如说是一个通情达理、聪明善良的好姑娘。

朝克质朴真诚，却不善言辞。平时，他总是主动帮着玉荣干体力活儿，还帮玉荣修理过假肢。玉荣也渐渐地体会到，或许朝克也有思想包袱。他自小是孤儿，跟着养父母长大，整个背景与玉荣差了一大截。

1979年10月,玉荣被派到北京中央民族学院进修,两人见面不能说出来的话,却在往来的书信里得以倾诉。回忆起当时的情景,玉荣说:"当时我在北京进修,不知怎么,脑子里总是闪现着朝克的影子,我当时实在控制不住自己的情感就给他去了封信。我从来没有这么大胆地挑明两人的关系,在信中,我写道:'咱们俩是同学,相互毕竟了解。如果你要是同意的话,咱们作为终身的朋友。'当然,我也要朝克仔细考虑我的残疾问题,不勉强他做任何决定。"

信寄出好多天没回信,玉荣有些着急,觉得自己太唐突、太草率,开始有点后悔。20多天后,在她即将离开北京到重庆、南京实习时,收到了朝克表明心迹的回信。朝克的回信有七八页纸,他告诉玉荣:"你虽然是残疾,但这不是天生的,是为了保护集体的羊群而致残的,我不嫌弃。"朝克的话很简单,很朴实,让玉荣感动了好久。

回到内蒙古后,有一次组织上问玉荣个人问题考虑了没有。玉荣一听,机会来了,她就把自己和朝克恋爱的事向组织上做了汇报。于是组织上对朝克做了考察,告诉玉荣:"这后生还不错!"

与姐姐龙梅经历过的坎坷不同,她的终身大事很快得到了组织上的认可和父母的赞同。1981年的五一劳动节,玉荣和朝克顺利地结婚了。婚后这些年来,无论是在工作中还是在生活上,玉荣和朝克总是相互支持,相互理解:如维修假肢——拧拧螺丝、添添黄油,都由朝克承包;朝克调到自治区广播电台蒙语专题部任编辑后,工作十分忙,买菜、洗衣、做饭的事玉荣总是抢着做,尽量减轻朝克的负担。朝克的文笔特别幽默,颇受广大听众的欢迎,玉荣也为他骄傲。

玉荣先后出任过乌兰察布盟团委副书记、内蒙古自治区残联副理事长等职。每年高考，几乎都要出现个别残疾考生分数上了录取线却录取不了的问题。经过了解，玉荣发现出现这种状况的原因有二：一是考生报考的志愿不适合残疾人，二是校方不愿接收。玉荣就一方面利用简报等宣传形式，向广大残疾考生宣传哪些专业残疾考生能报，哪些不能报；另一方面和校方取得联系，多做工作。一次，赤峰有位一只眼失明的考生，因报错了专业而被校方拒收，在玉荣的协调下，这位考生进入内蒙古大学学习。

后来，玉荣调任内蒙古自治区政协办公厅副主任、自治区政协副秘书长。

姐妹俩曾当选为全国人大第四、第五届代表，玉荣曾是共青团十一、十二大代表，中国残联一、二、三届代表，还获得全国扶残助残先进个人、自强模范称号。1969年国庆节时，应周恩来总理的邀请，姐妹俩到北京参加国庆20周年庆祝活动。在活动中，周总理安排龙梅、玉荣在中南海里住了15天。姐妹俩还一同出席了周总理主持的国宴，一同登上天安门城楼参加国庆大典，一同受到毛泽东主席的亲切接见。龙梅还曾去法国、日本访问，玉荣去过罗马尼亚、韩国等国访问。

英雄的魅力是永恒的。不管英雄身上烙上哪个时代的烙印，他们身上所体现出的精神和品格都不会因时间的流逝而减弱其特有的价值，也不会因为社会的变化而磨灭其内在的光辉。1998年9月27日，北京朝外大街引来无数热切的目光——街道两侧的灯箱广告上，赫然

2007年8月13日晚,龙梅(右一)和玉荣(左一)与内蒙古籍艺术家一起庆贺内蒙古自治区成立60周年(余玮 摄)

映出50位英模的图像,"草原英雄小姐妹"列于其中。2001年4月,在和煦的春风里,《中国青年报》迎来50岁的生日。在这一天,他们迎来了一批尊贵的客人,这些人是《中国青年报》50年来重点推出的18位典型人物。那天,当龙梅、玉荣一走进会议室,等候多时的人们一眼便认出了她们,竞相上前握手致意。就这样,龙梅、玉荣一次次走出草原,走向全国。"英模聚津门",她们也双双赴会,被评选为"20世纪我心中的英模"。

前些年,龙梅和玉荣将"草原英雄小姐妹"这一名称作为注册商标在国家有关部门登记注册,以防他人抢注,并希望日后能在教育与旅游方面好好利用这一独特的品牌优势,为回报家乡做些力所能及的事。

岁月的长河,总有带不走的一串串熟悉的姓名,总有无法磨灭的一段段感人的事迹。他们的事迹与精神如灯塔照亮人心,为人们导航引路。草原深处诞生的"草原英雄小姐妹",几十年来,她们的事迹一次又一次感召着人们。

# 任羊成

让太行山低头的红旗渠英雄

BU FU SHAOHUA

REN YANGCHENG

　　任羊成，1928年1月出生于河南林县，1956年加入中国共产党。历任林县南谷洞水库建设工地炮手，"引漳入林"工程（红旗渠）除险队队长，红旗渠青年洞管理所所长、管理段段长兼支部书记，林县任村镇古城村村民小组组长等职。曾被评为红旗渠建设模范和特等模范，被群众称为"飞虎神鹰""除险英雄"。

# 一

从 20 世纪六七十年代走过来的人，大都看过那部讴歌河南林县（今林州）人民战胜自然、建设家乡的纪录片——《红旗渠》。红旗渠，这条曾经被誉为"世界第八大奇迹"的人工天河，正是那个年代林县人用他们的双手甚至生命创造出的红旗渠精神的见证。凡是看过《红旗渠》的人，都会对片中那位腰系围绳荡身在悬崖峭壁之间、万丈深渊之上排除险石的排险队长任羊成留下深刻的印象，他的英雄壮举、他的名字与红旗渠一起，被写入了 20 世纪 60 年代的小学课本，从而家喻户晓。

笔者 2018 年采访时看到的这位身高不足 1.6 米、体重不足 50 公斤、消瘦健朗的老人，就是当年赫赫有名的红旗渠特等模范任羊成。曾多少次，他在凌空排险时与死神擦肩而过，每次身负重伤后来不及休整又毅然披挂上阵。多年以后，老英雄过得还好吗？面对笔者，老英雄的思绪回到了过去的岁月……

## 鸻鹉崖就是张着老虎嘴也要拔掉它几颗牙

地处河南北部太行山东麓的林县，处于山高坡陡、土薄石厚、水源奇缺、十年九旱的贫瘠山区。由于降雨量极小且严重不均，每逢大旱之年，干渴的土地上常常颗粒无收，由此导致的惨剧在历史上多次

"除险英雄"任羊成

发生。

1928年1月20日，再过两天就是春节了，任羊成出生在河南林县山区的一个贫穷的农民家庭。抗战期间，此地属刘伯承、邓小平领导的一二九师的活动区域，中国人民银行的前身冀南银行，也诞生在这里。

儿时，任羊成的家乡很穷，山贫，地贫，人更贫。任羊成，顾名思义，根据中国人取名的习惯，可以猜测他出生后应该是靠吃羊奶活下来的。的确，他出生后母亲有病，没奶水，任羊成饿得奄奄一息，是靠父亲给人家放羊时，偷偷挤点羊奶喂养他才活下来。

"历史上我们这里水贵如油，上千年来林县人为了水，不知流过多少血，发生过多少惨剧。我们的小麦没有雨，一点点高，一颗麦穗上也就一两个粒。不引水没法子活。"任羊成说，林县早在1944年就已成为解放区，然而，到新中国成立初期，缺水的问题仍然是一个老大难问题。全县550个较大的村庄，有307个村需远道取水。其中跑5公里山路取水的村庄就有124个，还有两个村庄的乡亲甚至要翻山越岭奔波20多公里，才能取到赖以活下去的"救命水"。

林县解放后，任羊成从苦水里解放出来。在他朴素的情感里，是共产党使他翻身做了主人，他热爱中国共产党，热爱这个刚刚建立的新中国，积极参加水利建设。任羊成曾经担任初级合作社的副社长。

1954年秋，早年在林县周边地区闹革命、打游击的杨贵被任命为林县县委第一书记。这位年仅26岁的县委书记上任伊始，便怀揣着改变山区面貌、造福林县人民的强烈愿望，亲自带队走进林县的

### 不负韶华：百年青春榜样

山山岭岭搞调研，"摸大自然的脾气"（杨贵语），组织干部、群众讨论山区前途，很快便把解决林县缺水问题列为县里的头等大事。1955年至1959年，由于动工修建了多条渠道和数座中小型水库，形成了南、北、中三个水利灌溉体系，林县的缺水问题基本得到解决。1958年，任羊成响应县委"重新安排林县河山"的号召，和全村90余名社员奔赴南谷洞水库工地（今天，这里已被辟为旅游胜地，并起了一个好听的名字——太行平湖）。上级嘱咐，每个人带2.5公斤面，背10公斤柴，水库10天工夫"就可以修好了"。然而，任羊成们一干就是3年。其间，任羊成自告奋勇，担任296人的大炮队队长。在工地上哪里艰险他就往哪里闯，哪个活儿苦就拣哪个活儿干，人称"小老虎"。

其实，任羊成在小时候连纸炮都不敢放，有人曾说："羊成的胆没有跳蚤大。"到了南谷洞，起初任羊成放了一个小炮，只装了0.5公斤药，他吓得双手颤抖，半天点不着药捻。好不容易点着了，他一口气跑了1公里多，炮响了半晌，他还趴着不敢起来。

越是怕放炮，犟脾气的任羊成越有意识地锻炼自己，没想到还放了几个老炮，"取消"了几个大山头。由于摸索出了一套炸石技巧，任羊成所点的炮，最多时仅埋炸药就达2000多公斤，可以炸平一座山头，并且从未出现哑炮。"神炮手"的美名就传开了。

随着南谷洞水库等的建成，水利灌溉体系初步形成，1959年林县的小麦喜获丰收。然而，这年麦收后却遇到了前所未有的大旱，林县境内的河流全部断流，水库见底，渠道干涸，不仅秋播无望，连人畜饮水也发生了困难，很多村庄的群众只得再次踏上了远道取水的漫漫求生路。

严酷的现实，激起了杨贵及县委一班人到境外找水的想法。杨贵率队考察，发现山西境内的浊漳河有丰富的水源，这个消息给林县人带来了莫大的惊喜。经双方协商，上级批准，1960年2月11日，"引漳入林"工程——即不久后正式命名的"红旗渠"工程——正式开工。以林县县委领导为先导的3.7万名修渠大军扛着工具，挑着行李，推着锅灶，向晋冀豫三省交界的浊漳河汇集，一场战天斗地的大战役在巍巍太行山中打响了！

在浩浩荡荡的修渠大军里，走着一位个头不高但精神抖擞的汉子，他就是来自林县任村公社古城大队、时年32岁的共产党员任羊成。

可以想象，当年在太行山的崇山峻岭中，可以随时听到地动山摇的开山炮声，叮叮当当的锤钎响声，可以随处看到热火朝天的战天斗地场面。

从山西省平顺县引漳河水入林县，仅总干渠的长度就达70多公里。要在太行山中修渠引水，一个非常艰险的任务就是劈山炸石。任羊成因在1958年林县修建南谷洞水库时就当过炮手，修建红旗渠时，便积极报名加入了爆破队，整天在山腰石壁上打眼放炮。

在施工工地上，爆破过后的悬崖峭壁常常是乱石悬空，裂缝纵横。红旗渠工程开工不久，在平顺县东庄村南的半山崖工地上，就发生了山石坍塌事故。在翻滚的乱石中，井湾大队妇女连长李改云为救崖壁下的一个姑娘，被滚石砸断了右腿。

在红旗渠总干渠经过的山西境内，有一座绵延数十公里的大山叫作牛岭山。牛岭山中有一座长方形的山头，向北伸向漳河，朝河的一面是90度的绝壁，有几百米高，经常雾气缭绕。据当地老人说，除了鸬鹚以外，其他鸟难以飞上去。因此，群众称这个地方是鸬鹚崖。

1960年6月12日上午，城关公社槐树池大队正在谷堆寺山下紧张地施工。9点多钟，上方的鸬鹚崖一块巨石突然崩塌，从浑然不觉的民工中横扫出一条"血路"滚下山崖，当场砸死9名民工，另外3名重伤致残。消息从工地传到县委，包括任羊成在内的所有人都哭了。

一时间，全线工地人们情绪消沉。"放炮惹恼了鸬鹚精"的迷信说法不胫而走，一个个工地顿时充满不安的气氛。民工们不敢起五更到工地，不敢天黑后收工。心中越害怕，越容易心惊出事。一次，几个民工大白天好像猛然听到山崖石缝间"嘎嘎"作响，急忙跑开，结果一个民工失足跌到高崖下，摔成重伤，经手术抢救才算保住了性命。

"当时，70多公里的总干渠工程全是在悬崖峭壁上，这么大的事故发生后，面临着继续施工还是停工的问题。"任羊成回忆说，"党员、团员、干部提出要修，说打仗也有牺牲，不能打了败仗就不打仗了。有人说，没有粮，也没有钱，工程太大，也很危险——当时好多人吃的就是树叶、野菜，群众没有地方住，就住山岩土洞。总之，当时斗争很激烈的。最后，大家提出'宁愿苦战，不能苦熬'！"

党员、团员、干部一个个站出来表决心。任羊成提出："要继续修下去，但必须安全施工，先得把险除掉，我作为一个党员，我带头除险！"他的声音铿锵有力，话音才落，一片欢呼声响起。

为了确保民工的安全，工程指挥部决定由任羊成等12名勇士组成除险队，逐一除去被炸松的悬石。面对记者的采访，任羊成坦陈："其实，当时我心里也没有底，的确也害怕——除险怎么除呀，能不能找到科学的方法？"

起初，任羊成手持钢钎，系条粗绳子下崭（下崖除险），可是"缓不了气，很难受的，没法使劲，而下边的群众等着施工，我心里干着急，昨天才表的态，怎么办？好在经过好多次试验，我找到了窍门，用鸡蛋粗的绳子把四肢套住，并在腰间和胯下系成'十'字"。

一次，当地两位老汉见他们在200多米高的鸰鹉崖上观察地形，要从那里下崭，便大声嚷道："这儿上不得啊！这是见阎王的地方，上一个死一个。"但任羊成毅然让同伴们砸实钢钎，系牢大绳，将绳索往腰间一拴，手握带钩的长杆荡向了不时哗哗啦啦掉石块的悬崖。崖深风大，任羊成在悬崖峭壁间来回飞荡，多少次险些撞在石壁上，但他都机智地荡开了。崖上的人为他揪心，崖下的人为他捏汗，他沉稳地除去了一块又一块险石。

不久，任羊成同老铁匠一起特制了抓钩、掏钩等10多种除险工具。接受采访时，任羊成仍激情满怀："钢钎、铁锤、抓钩这些全部在腰里面别着，15公斤多啊，两只脚一蹬，使钩子一挡，就悠出去了，用钢钎别掉那石头，如果别不掉就用大锤，一锤，这石头哗地就塌下去了。"

在悬崖绝壁上排除险石非常危险，必须用除险钩点住崖壁，再往外飞荡，才能躲开往下滚落的飞石。在除险时，任羊成每下一绳只能排除 10 米宽的险石，工效太低。他经过长时间思考，开始在悬崖上左右回荡起来，这样一次就能排除 30 多米宽的险石，一下子使工效提高了两三倍。任羊成将这种作业称为"走平绳"。不久，任羊成他们被群众称为"飞虎神鹰"。

披坚执锐，众志成城。除险队员们豪迈地提出了自己的口号："鸻鹉崖就是张着老虎嘴，我们也要拔掉它几颗牙。"任羊成率领队员们每天下崭除险，为建筑大军开路。他们有时像壁虎一样伏在悬崖上，有时像雄鹰一样在崖间飞来荡去，用抓钩和钢钎等把悬崖上的险石活石一个个撬下来。经过 50 多天的大会战，一条雄伟的大渠通过了鸻鹉崖半山腰。

## 除险英雄多次在阎王殿"报名"

1960 年 9 月的一天，在虎口崖施工时，任羊成正在全力除险，没想到很多碎石头从上面不停地掉下来，他躲避不及，一块拳头大小的石头不偏不倚"啪"地砸在嘴上。任羊成感到"嗡"的一声，就失去了知觉。随即，系着他的大绳在空中旋转起来。这种情况对悬在大绳上的任羊成来说是很危险的，幸亏他很快清醒过来。他想：你砸你的，只要砸不死，我就干我的。任羊成又仰起头准备向崖上喊话。但是他连作几次张口动作，却怎么也张不开，觉得嘴是麻木的，似乎有东西压在舌头上，难以出声。

他用手一摸，原来一排门牙被落石砸松，舌头被砸伤了。情急之下，任羊成从腰间抽出一把手钳，插进嘴里，钳住了被砸松的门牙，用力往外一拔，就拔掉两颗，他又用手钳把剩下的一颗也拔掉了，鲜血顺着嘴角流下来。想到崖下的民工还在等自己上工，任羊成又坚持"扫石"6个小时，才从悬崖上下来。

"下来后，整个嘴巴肿得像葫芦，我喝了点野菜汤，野菜吃不了。受伤了还不能说，还要挺下来，说了担心人心浮动，因为工地多，除险的人员少。第二天，我只得戴着口罩出工。"任羊成说，受类似的伤有五次，"轻伤不下火线，重伤不哭接着干——这是我们当年的口号"。

一个月后，任羊成的左腿被石块砸折了。当时，工地上连止痛贴也没有，头7天痛得受不了，任羊成没有办法参与除险。可是，有一个工地有险待除，没有人排除只得停工，3000多人一下子没有活儿干，工程进度受到影响，这个工地的指挥着急得都落泪了。任羊成得知这些情况后，让人架着自己来到这个工地，最后背着钢钎等工具下崭。"我一只腿蹬，当然不方便，干了4个小时。干了这么久，我也不敢休息，怕休息后趴下去就不能起来，又到另一个工地干了4个多小时，没想到一下来，人就休克了，现场40多个人都哭了，说我死了。20多分钟后，我苏醒过来，说：不哭了，我还活着哩。"

杨贵后来知道了这件事，狠狠批评了有关负责人，并要处分工地指挥等人。任羊成找到杨贵,给他们求情:"杨书记,这是我主动去的,那里太危险了,我不去能行吗?"这样,短时间内没有人敢请任羊成除险,任羊成才得以休整几天。

有一次,任羊成爬上通天沟除险,失足跌在圪针丛里,当挣扎着爬起来的时候,发现脊背上扎满了尖尖的枣刺儿。他忍着疼痛,又爬上山崖,坚持除险。晚上,房东老大娘和儿媳妇给他挑刺,花了一个钟头,挑了一手窝刺,任羊成一声不吭。接受采访时,任羊成说:"现在(那里)还有3个地方不对游客开放,太危险了!"

在红旗渠的这些年,任羊成一直战斗在排险的第一线,梨树崖、老虎嘴、鸹鹉崖、小鬼脸等悬崖绝壁上都留下了任羊成凌空除险的雄姿。他长年累月地在山崖间飞来荡去,腰部被绳子勒出一条条血痕,血肉经常粘在衣服上,脱不下来……工地上,逐渐有了这样一句顺口溜:"除险英雄任羊成,阎王殿里报了名。"任羊成听到后,笑了笑,说:"我是在苦水里长大的,没有共产党就没有我任羊成。我能活到现在,已经赚了30多年了,就是为修建红旗渠而摔死了,也比儿时饿死喂狗有名堂。"说归说,但他也确实意识到了自己干的活儿太危险,在思想上和行动上也不得不做好"光荣"的准备。

因此,任羊成养成了一个习惯,虽然不识字,但只要他借了别人的或别人借了他的东西,他都请人一宗一宗地记在小本上。而且,每天早晨上工之前,任羊成总要把自己的铺盖捆起来,把那个小本子包在里边,然后才去上工。

任羊成舍生忘死的英雄壮举,赢得了上至县委书记杨贵、下至修渠民工的赞赏和敬佩，也大大地鼓舞了修渠大军的士气。杨贵每隔两天都要与任羊成所在的工地通电话，只有听到了任羊成的声音，杨贵才放心。

1965年4月，林县人民经过5年多艰苦奋战，终于在太行山的悬崖绝壁上开凿出了长达70多公里的总干渠；4月5日，红旗渠总干渠通水庆典在林县分水岭隆重举行，漳河水历史上第一次按照人的意志流入林县境内；1966年4月20日，三条干渠竣工通水。当年，林县大张旗鼓地一次表彰了74名建渠英模，其中，"除险英雄"任羊成等8位修渠尖兵还被授予特等劳模的光荣称号。

从红旗渠修建伊始，一直到1969年冬整个配套工程结束，在长达近10年的时间里，任羊成自始至终战斗在除险第一线。10万大军，近10年苦战，削平了1250座山头，凿通隧洞211个，架设渡槽151座，工程土石方达2225万立方米，硬是在太行山的悬崖峭壁上修成了渠墙高4.3米、渠底宽8米、流量20立方米/秒的红旗渠，把该"往低处流"的河水引上了高处，灌溉了林县3.6万公顷土地。如果用这些土石方修一条高2米、宽3米的墙，可以纵贯祖国南北，把广州和哈尔滨连接起来。当漳河水沿着太行山腰1500公里的渠线流入林县大地时，全县上下一片沸腾。

采访任羊成后，我们在林州团市委负责人的引导下来到红旗渠，重温了那段刻骨铭心的记忆。渐入太行深处，路两旁沟壑纵横，远山如黛，巍峨起伏。车子在盘山公路上疾驰，一座座青山倏地掠过或迎面压来，别有一番情趣。一行人看到的是奇景，从内心深处感受到的，是一种艰苦创业、昂然向上的精神。

来到分水苑——红旗渠纪念馆，我们穿过古色古香的牌坊，绕过浮雕和碑林，来到了纪念厅，这里展出了红旗渠工程模型以及一件件实物或照片，再现了昔日林县缺水少粮的凄凉破败惨景和热火朝天的修渠场景，劳动场景和劳动工具讲述着英雄的事迹。望着一只只被磨秃了的钢钎，仿佛听到当年民工开山凿石的叮当锤声；抚摸着当年民工推过的小车，眼前就会浮现出当年数万干部群众自带干粮、工具，卷起被褥，推着车，高举红旗开向工地的情景。展厅内一个在万丈悬崖间"荡秋千"的模型，给我们的印象特别深。一个人一根绳子系在腰里，在悬崖绝壁间荡来荡去，他就是当时的排险队长任羊成。看到这里，我们的心久久不能平静。

出了分水苑，汽车沿着蜿蜒的山路盘旋而行。不多时就到了"青年洞"。这是红旗渠总干渠的咽喉工程，地势险恶，石质坚硬。当年因自然灾害和国家经济困难，总干渠被迫停工。为早日修成红旗渠，300名青年突击队员，每人每天只有6两粮食，渠道两边的野菜、树叶都被吃光了……但他们以愚公移山的精神，终日挖山不止。经过一年零五个月的奋战，长616米、高5米、宽6.2米的隧洞终于凿通。为纪念青年们的光辉业绩，人们将此洞命名为"青年洞"。在岩壁上，有一个并不大的洞口，任羊成在接受采访时对笔者说："青年洞施工期间，我在那个洞里过了两个冬天。"

走在红旗渠景点，踩着脚下蜿蜒而又坚实的渠岸，看着渠中缓缓流淌的漳河水，人们不禁为当年建设者们高超的技巧和令人叹服的建设质量叫绝。站在高处，只见红旗渠如矫龙盘旋于崇山峻岭之间，俨然"水上长城"，人们不禁惊叹当年的建设者付出了怎样的艰辛努力，才创造了这样的人间奇迹。

## 社长和农民之间几十年不寻常的交往

2003年10月11日，秋雨潇潇。就在这天，中国当代著名记者、新华社前社长穆青走完了他82年的光辉人生。他活着的时候，笔杆下闪动着无数普通的群众，也闪动着无数影响中国几代人的典型。老人虽然溘然长逝，但他的作品和精神还在鼓舞着人们，影响着中国；他与很多普通群众的深情厚谊不但成为新闻界的佳话，也揭示了一位新闻前辈作品常青的奥秘，那就是他经常说的"勿忘人民"。在长达半个多世纪的新闻生涯中，任羊成等普通群众一直是穆青的座上贵客，他们之间结下了深厚的友谊。

1966年4月，刚刚发表了《县委书记的榜样——焦裕禄》这篇著名通讯的穆青，在全国学习焦裕禄的热潮中，慕名来到热火朝天的红旗渠配套工程工地采访。他听人介绍了除险队长任羊成的事迹后，便一个人来到了任羊成正在除险的现场。任羊成清楚地记得，当时他正在崖上除险，听到崖下有个陌生人喊他下去说话。任羊成下崖以后，这个陌生人便像拉家常似的向他问了一些排险情况。望着任羊成残缺的门牙，这个人还关切地问任羊成："你腰里勒根大绳，身上疼不疼？"说着，他便随手掀起了任羊成的衣衫。此时，任羊成由于长期凌空除险，腰部已被大绳磨出了一圈厚厚的老茧，但老茧的边缘仍然有磨破的新皮在往外渗血。这个陌生人看到任羊成粘着血迹的内衣时，不由得扭过头去掏出手帕擦起了眼泪，边擦眼泪边连连感叹："哎呀，真是太苦啊！太苦啊！"任羊成对这个面相和善的陌生人心生疑惑，便问："你是哪里来的干部啊？"陌生人告诉他说："我是一个记者。"

过后，任羊成才听领导介绍，他见到的那个记者是北京来的时任新华社副社长的穆青。穆青被任羊成的英雄壮举感动了，自此开始了一位社长和一个农民之间几十年不寻常的交往。

穆青去林县红旗渠施工现场采访后，心情异常激动。无论是林县人民修建红旗渠的豪迈壮举，还是当时的林县县委书记杨贵，红旗渠特等劳模任羊成、王师存、常根虎、李改云等人的事迹，都令穆青深深地感动。然而，遗憾的是，正当穆青准备深入采访红旗渠，欲将红旗渠树为全国农业战线上的典型时，国内形势突然变化，他不得不匆匆赶回北京。接着就爆发了"文化大革命"，穆青宣传红旗渠的计划也被迫中止。1969年冬，穆青第二次去了林县，但那次杨贵刚被外调，有人正在叫嚷"红旗渠是唯生产力论的活标本"。这样，穆青想再次采写红旗渠的愿望落空。也就是在这次林县之行中，穆青打听任羊成的消息时，有人竟冷冷地对他说："任羊成早到阎王殿里报了名，死啦！"为此，穆青难过了好一阵子。

1992年初，《安阳日报》的两名记者进京向新华社送一份有关对红旗渠进行技改的内部资料，时任新华社社长的穆青在审阅时，任羊

任羊成（左三）与穆青（左二）在一起

成的名字跃入他的眼帘。穆青当即就问安阳来的两名记者:"上面这个任羊成是不是就是当年红旗渠上的除险英雄?他不是牺牲在工地上了吗?"两名记者准确地告诉穆青:"任羊成现在活得好好的,已经退休两三年了。"

穆青一听,兴奋地笑着说:"哎呀,他活着就好,我真想马上见到他,他腰里那圈带血的厚茧和没有门牙的嘴巴,给我的印象太深了!"任羊成的"死而复生"使穆青感到分外惊喜,他一边询问任羊成的近况,一边向两位来自安阳的记者布置任务:"本来我应该尽快去林县看望任劳模,但工作忙得实在脱不开身,这样吧,请你们回去把他带来,我请他来北京做客!越快越好!"

任羊成得知当年在工地上仅和自己谈了20分钟话、看了他腰部的老茧就直抹眼泪的穆青,在时隔26年后还如此挂念他,感到盛情难却,但空着两手去北京见穆青,任羊成和老伴都觉得不合适。想来想去,任羊成让老伴从家里的粮囤里称出20公斤小米和10公斤绿豆,收拾得干干净净,分成两等份,装进4个小面袋中——任羊成已经想好,这次既然去北京见穆青,正好顺道去见见也在北京的老书记杨贵。给他们带去一点用红旗渠水浇灌出来的小米、绿豆,算是林县人的一点心意吧。

1992年1月12日下午,任羊成背着粮袋子,在《安阳日报》记者的陪同下,走进新华社办公大楼。穆青放下手头的工作,在办公室门口等候,像迎接久别重逢的亲人一样握着任羊成的手,把当年的"除险英雄"迎进了办公室。看着任羊成给他和杨贵背来的小米、绿豆，穆青非常感动。待稳定了一下情绪，穆青给任羊成递烟、沏茶后，旋即拨通了杨贵的电话。杨贵一听说任羊成来京，大为惊喜，很快赶到了新华社。穆青、杨贵与任羊成三人相会，激动得抱成一团。

当天晚上，在新华社的餐厅里，穆青设宴招待久别重逢的任羊成。宾主入席时，穆青和杨贵硬是把任羊成按到了正座的位置。穆青打趣地对任羊成说："我、你，还有杨贵，论年龄我最大，你最小。我是大哥，杨贵是你二哥，你是三弟，你来北京，就得听我们两个老大哥的！"

任羊成当晚就住在新华社，接受了穆青的连夜采访。随后两天，穆青安排人陪同任羊成游览了天安门和故宫。临别时，穆青特意给任羊成回送了一袋大米、一袋白面，并事先办理了托运手续。见任羊成执意推让，穆青真诚地说："这是我的一点心意，快过年了，你回去把几位红旗渠劳模召到一起包顿饺子吧！"任羊成听着这热乎乎的话语，感动得紧攥着穆青的手，一个劲地说："中！中！中！"

自从与任羊成再次聚首后，穆青总挂念着这位生活清贫的"老弟"和红旗渠。1993年，河南省委做出了在全省学习林县人民创业精神的决定。国务委员陈俊生专程到林县考察并向中央写了报告。这年初冬，穆青和他的老搭档冯健、周原，来河南采访，三人原计划在豫西、豫中采访后再到林县，没想到由于大雪封山，他们被困在安阳。任羊成得知穆青一行就在离林县几十公里的安阳时，马上联系王师存及红旗渠铁姑娘队队长郭秋英等几位当年的劳模，顶风冒雪，颇费周折地赶到安阳去看望穆青一行。在安阳，任羊成和几位劳模与穆青一行促膝长谈，话题始终围绕着红旗渠的兴衰。说到动情处，他们时而放声大笑，时而哽咽啜泣。

1994年2月，穆青饱含深情地创作了讴歌任羊成奉献精神的通讯《两张闪光的照片》，后收在《十个共产党员》一书中。采访任羊成期间，笔者看到了有穆青签名留念的《十个共产党员》一书。任羊成曾对老伴说："我们尽管不认识字，这本书可要好好保存，是无价宝！"

1998年深秋，穆青与杨贵一起再次踏访了红旗渠。当时，电视连续剧《红旗渠的故事》正在中央电视台热播。在红旗渠青年洞洞口，迎接他们的任羊成抚今追昔，动情地告诉穆青，其实当年杨贵书记带领群众同甘共苦修渠的场景，比电视剧里的更艰苦、更生动。穆青听后，一手拉着杨贵，一手拉着任羊成，动情地说："正是有了杨贵这样的县委领导，有了任羊成为代表的修渠劳模，和电视剧中'刘技术'（原型为毕业于黄河水利专科学校，后任林县水利局技术员的吴祖太。吴祖太在修建红旗渠时，因王家庄隧洞塌方而牺牲）那样的工程技术人员，才创造了红旗渠这样的人间奇迹。"

当年修建红旗渠的8位特等劳动模范，如今差不多都走了。接受笔者采访时，任羊成说：有的劳模在"文化大革命"期间遭受磨难，含冤离开了人间；活着的人后来也曾受到不公正的对待，受了不少委屈。

2002年6月初，时任新华社河南分社社长的赵德润（后为《光明日报》副总编辑）批转一份任羊成等人要求落实待遇的情况说明，说是穆青非常关注这个事情，交代新华社河南分社记者把任羊成等几位红旗渠劳模的事迹和未能解决劳模待遇的情况写一篇内参。新华社河南分社记者经过采访了解，于6月26日发表了一份内参稿件：《红旗渠特等劳模任羊成等渴望落实劳模待遇》。

这篇内参稿件刊发后，河南省委、省人大4位领导先后五次批示，要求解决任羊成等人的省级劳模待遇落实问题。2002年7月1日，时任河南省委书记陈奎元（后任全国政协副主席）作出重要批示：任羊成等人是闻名全国的劳动模范，要求享受省级劳模待遇是合情理的。这件事同"文化大革命"的纠纷无关，应作合理解决。他们几个人年事已高，不要再拖延了。河南省委副书记王全书也曾两次批示；河南省委常委、秘书长李柏拴，省人大常委会副主任、省总工会主席马宪章，安阳市委书记方晓宇先后作出批示，要求当地有关部门尽快落实上级领导批示意见，解决任羊成等人的省级劳模待遇落实问题。

这年8月7日，受新华社河南分社社长赵德润委托，分社的一位记者专程到新华总社，向穆青汇报任羊成等人的劳模待遇落实情况。那天，当这位记者按照约定的时间赶到总社新闻大厦6楼时，穆青社长已经在办公室等待。在长达一个半小时的时间内，穆青一边听取这位记者的汇报，一边谈自己与红旗渠劳模的故事。

9月27日，安阳市政府108次常务会议，同意并批准任羊成等人享受省级劳模待遇；28日，安阳市人民政府下发了专门（144号）文件。10月14日，林州市市长来亮专门到任羊成等家里慰问；26日，林州市召开有任羊成等劳模和有关部门领导参加的座谈会，市长把安阳市政府的144号文件送到劳模手中。至此，任羊成等几名修渠英雄圆了多年的梦想，穆青牵挂了多年的事也解决了。

据林州市工会纪检组长崔海水介绍说，任羊成等红旗渠劳模在修建红旗渠时吃了大苦，出了大力，后来名声也很大。由于当时评定劳模的手续不很规范，没有给他们颁发劳模证书和荣誉证书。目前，可以从《红旗渠志》上查到他们的名单。

2003年9月11日是中秋节，病中的穆青从北戴河回到北京的家，向来访的新华社河南分社同志了解有关任羊成等人的情况。一个小时的时间快过去了，老伴劝穆青回卧室休息，但他提起任羊成等人就来了劲头，迟迟不愿离开客厅的沙发。

这年10月上旬的一天上午，任羊成突然接到通知，说穆青同志在京病危，很想与他再见一面。然而，当任羊成和当时的林州市委领导带着家乡的小米匆匆赶到北京时，穆青已与世长辞！看着安卧在鲜花翠柏丛中的穆青遗体，任羊成禁不住一遍又一遍地呼喊："穆青大哥，你醒醒……"

如今，除险英雄已迈入耄耋之年，神态略显苍老，但不变的是眼中的豪情。时代在发展，某些东西却是永恒的。谈及红旗渠时，任羊成依然神采奕奕。"人需要有种精神，苦熬没个尽头，苦干才有出路。"这是常挂在老人嘴边的一句话。靠的就是这种"自力更生、艰苦创业、团结协作、无私奉献"的红旗渠精神，红旗渠人以现代人难以想象的毅力创造了一个世界奇迹，并将在和谐社会的构建中创造新

任羊成夫妇与记者吴志菲等在一起（余玮 摄）

的奇迹……

"您觉得红旗渠精神对今天有什么意义？"任羊成略一沉吟，说道："我觉得，以前搞水是为了人民，改革开放、建设小康社会也是为了让人民富起来，道理都是一样的。只要党的政策真正为老百姓着想，老百姓就有的是干劲，我们就没有干不成的事！"

逝去的是时间，不朽的是精神。当年的林县已经更名为林州市，但红旗渠作为"英雄渠"永远印在中国人的脑海里，并已成为林州的一张名片，成为林州的"生命渠""幸福渠"。红旗渠，是博大精深的鸿篇巨制！这部书实在太丰厚了，而且远远没有写完。如果说它是一首歌，那么这首歌时唱时新，永远流行。

"劈开太行山，漳河穿山来，林县人民多壮志，誓把河山重安排。心中升起红太阳，千军万马战太行，毛泽东思想来统帅，定叫山河换新装……"纪录片《红旗渠》的这曲主题歌《定叫山河换新装》气势磅礴，荡气回肠。采访期间，任羊成不由得唱起这首经典的老歌。尽管声音有些低沉，但那激越的旋律唤起了许多人的回忆……

# 陈景润

"1＋2"成就的传奇

BU FU SHAOHUA

CHEN JINGRUN

陈景润，著名数学家，无党派人士。1933年5月出生于福建闽侯（今福州市仓山区），1953年毕业于厦门大学数学系。历任北京四中数学教师，厦门大学图书馆资料员、数学系助教，中国科学院数学研究所实习研究员，中科院大连化学物理所助理研究员，中科院数学研究所研究员，《数学学报》主编。系中国科学院院士，第四、第五、第六届全国人大代表。被评为"100位新中国成立以来感动中国人物""改革先锋""最美奋斗者"。

## 一

1500年多前,中国古代数学家祖冲之最早将圆周率(π)值精确到小数点后7位,直到1000年后,这个纪录才为西方数学家所打破。哥德巴赫猜想——"1＋1",这道世界各国科学家为之前仆后继奋斗了200多年的古典数学难题,被一个中国人在20世纪60年代证明到最接近"1＋1"的地步——"1＋2"。

他是一个为数学而痴迷的人,有着坎坷的生活经历。他童年时患上肺结核,常年忍受着病痛的折磨,大学毕业后两次被工作单位辞退;他做过小商贩,摆过地摊,过分节俭的生活和独来独往的性格使许多人不愿接近他,这个传奇式的人物就是中国著名数学家陈景润。

陈景润只用了3年,就把世界著名的哥德巴赫猜想推进到"1＋2",而简化它却用了他生命中九分之一的时间,对于一个享年只有63岁的科学家来说,这段时间实在是太长了。陈景润的事迹在1978年以后被广为传颂,对形成尊重知识、尊重人才的良好风气起到了重要作用,也让一大批青年学子深受鼓舞,坚定了科学报国的决心。

### 憧憬"皇冠上的明珠"

1933年5月22日,在福建省闽侯县胪雷村(今属福州市仓山区),一个瘦弱的男婴降生了,家中排行老三。因为在堂兄弟里排行第九，在家里大家都叫他"九哥"。

九哥出生的时候，他的父亲陈元俊在闽侯县的一个邮局工作，全家依靠父亲的微薄收入维持生活。在福建方言里，日子过得好叫滋润，于是父亲给九哥起名叫陈景润。

那个年代，社会黑暗、动荡，陈家也频遭变故。儿时的陈景润十分瘦弱，敏感而沉默。和其他孩子一样，他喜欢玩捉迷藏游戏，不同的是，他玩游戏时总是拿着一本书，喜欢藏在一个别人不易发现的角落，一边看书，一边等小朋友来"捉"他。经常出现的情况是，他看着看着就忘了捉迷藏的游戏，而是陶醉在书的世界里。

抗战胜利后，陈景润进入福州英华书院念高中。当时的班主任兼数学、英文老师是沈元。沈元也是英华书院的毕业生，曾任清华大学航空工程系主任，因战事滞留福州。

沈元见闻广博，学识深厚。在课堂上，从《孙子算经》首创余数定理、南宋秦九韶对"联合一次方程式"的解法，到印度、西欧数学的发展历程，他都娓娓道来。也正是由沈元的介绍，陈景润等学生第一次知道了"哥德巴赫猜想"。该猜想是指：任一大于 2 的偶数都可写成两个素数（质数）之和。自 1742 年 6 月 7 日德国数学家哥德巴赫提出这个未经证明的数学猜想后，一直未被证明。有的同学直言："这道题不难证明，大概和证明一个三角形的三内角之和为 180 度不相上下。"有的同学则质疑其研究价值。

沈元耐心地讲道："哥德巴赫猜想是数论中一个非常重要的问题，如果这个猜想得到了证实，那么可以大大加深人们对整数之间关系的认识，人们的逻辑思维能力也可以大大提高。大家都说，自然科学的皇后是数学，数学的皇冠是数论，而哥德巴赫猜想则是皇冠上的一颗明珠——这是一颗璀璨的明珠啊！你们有志气把这颗明珠摘到手吗？"当时学生们都笑了，而陈景润没有笑。除害怕被同学嘲笑之外，他深揣着理想与抱负——"像前辈那样，在数学上搞出点名堂"。他没想到，自己最终成了离那颗明珠最近的人。

学生时期的陈景润，并不盲目追求分数。他记忆力惊人，将书中许多公式、定理烂熟于胸。高中时期，他已经阅读了大量的大学丛书，比如《微积分学》《达夫物理学》，以及哈佛大学讲义《高等代数引论》《郝克士大代数学》等。朝着心仪的数学殿堂，他一步步迈进。

他顺利地考入厦门大学数理系后，两年时间便修完全部课程，研究的钟摆渐渐指向了数论。第三年，他修读了数论和复变函数论。数论主要研究整数的性质，属于纯数学。数论的研究被称为挑战人类智力的极限，而哥德巴赫猜想是挑战数论领域200多年智力极限的总和。

当时，教授数论的李文清教授常用待解的数论问题激励学生，其中就有"哥德巴赫猜想"。而陈景润始终记得内心深处的憧憬——"皇冠上的明珠和我的抱负与理想"。

## 两位生命中的贵人

新中国成立后，百废待兴。1953年，根据安排，陈景润等学生提前一年毕业，参加社会主义建设。陈景润被分配至北京四中任数学老师。最初，他带着福州口音忐忑地为学生授课。被几十双锐利而机敏的眼睛盯视，他禁不住直打战！他懊恼自己的"笨"。这不是他理想中的数学世界，对于数学研究的痴迷，使他没有心思和勇气去面对他的学生。尽管北京四中史无前例地为他专门设立了只负责批改作业的老师这一岗位，但是陈景润的内心还是十分苦闷。在北京四中工作的这一年里，由于患有肺结核和腹膜结核症，他住院六次，做了三次手术。在病床上的日子成了美好的时光，他用数学家特有的灵敏，推算查房的时间，用最快的速度把书藏到枕头底下。在这段时间里，研究华罗庚的《堆垒素数论》成了他生活的唯一寄托。

作为中学老师，陈景润的表现不能令人满意。1954年的秋天，他被北京四中解聘了。陈景润回到福州老家，摆了个书摊。正当陈景润决定一辈子以书摊为生、自学数学的时候，厦门大学又把他召回。在时任厦门大学校长王亚南的帮助下，陈景润回到厦门大学图书馆当管理员，他的病情也有了好转。

对于这样的安排，陈景润感激不已，这样他又可以沉浸在数学研究之中了。在图书馆工作之余，陈景润细心研读了《堆垒素数论》数十遍，并反复阅读复变函数论方面的书籍，掌握了科学的研究方法和技巧。后来，他在厦门大学数学系任助教。

1956年，毛泽东向全国知识界科技界提出向科学进军，后由周恩来主持制订了国家科学发展的远景规划。厦门大学积极响应，组织数学系制定自己的科研工作规划，而陈景润被安排担任"复变函数论"

助教。

那时，陈景润所居住的宿舍"勤业斋"背山面海，环境宜人，他的邻居或爬山或游泳，然而这些都与他无关，他总是安静地在图书馆或者房间里学习、研究、演算。

在熟读《堆垒素数论》的过程中，陈景润发现，第五章的方法可以用以改进第四章的结果，这便是当时数论中的中心问题之一"他利（G.Tarry）问题"（也译为塔内问题）。关于这一问题，华罗庚曾在1952年《等幂和问题解数的研究》一文中专门进行讨论，提出"但至善的指数尚未获得，而成为待进一步研讨的问题"，而陈景润将之解决了！

由于关于"他利问题"的出色研究，貌不惊人的陈景润令华罗庚感到惊喜，他因此获得机会到北京参加当年8月召开的全国数学论文报告会，并在会上宣读论文。

8月，全国数学论文报告会如期举行。北京大学一间教室内，陈景润走上讲台的那一刻，紧张得几乎讲不出话来。他在黑板上写下了题目，之后没再讲话，只是在黑板上演算起来，台下开始议论纷纷。同行的李文清教授不禁为他着急，便上台帮助他补充讲解。随后，华罗庚在发言中充分肯定了陈景润论文的意义和价值，台下的听众开始鼓掌，陈景润才如释重负。

这年8月24日的《人民日报》报道了这次大会，并特别指出："从大学毕业才三年的陈景润，在两年的业余时间里，阅读了华罗庚的大部分著作，他提出的一篇关于'他利问题'的论文，对华罗庚的研究

陈景润和数学家华罗庚在一起

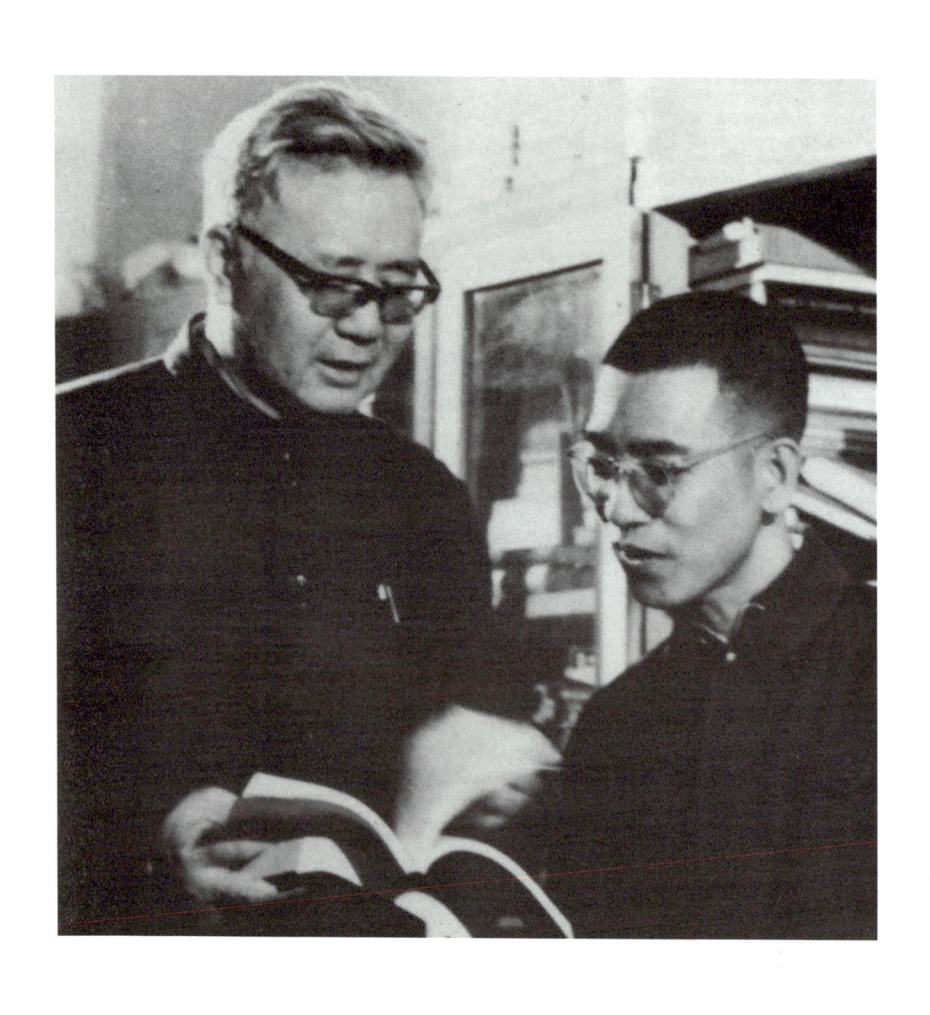

成果有了一些推进……"

不久后，陈景润在《厦门大学学报》上发表了论文《关于三角和的一个不等式》。与此同时，华罗庚极力推荐他到中国科学院数学研究所工作。1957年9月，他正式从厦门大学调到北京，成为中国科学院的一名实习研究员。数论学家王元说："当时的印象是陈景润有些呆子气，见到华先生，他可能太紧张了，不知道该说什么好，就不停地点头说'华先生好，华先生好'……我们就这样认识了。"

当看到数学所的图书馆陈列了各类中外文书籍时，陈景润十分激动。为了更好地阅读与理解最新的成果，他为自己制订了外语学习计划：巩固英语、俄语，学习德语、法语。他在凌晨3点钟起来收听外语广播，为了不打扰舍友、专心做研究，他还搬到了约3平方米的厕所住了两年……他总是愿意待在安静的角落，哪怕是旁人眼中的"陋室"，他依然可以专注、忘我地沉浸在数字宫殿中。

1959年3月，他在《科学纪录》上发表关于华林问题的论文，填补了数论史上的另一项空白。在那一方厕所里，他先后完成了华林问题、三维除数问题、算术级数中的最小素数问题等多篇论文。他有时在已锁门的图书馆彻夜读书，又或被锁之后因宿舍有未解完的题目而不得不找人求助；或排队理发时又跑去图书馆查找资料至日落；为了证明一个引理，他会同时采取几种甚至十余种方法，通过不同的途径反复演算……

陈景润惜时如金，长期忘我工作，而与他的研究工作"齐头并进"的，还有他的腹膜结核病。然而，在数学研究面前，一切似乎都不能成为阻碍。

## 书写数学史上的传奇

数学家王元与陈景润相识于 1956 年秋。王元 1952 年毕业于浙江大学，到中国科学院数学研究所跟随华罗庚学习数论。王元曾回忆说："陈景润到数学所后很努力，但最初研究的不是哥德巴赫猜想，哥德巴赫猜想是我的领域，他做的是圆内整点问题、华林问题等，他在这些领域都做出了很好的工作，发表了论文。"

在"大跃进"运动的裹挟下，1959 年中科院数学所批判白专路线，华罗庚及其弟子陈景润首当其冲，成为批判重点，结果陈景润被"踢"出数学所，到中科院大连化学物理研究所洗瓶子。这场运动过后，华罗庚又想起了陈景润，把他从大连调了回来。如果没有华罗庚为陈景润第二次调动工作，那么陈景润后半生辉煌的哥德巴赫猜想研究或许就不存在了。

1963 年，陈景润在《数学学报》上发表了《圆内整点问题》的论文，改进了华罗庚的结果。此后，陈景润认真研究中外数学家的优秀成果，在若干数论问题上得到了重要的结果，并开始向"哥德巴赫猜想"发起挑战。

大约在 1962 年，陈景润开始涉足王元的研究领域——哥德巴赫猜想，王元则是陈景润论文的最初审阅人和有力支持者。1965 年初，陈景润将关于哥德巴赫猜想研究的手稿给王元看。王元说："当他的手稿到我手上时，我想了几分钟就懂了，可我不相信这个想法会做出来。后来想了想，这篇文章中只有他用的苏联数学家一条定理的证明我没有看懂，其他都没有错误，就觉得他是对的，但这篇文章的发表不是我签字的。最后，关肇直和吴文俊支持他发表这个成果。意大利一位数学家用简单方法证明了我认为有问题的那个定理，同时，苏联数学家也发表文章对其工作作了修正，这样一来，陈景润的文章就没有任何问题了。"

早在1920年，挪威数学家布朗通过一种筛法证明了"每一个大偶数是两个素因子都不超过九个的数之和"，以及"九个素因子之积加九个素因子之积'9+9'是正确的"；之后"6+6""5+5""4+4""3+3"不断被证明……1958年，中国数学家王元证明了"2+3"。以上的证明都有一个弱点——其中两个数没有一个是可以肯定为素数的。

1962年，中国数学家潘承洞证明了"1+5"；同年，王元、潘承洞二人证明了"1+4"。1965年，阿·维诺格拉多夫、布赫希塔勃和意大利数学家邦别里都证明了"1+3"，似乎距离哥德巴赫猜想顶峰只有一步之遥。而陈景润也在一直演算着。

维诺格拉多夫认为自己所运用的"筛法"已经到达极致，如果再往前走，那么必须另寻道路。而陈景润仔细分析后决定改进"筛法"，继而向"1+2"冲锋。

当时中科院数学所条件不是很好，几个人共用一个宿舍。为了更好地工作，陈景润独自搬进了一个仅有6平方米的锅炉房，里面只有一张木板床，没有桌子和椅子。这张木板床就成了陈景润的工作

陈景润在工作

台——工作时被子掀到一边就算是一张桌子。国外科学家拥有高速的电子计算机，而陈景润只有一支笔，复杂的科学演算全靠笔算。但对于这一切，陈景润毫不在乎，他乐此不疲，痴迷于他的数学研究。

1966 年春，陈景润写了《哥德巴赫猜想"1+2"》论文摘要。在关肇直、吴文俊的支持下，陈景润的论文摘要发表在当年 5 月 15 日出版的《科学通报》上。但由于当中只是大致的概括，没有提供具体证明，因而并没有引起学术界的轰动。国外数学家都知道陈景润宣布的这个研究结果，但谁也不相信是真的。

不过，其中的证明过程太复杂了，陈景润试图简化证明过程。正当陈景润要修改他的论文，"文化大革命"爆发了，陈景润被卷入政治运动的历史洪流。

1968 年 9 月底，他的这个 6 平方米的家被抄了，他视作比生命还重要的哥德巴赫猜想"1 + 2"研究手稿全部被毁，他被"请进"了"牛棚"。面对无端的辱骂和极端的混乱，陈景润再一次"躲"进了书中。有一次，"看守"到处找不到他，以为他逃跑了，就四处搜，后来发现瘦小的他居然躺在"牛棚"里的一个被窝里，用手电照明看书。

告别"牛棚"后，陈景润回到了那间 6 平方米的小屋。小屋中的电线全部被扯断，陈景润就用煤油灯照明。就是在这样一种环境下，陈景润从头再来，又走在了攻克哥德巴赫猜想的路上。

陈景润把自己关在这个 6 平方米的小屋里的这几年，也是他创造辉煌的关键时期，他简化了此前自己给出的哥德巴赫猜想"1 + 2"

的证明过程，将论文长度从原来的200多页减到20多页。他的一位朋友如是评价：陈景润并不是天才，而是"慢才"，一个问题马上要他答出来，他讲不出，但几天后，他的回答最为深刻——他不是阳光普照，却似激光一束穿透钢板。

1972年的冬天，证明"1+2"的论文结稿，他将"1+2"证明全文投交《中国科学》，该文被送交中科院数学所数论组负责人王元和北京大学教授、数学家闵嗣鹤审查。最熟悉这方面研究的人是数学家潘承洞和王元，但那时彼此都不敢来往，王元只能独立审查。王元说："因为这是个大结果，为了慎重起见，我就叫陈景润从早晨到晚上给我讲了三天，有不懂的地方就在黑板上给我解释，讲完了，我确信这个证明是无误的。"

但审稿意见的签署却非易事，如果不明哲保身，那么有可能会搭上自己的前途。当时搞纯理论研究被看成搞封建主义、资本主义……王元说："经过反复思考，我决定支持'1+2'尽快发表，在'审稿意见'上写下'未发现证明有错误'。"闵嗣鹤也支持发表。这样，陈景润"1+2"的详细证明终于发表在1973年3月15日出版的《中国科学》英文版（第16卷第2期）上，论文题目是《大偶数表为一个素数及一个不超过二个素数的乘积之和》，即哥德巴赫猜想"1＋2"。陈景润对王元给予自己的支持感念于心。在这篇哥德巴赫猜想研究领域具有里程碑意义论文的致谢中，陈景润写道："作者对闵嗣鹤同志和王元同志给予的帮助，表示衷心的感谢。"

这项成果后来被誉为"陈氏定理"，从此"陈氏定理"成为世界数论专著中不可缺少的一章。直到他成功之后，人们才发现他床底下有三麻袋多的草稿纸。更让人觉得不可思议的是，1965年，布赫希塔勃等证明"1+3"用的是大型高速计算机，而陈景润证明"1+2"是独自一个人，完全用手工计算。陈景润凭着不懈的追求和惊人的毅力书写了数学史上的传奇！

## 两份内参与一部报告文学

1973年4月，中科院在三里河工人俱乐部召开全院党员干部大会，新华社女记者顾迈南听到中科院党组副书记武衡的报告里说："我院一位年轻的数学工作者，做出了一项具有世界先进水平的成果……"这人是谁？旁边的人告诉顾迈南，他叫陈景润，是个"怪人"，而且，"快死啦"。

时任《人民文学》杂志副主编的周明也曾听到有关传言：美国代表团访问中国时，曾向中央领导打听陈景润，因为陈的论文已经引发了巨大的国际反响。有关部门就派人找这个陈景润，结果在中科院数学所找到了，居然是走"白专"道路的，很"怪"。到晚年时，周明说："其实，他并没有传闻的那样'怪'。多么善良的一个人啊。"

第一次见到陈景润，顾迈南吓了一跳。"当时正是暮春时节，而他还是'全副武装'。"顾迈南回忆说，陈景润穿着一身棉袄棉裤，戴着蓝棉布的鸭舌帽，看起来确实不合时宜。接待顾迈南的是中科院"革委会"的负责人，他解释说，陈景润有结核病，长年低烧，所以总是穿得很厚。在此之前，陈景润已经遭受了多年的批判，扣在他头上的帽子是"安钻迷""白专道路典型"。作家徐迟在《哥德巴赫猜想》中记述，当时很多人搞不懂，陈景润"混进数学研究所，领了国家的工资，吃了人民的小米，研究什么'1＋2'，1＋2不就等于3吗？"

经过近一个星期的采访，顾迈南弄清楚了，这个"1＋2"是困扰数学界200多年的世纪难题，但在陈景润手里取得了重大突破。因为闵嗣鹤与王元分别独立审核了陈景润的论文，认定这是一项超越前人的独创性成果，于是，顾迈南把这些情况写成了内参《中国科学院数学研究所助理研究员陈景润作出了一项具有世界先进水平的成果》。同时，顾迈南还写了另一篇内参《助理研究员陈景润近况》，反映了陈景润抱病坚持科研工作的经历，并引用中科院数学所科学家们的话说："陈景润从事的这项基础数学研究工作，虽然一时还不能用在工农业生产上，但在国际上却是有影响的。因此，希望有关部门能关心关心他，给他治治病，让他把哥德巴赫猜想继续研究下去。"

两篇内参迅速送达国务院科教领导小组。毛泽东得知陈景润患有严重腹膜结核病、亟须抢救时，写了"要抢救"三个字，并画了一个圈。4月25日凌晨，顾迈南接到通知，要她连夜陪同武衡等领导去中关村看望陈景润。这次，走进陈景润的宿舍，顾迈南再次震惊了。

"这是一间大约只有6平方米的小屋，靠墙放着一张单人床，床前放着一张三屉桌，桌上床上到处堆着书籍、资料，窗台上、地上，放着破饭碗、药瓶子，碗里还有干了的酱油。"顾迈南记得，看到这样的情景，有人解释说，为了节约生活费，陈景润平时不吃菜，只用酱油泡水喝。

陈景润呆呆地站在床和桌子的夹缝里，惊恐不安地望着这些不速之客，结结巴巴地说："对不起……"武衡呆了半晌，说："陈景润同志，跟我们走吧。"

不知所措的陈景润被带到清华大学的一个会客室里，坐定之后，武衡向他传达了毛泽东主席的批示，并说毛主席、周总理等领导都看了内参，要求给陈景润治病。陈景润说：谢谢毛主席的关怀，我没有做出什么贡献。顾迈南记得，当晚便有内科专家给陈景润做了检查，要求他住院治疗。

陈景润的论文发表后，英国数学家哈伯斯坦从香港大学得到陈景润论文的复印件，立即将陈景润的"1＋2"写入他与德国数学家黎希特合著的专著中，并把这部分内容命名为"陈氏定理"，为此专门增加了一章。这一章开头写道："本章的目的是证明陈景润惊人的定理，我们是在前十章已经付印后才注意到这个结果的，从筛法的任何方面来说，它都是光辉的顶点。"

美国著名数学家阿·威尔在读了陈景润关于哥德巴赫猜想"1＋2"的论文以后，充满激情地评价："陈景润的每一项工作，都好像是在喜马拉雅山山巅上行走。危险，但是一旦成功，必定影响世人。"陈景润的恩师华罗庚得知情况后，激动地说："我的学生的工作中，最使我感动的是'1＋2'。"

1975年1月，陈景润当选为第四届全国人大代表，后连续当选第

五、第六届全国人大代表。

1977年10月3日，新华社报道，陈景润的突出贡献为数学学科的发展写下光辉的一页，中国科学院提升他为研究员。

1978年1月，《人民文学》刊发了作家徐迟的报告文学《哥德巴赫猜想》，《人民日报》《光明日报》随后予以转载，"怪人陈景润"轰动全国。徐迟这篇著名的文章，缘起于1977年秋《人民文学》编辑部的一次会议。"当时中央决定，1978年3月将在北京召开全国科学大会，讨论和制定科学技术发展的总体规划。这是一次科学家的盛会，是一次向四个现代化进军的动员会。"周明说，他和编辑部的同志都很兴奋，开会讨论如何在杂志版面上配合这次大会。大家一致认为，应该组织作家来写写我国的科学家。"不知谁提到了那个数学家陈景润，传说他的故事满天飞。"周明说，"于是大家推举我来具体办这件事。"

周明从武汉请来了徐迟。徐迟起初犹豫不定，一是觉得自己不熟悉数学，二是听说陈景润是个"怪人"，不知好不好采访。但这样的疑虑，在见到陈景润之后就打消了。

"他就是一个很朴素的知识分子，看起来有点儿不食人间烟火。"周明说，"可交谈起来，就发现他其实对政治很敏感，说话都用书面语。"陈景润穿一身蓝制服，握着徐迟的手说："我没有什么好写的，你写写工农兵吧，写写老前辈科学家吧。"徐迟笑着说："我不是来写你的，我是来写科学界的，来写四个现代化的。"陈景润说："那好，我一定给你提供材料。"

徐迟有关陈景润的报告文学《哥德巴赫猜想》（吴志菲 摄）

被问到最近的研究情况，陈景润说，他看到叶剑英元帅最近发表的《攻关》一诗，很受鼓舞，说着便背诵起来："攻城不怕坚，攻书莫畏难。科学有险阻，苦战能过关。"背完诗，他又说："我要继续苦战，努力攻关，攀登科学高峰。"陈景润还告诉徐迟和周明，不久前他收到国际数学联合会的一封邀请函，邀请他去芬兰参加国际数学家学术会议，他觉得事关重大，便将此信交给了中科院领导，院领导说尊重他自己的意见。经过认真考虑，他给国际数学联合会写了一封回信。

"他说信里大致有三点内容，"周明记得，陈景润的回信很有原则，"第一，我国一贯重视发展与世界各国科学家之间的学术交流和友好关系，因此，我感谢国际数学联合会主席先生的盛情邀请；第二，世界上只有一个中国，就是中华人民共和国，台湾是中国不可分割的一个省，而目前台湾占据着数学会我国的席位，因此，我不能参加；第三，如果驱逐了台湾代表，我可以考虑出席。"

"简直出乎我们的意料。"周明惊奇不已，"他很有头脑，绝不是两耳不闻窗外事的书呆子。"这次会面时，陈景润还向来采访他的两位客人叙述了"文化大革命"期间自己遭受批斗的惨状，并说曾有几个自称记者的人三番五次到数学所来，动员他写文章"批邓"，被他毫不犹豫地拒绝了。徐迟被打动了，悄悄对周明说："他多可爱，我爱上他了！就写他了！"

当晚，周明向《人民文学》主编张光年汇报了陈景润的情况，张光年拍板："就写陈景润！不要动摇！'四人帮'把知识分子打成'臭老九'，现在党中央提出搞四个现代化，这就要依靠知识分子，陈景润这样的知识分子为什么不可以进入文学画廊？"

陈景润艰苦的生活环境，也在出名后得到改善。邓小平说，陈景润这样的科学家，"中国有一千个就了不得"，并批示：一周之内，请给陈景润解决三个问题：住房、爱人的调动和配备一个秘书。

## 人生也迎来"科学的春天"

1978年3月18日，全国科学大会开幕。陈景润被安排在主席台就座，并向大会作报告。在报告中，陈景润说："要向科学技术现代化进军，必须苦战。"会上，邓小平发表讲话，提出了"科学技术是生产力"的著名观点。而自1975年，邓小平一直关心着陈景润，这让陈景润感念不已。

很快，全国掀起了学习科学知识的大潮，陈景润也成为知识分子的典型代表和无数青少年的偶像。20世纪80年代，孩子们在被问到"长大以后干什么"时，几乎都会响亮地答道："当科学家！"

1979年1月，陈景润应美国新泽西州普林斯顿高等研究院院长沃尔夫博士的盛情邀请，首次出访美国。那里丰富的数学研究资料和信息，使精通英语的陈景润犹如进入神话中的"太阳岛"，他恨不得节约每一分每一秒钟，用于学习和研究。他没有去任何地方游玩，整天泡在书房、办公室、图书馆里。为了节省时间，陈景润买了一大桶牛奶，整箱面条和鸡蛋。他每天的伙食就是：牛奶煮面条加鸡蛋。4个月之后，陈景润飞回北京。面对到机场采访的中外记者，陈景润宣布：把在美国做研究工作节省下来的 7500 美元，全部捐献给国家。

陈景润是认真的，回到中科院数学所，他就把一本存折交给了领导。钱以活期形式存在美国的花旗银行，随时可以取用。7500 美元，在当时可不是一个小数目，它是陈景润靠吃面条节省下来的！它凝聚着陈景润的一腔心血，更凝聚着陈景润对祖国的赤子情怀。

全国科学大会之后，陈景润迎来了"科学的春天"：1981 年，陈景润当选为中国科学院学部委员，1982 年获中国自然科学奖一等奖……

在欧洲访问期间，陈景润的研究课题为"等差级数的最小素数"，他将最小素数的量级从 16 阶改进到 15 阶。这个阶段，他变得活泼了许多。他曾邀请十几位各国的数学家到住处做客，为他们做了油炸虾片。

在陈景润夫人由昆的回忆中，陈景润就像个孩子："特单纯，遇到高兴的事能跳起来。他一点也不古怪，不像别人猜测的那样，说他的性格古板呀，不近人情呀，统统没有。"从那间 6 平方米的宿舍搬进一室一厅的单元房后，陈景润在家里养花，还在阳台上种葱、蒜、西红柿，甚至在花盆里种过梨树和苹果树。

作为蜚声世界的数学家，陈景润始终怀着对老师的感恩之情，他明白，如果没有恩师的指导和提携，就没有他的现在。无论何时何地，他都念念不忘老师们的恩情：沈元老师把他引入数学的天堂；厦门大学王亚南校长曾挽救他于街头；华罗庚教授给他太多的支持与鼓励，等等。他的恩师华罗庚也一直致力于哥德巴赫猜想"1+1"的研究，遗憾的是1985年华罗庚倒在了工作岗位上。当重病的陈景润得知这一消息时，请人把他背下楼，坐着轮椅参加了华罗庚的追悼会。在追悼会现场，生活基本无法自理的陈景润以惊人的毅力站了起来，借助别人的搀扶，整整站了40分钟。他感念华罗庚无私的提携之恩和真挚之情，他希望能完成老师未了的心愿。

外人总以为陈景润醉心于数学，不会操心其他的事情。由昆不这么认为，她眼中的丈夫很细心，很会照顾人。由昆生孩子时是剖宫产，做手术时家属要签字。她说，陈景润当时"磨叽了很长时间就是不肯签，要人家保障我手术以后，身体没有任何影响，他在那个手术单上写了好多字"。由昆一看急了，说"你再不签我签了"，陈景润一看她真的急了，就"哆嗦着签上了"。妻子产后，陈景润就四处打听什么东西有营养，然后就一趟趟出去排队买鸡、买鱼，"要知道以前他哪照顾过别人啊。"由昆说。

沉迷于数字世界的陈景润对他人的恩惠永远铭记，但对于怨恨，他都当作过眼云烟。20世纪80年代，一位"文化大革命"时期毒打过他的人想出国，找陈景润写推荐信，陈景润不计前嫌，全力帮助；还有一位曾批斗过陈景润的人评职称时请陈景润写论文鉴定，陈景润公正地对他进行评价，这位同志的职称也评上了。由昆对此颇有微词，陈景润笑着说："过去的事情，就让它过去算了。"

1984年4月27日，一场灾难降临了。这天，陈景润去一家书店寻找新的研究资料，他和平时一样，低着头，边走边思考。一个小伙子骑着自行车从远处急驰而来。随着"啊——"的一声惨叫，还没明白怎么回事的陈景润倒在车前。在被送往医院的路上，陈景润苏醒过来，他意识到自己头部受了伤，正被送往医院。"去中关村，去中关村医院！"身受重伤的陈景润怕让别人负担医疗费用，坚持要到他的公费医疗单位——中关村医院。

在医院里，陈景润喃喃地重复着："他不是有意的，不是有意的，不要处分他。"后经医生初步诊断：后脑撞伤，严重脑震荡。这次大脑受创，给陈景润带来了意想不到的伤害。第二年，陈景润患上帕金森综合征。从此，他晚年生涯中很多时光都是在病房度过的。由昆说："被自行车撞倒的事情发生后，先生想的不是自己的健康和安全，而是不希望因为此事影响一个青年的前途和未来，所以一直要求小伙子所在的单位'不要处分他'。第二年先生得了帕金森综合征，医生诊断这病和先生曾经被撞、后脑勺着地，导致大脑枕叶受损有很大的关系，至少那是一个诱因。但是先生从来不那样想，他从不埋怨任何人，在他的心里，自己的安危远没有他人的前途重要，这是他一贯的作风。"

在由昆眼里，陈景润永远是先人后己，他不仅是好丈夫、好父亲，还是一个胸怀宽广、心存大爱的大丈夫。陈景润患了帕金森综合征，需要长期住院。为了照顾他，领导决定让由昆不用上班，专职照顾他。当由昆把这个好消息告诉陈景润时，陈景润坚决不同意，他说："你一定要去上班，你是部队培养出来的，光为我一个人服务不可以。另外，我生病已经影响了工作，如果两个人都不工作的话，心里就更过意不去了。"由昆后来回忆说，她特别感谢陈景润的坚持。

如果她当时脱离了工作，就会与社会脱节，那么，如今的她就变成了没有一技之长的家庭主妇。

从 1974 年到 1989 年，陈景润围绕素数分布问题进行研究工作，并编写了《初等数论》《数学趣谈》，向广大青年普及数论知识，激发他们对数学的兴趣。他完成专著《组合数学》及通俗读物《组合数学简介》，还与数学家邵品琮合作，撰写了专著《哥德巴赫猜想与筛法》。几十年来，他先后发表了近 50 篇学术论文，多项成果已被载入史册。

1995 年，陈景润曾应故乡之邀，手书"群力科教兴邦，培育中华英才"。那时，他已经患病多年，手抖得厉害，但一笔一画都浸透着他的桑梓之情、赤子之心。他对自己的学生要求极高，鼓励他们独立思考、自由研究。他的学生张明尧曾写道："他对数学上的马虎却绝对不能容忍，有时到了近乎苛刻的程度。"

陈景润对数学以外的兴趣是极其有限的。但他喜欢北京香山的鬼见愁，在去世前一个月，他还和夫人由昆相约，等病情稳定以后和妻儿去登高望远，这个愿望最终没有实现。

在生命的最后岁月里，陈景润曾经竭尽全力冲刺哥德巴赫猜想。虽然离"1＋1"最终解决哥德巴赫猜想问题只有一步之遥，但陈景润知道，他和他所在的世纪也许不能企及了。

陈景润生命的最后十余年基本上是在医院度过的，其间，王元多次去看望他。1996 年 3 月 18 日晚，王元和数学家杨乐到北京医院去看他，这是他们见的最后一面。3 月 19 日 13 时 10 分，陈景润与世长辞。他为科学事业做出的最后一次奉献是：捐赠遗体供医院解剖。

王元如失手足，痛彻心扉！他在4月1日致中科院学部联合办公室郭传杰、唐廷友的信中，情不自禁地表达了对陈景润的哀思和推崇："传杰、廷友同志：景润兄走了，四十年相处，常记于心。特将我自己的藏书中提到他的地方复印一部分，送统战部六局与中科院学部办公室直接与我们打交道的同志一阅。自然科学是英、美、俄的'领地'，他们十分傲慢，对发展中国家，甚至日本采取歧视态度。在学术论文中提到他们以外的工作已不容易，在专著中提到就很难了。若在教科书上提到，则除非不提就不行了。景润的工作在他们的大学教科书上被提到，在他们的专著上，则写出全部证明。景润的事迹是永留史册的。"

在随信所附国际上引用陈景润研究成果的著作复印件上，王元一一作了批注和点评，其中耐人寻味的是 Sieve Methods（《筛法》）一书的两位作者对陈景润的敬重，王元批注："专著作者是英国与德国两教授，在美国出版。书已排版，见到景润工作，收回加上，称为'惊人的结果''从任何方面讲，都是筛法理论的顶峰'，欧美有些大学作为研究生教材。"

为了缅怀陈景润不平凡的数学人生，1998年应江西教育出版社之邀，王元和潘承洞共同收集了陈景润在各个时期的主要论文，编辑出版了《陈景润文集》。

大凡科学成就有这样两种：一种是经济价值明显，可以用多少万、多少亿人民币来精确地计算出价值来的，叫作"有价之宝"；另一种成就是在宏观世界、微观世界、宇宙天体、基本粒子、经济建设、国防科研、自然科学、哲学等领域有某种作用,其经济价值无从估计,无法估计,叫作"无价之宝",陈氏定理就是这样的科学成就。

有言"那个年代,陈景润就是科学的化身",而他留下来的,绝不仅仅是"1+2"的光华。陈景润生前常说的一句话是:"时间是个常数,花掉一天等于浪费24小时。"他就是在对每个人都相同的时间常数下,做出了超出别人几倍的成就。数学家的研究本来就是在挑战人类智力的极限,而中国的数学家们愿意说:陈景润是在挑战解析数论领域200多年智力极限的总和。由昆说:"可以说先生的'1+2'的成果是用生命换来的,先生做完了以后,各个国家的优秀数学家也一直在前赴后继地做这个工作。但是至今还没有人跨越,可想而知它的难度。"

陈景润用一支笔和无数的草稿纸攻克了数学界200多年悬而未决的世界级数学难题——"哥德巴赫猜想"中的"1+2",成为哥德巴赫猜想研究史上的里程碑。他的家乡福州市闽侯县胪雷村,当地居民都是陈氏家族子孙。小镇中的陈氏宗祠巍然而立,祠内中庭有三块牌匾,其中一块即写着"陈氏定理"。

2009年,陈景润当选"100位新中国成立以来感动中国人物"之一。2018年,党中央、国务院授予陈景润"改革先锋"称号,颁授"改革先锋"奖章,他还获评激励青年勇攀科学高峰的典范。2019年,陈景润入选"最美奋斗者"。

# 许海峰

小学课文《零的突破》的主角

BU FU SHAOHUA

XU HAIFENG

许海峰，1957年8月出生于福建漳州，祖籍安徽和县。著名射击运动员、教练员，奥运会历史上首位中国冠军。1982年入安徽省射击队，1983年入国家队。历任中国国家射击队运动员、教练员、副总教练、总教练，国家射击射箭运动管理中心副主任，国家体育总局自行车击剑运动管理中心副主任等。曾获第23届洛杉矶奥运会男子手枪慢射冠军、第24届汉城奥运会男子气手枪亚军。曾被评为"全国新长征突击手""全国十佳运动员""新中国体育50星"，并荣获中国电视体育奖2002年度"最佳教练员奖"，全国体育运动荣誉奖章，全国五一劳动奖章。系党的十三大、十四大代表和第十届全国政协委员。2018年12月，党中央、国务院授予其"改革先锋"称号。2019年9月，被评为"最美奋斗者"。

## 一

他作为知青在"广阔天地"里劳动过 4 年,其间当过赤脚医生,后又被抽调到供销社当了 3 年营业员,是什么机缘让他接触到射击运动的呢?日后,他又是如何实现从金牌运动员到金牌教练员再到国家队总教练的"三级跳"的呢?

更让人惊诧的是,这位"神枪手"当年视力只有 0.5。

2008 年,面对记者的追问,一向不苟言笑、比较严肃的许海峰终于打开了话匣子……

### 在近乎凝固的空气中缓缓地举起枪

1984 年 7 月 29 日,美国洛杉矶拉普多射击场,第 23 届奥运会男子 50 米手枪 60 发慢射比赛首场比赛开始了,来自 38 个国家的 56 名优秀选手陆续展开角逐。

起初,人们都把注意力放在了第 20 届奥运会手枪慢射的金牌得主斯卡纳克(Ragnar Skanaker)身上,外国记者纷纷站在他的靶位后面,但后来他们被 40 号靶位上的身穿 83 号红色运动上衣、蓝色运动裤的中国运动员所吸引。他就是许海峰。

"去了洛杉矶以后,赛前训练我的状态不是很好,因为洛杉矶跟我们这边有十几个小时的时差,再加上射击这个项目本身受时差的影

许海峰

响比较大，一直到比赛的前两天才基本上恢复正常。"比赛前一天，许海峰把自己关在屋里一整天。

裁判发出射击命令后，别的运动员已射出四五枪，慢性子的许海峰一点儿都不着急，还在举枪、放下，反复练习，调整状态，直到5分钟后才打出第一枪。由于比赛是在两个半小时打60发子弹，时间很富余，加上天热得很，他就出去坐在门口的台阶上休息。

前面两组打得很顺，许海峰状态不错，照理应趁热打铁，但他却走到外边坐下休息，说是调整一下状态。第三组打了一个8环以后，他感觉不太好，于是又出去休息了很长时间。当时比赛时间已过去一个半小时，在场的中国记者心急如焚，却又不敢打扰。

激战已经进行到最后，回到靶位后，他开始慢慢打剩下来的3组——他向来打得很慢，到了最后的第6组时，大部分人已经结束了比赛。打到第三枪时，他听到身后的人声、相机快门声一片嘈杂，接着他打出两个8环、两个9环。

这时，他的心理出现了小小的波动。但他很快平静下来。可是耳边不时传来记者和观众的惋惜声。他坐下来，闭目养神，分散的精力开始集中。此时许海峰和斯卡纳克成绩不相上下。周围的空气仿佛凝固了，人们都在等待结局。许海峰缓缓地举起枪，却又放了下来；再举起来，再放下；如此反复竟有四次，他深知这一枪的分量。

终于，他果敢地打了两枪，两个10环。人们在焦急地等待，许海峰又是缓缓地举起枪，却又放了下来。此时，离比赛结束还有16分钟。一时间，场上的气氛近乎凝固。终于，最后一发子弹射出了。

这一枪因此创造了历史！

566环！许海峰仅以一环优势击败了斯卡纳克，夺得了金牌。他的队友王义夫成绩是564环，拿下了铜牌。

许海峰以优异成绩打完决赛后，有一个人冲上去抱着他亲吻了两下。许海峰后来开玩笑说，当时那个年代，在公众场合被一个大姑娘拥抱着亲吻是很多国人心理上不能接受的。不过定睛一看，亲他的人是一个老头——中国代表团副团长、国家体委副主任黄中。黄中紧紧地拥抱着许海峰，激动不已地摇着他，许海峰反倒有些不知所措。

比赛结束以后，从靶场出来到休息室，短短100米的距离，许海峰却走了将近20分钟，各国记者把他团团围住。而今，许海峰接受笔者采访时说："1984年的奥运会上，我也没有想到自己能夺冠，当时没有电子靶，比赛结束后的40分钟是漫长的等待时间，那时候我为自己的最后一组只打了91环而深深地自责，非常难受。没想到，裁判走来告诉我说，你是冠军！当然，如果我事先想到，心理发生了变化，也就拿不到这个冠军了。"

"那是新中国第一次组团参加奥运会，当时我还只是一个进入专业射击队两年的新手。在参加奥运会前，我只是在当年三四月份举行的一个测试赛上得过一次冠军。当时大家比较看好王义夫，现在想来也许正是因为大家更看好王义夫，所以我才能够卸下夺冠的思想包袱，稳定发挥，最终摘得了金牌。"许海峰笑了笑说，"当时如果想到能拿金牌，也许就拿不到了！"从他镇定的笑容中，记者分明感受到了一名奥运冠军的从容与谦逊。

"在比赛当中我就尽量打出水平，结果上去两组就是97环，打得非常顺利，后来打到第28发的时候，我打了一个8环，就下来休息，我一个人坐在大门口，在那里休息了将近半个小时。后来进去以后，第三组打了93，第四组95，第五组95。所以这5组平均是95环，如果最后一组我再打95环的话，就是570环，那肯定是冠军。到目前为止，该项目如果打570环的话还是冠军。但是我有一个特点，我打得比较慢，而且我又在外面休息了半个小时，所以我把第五组打完以后，整个场地里面就剩4个人了。我上去以后前几环打得不是很好，后来我又坐下来休息了将近15分钟，最后是91环，所以总成绩是566环。"说起566环这个夺冠成绩时，许海峰的眼睛里忽然闪现出了一丝光芒。他微笑着说："20多年过去了，566环这个成绩在今天依然能够拿到冠军，依然十分了得。"奥运冠军的自信与霸气在此时此刻显露无遗。

"打下来以后，当时最后一组也确实有点儿精力分散，因为我打得比较慢，现场成绩比较好，所以很多观众记者围到我后面，我当时也想可能成绩比较好。如果不好谁围在后面看？所以我也有点分神了，最后打得确实很糟糕，我心里挺难受的，没有想到还是拿了冠军。"许海峰回忆说。

## 迟到半个多小时的颁奖仪式和有"伤疤"的金牌

比赛结束后，无数人在等待奥运史上第一次奏起中华人民共和国国歌，升起中华人民共和国国旗。然而，却迟迟没有举行颁奖仪式。许海峰等了好久，有些困惑。过了好久，只见空中飞来一架直升机，降落在射击场外，随后摩托车进来了，骑手把一面旗子交给了组委会。

原来，射击比赛的官员估计到了中国运动员可能会取得好成绩，但估计不足，只准备了一面国旗。而第一项比赛中，前3名运动员，中国选手竟占了两位。奥运章程规定前3名都要升旗，这样还差一面五星红旗，大会组委会只好临时派人去借，颁奖仪式也就被耽搁了半个多小时。

接受笔者采访时，许海峰难得一笑："我们国家的两个运动员同时进入前3名，他们没想到，所以准备不充分，又不敢跟我们说——如果跟我们代表团说的话，我们肯定还会表示抗议，对我们这个国家就这么看不起？后来，他们说请我们原谅。"

许海峰勇夺中国第一块奥运金牌，国际奥委会主席萨马兰奇闻讯赶到射击场，为他颁奖，并激动地说："今天是中国体育史上伟大的一天，我为能亲自把这一块金牌授给中国运动员而感到荣幸！"

许海峰透露，当时他并没有准备全套领奖服，没想到自己会成为本届奥运会首枚金牌得主，于是他只得急匆匆地从队员处借领奖服的裤子。许海峰说："我在领奖台上所穿的裤子并不合身，没办法，起初没备好。"

登上领奖台后，许海峰一脸严肃。是不是当时的"国旗小插曲"影响了冠军的心情？许海峰连连摆手，说："实际上我这个人性格就

1984年，萨马兰奇为许海峰颁发中国"奥运第一金"（左一为铜牌得主王义夫）

这样，不是那种遇到高兴事就会跳起来的人。"

2003年8月8日晚，在灯火辉煌的北京饭店18层宴会厅里，国家体育总局局长袁伟民偕许海峰、邓亚萍等在这里宴请前来北京访问的中国人民的老朋友萨马兰奇。席间，许海峰举起斟满红葡萄酒的酒杯向萨马兰奇敬酒。萨马兰奇满怀深情地注视着许海峰说："告诉你一件我过去几乎从未对外说过的事。你知道吗？1984年的洛杉矶奥运会上，我那时为你颁发的金牌，也是我当选国际奥委会主席之后为奥运会选手颁发的第一块金牌呢！"

听完萨马兰奇这番话，许海峰才知道，在他那块为中国体育史创下了许多个第一的沉甸甸的金牌上，还多了这样一层特殊意义。许海峰格外高兴地说："我真没想到，能得到这份殊荣！感谢您为世界和中国的奥运事业作出的努力与贡献！"萨马兰奇笑着说："希望你为自己的祖国赢得更多的荣誉。"

新中国成立后，中国代表团曾参加1952年赫尔辛基奥运会，但没能获得金牌。许海峰的突破不仅仅是个人的突破，而且是中国运动员乃至中国人的突破，许海峰的背后聚集着很多中国人，他们在期待这一刻。

当年，中国一般的家庭还没有电视机，央视也没有直播。由于时差，直到次日，中国民众通过新闻节目才知道许海峰获得中国奥运第一金。"不过，我的父母在不到半小时内就晓得我得了金牌。"当笔者追问是否是他打电话告知家人的，许海峰摇了摇头，让我们怎么也猜不着："别猜了吧，你们一定猜不着——当时我弟弟听收音机收到了

'敌台'信号，一告诉我父母亲，一家人就高兴得跳了起来。听说，第二天，不少报纸出了号外。"

许海峰获得冠军，实现奥运金牌零的突破后，多少中国人激动得热泪盈眶！一位70多岁的美籍华人自豪地说："我们中国也有金牌了，我们再也不是'东亚病夫'了！"中国台湾在美国出版的《中国时报》的套红标题是《大陆选手许海峰赢得了中国人的历史殊荣》，文中写道："半个多世纪以来，中国人企盼多时的第一枚奥运会金牌终于在7月29日中午时分，挂在中国射击队员许海峰的胸前。大太阳底下的金牌，金光灿然，耀眼辉煌。"

两天后，即8月1日，是许海峰的27岁生日。"当时，我国第一次发行金牌明信片，我那张是我生日那天发行的。"

8月3日，洛杉矶奥运会还未结束，许海峰已经回到国内。一下飞机便陷入被媒体包围的状态，沉默寡语的许海峰一下子"红"了。他没有料到，随着在奥运会上夺得首金，他的人生将发生戏剧性的变化。当年，在供销社工作时许海峰的工资是"九块五，后来到了体委以后，给我定级定到五十一块五，1984年奥运会后给我加了四级，加到九十八块——简直就是高干啦。人家是连升三级，我是连升四级。这是我所感受到的一些变化"。许海峰还透露：国家奖给我9000元（金牌一般是奖8000元，我是首金沾了点儿光，多奖了1000元），地方政府又奖了5000元。

第二天，许海峰回到老家安徽，家乡父老早已在合肥车站准备好了隆重的欢迎仪式。各家媒体的记者蜂拥而至，在家的每一天，他都处在记者的围追堵截中。七八天后,他回到北京与队友会合,并在奥运总结会上代表运动员作了报告。"回国以后,国内那种热闹劲儿我都接受不了。一个接一个地方作报告,成天有记者围着,荣誉也给了很多,我想:不就是奥运冠军吗?怎么给了这么多荣誉呢?"

从安徽老家到北京人民大会堂,到处是热烈的掌声、激动的人群。珍贵的"第一金"也陪伴着它的主人辗转各地,参加各种庆祝活动,并在人们手中不停地传递。然而,就在传递过程中,许海峰的金牌留下了一处"伤疤"。

"一次大家传看金牌,不小心掉到了地上,结果边缘有些卷,仔细看上去像有个小缺口,"许海峰半开玩笑地说,"看来金牌的纯度还是很高的,质地比较软啊。"对这件事,许海峰显得很豁达,没有丝毫介意,"人家也不是故意的嘛,没什么大不了"。

两个月后,许海峰做出了一个重要的决定,将这枚堪称改变中国体育史的奥运会金牌捐献给了中国历史博物馆(今中国国家博物馆)。谈起这枚金牌,许海峰如数家珍:"金牌的直径是60毫米,重量125克。质地是纯金包银,其中金的重量是6.5克。金牌有一面是国际奥委会规定的图案,另外一面是一个自由女神像,上有'第23届洛杉矶奥运会 1984年'字样。项目名称是后来加上去的,被刻在金牌几毫米宽的边缘上。"

捐赠了金牌后,上海造币厂为他做了一个复制品。许海峰说:"复制品的制作工艺不可能像正品一样,由于复制品是浇铸的,会出现热胀冷缩的情况,表面的光洁度要差一些。即便如此,它在我眼中也同样珍贵。"许海峰还曾两次前往博物馆"看望"自己捐献的那枚意义非凡的金牌，"当时就像去看自己的一位老朋友，不过我心情挺平静的，因为我这个人是从来不爱激动的"。

从接受颁奖到回国后的庆祝，以及持续至今的荣誉感，许海峰着着实实知道了这枚金牌的分量。可以说，洛杉矶奥运会上的第一金影响了许海峰的整个人生。许海峰说："夺冠后，名声大了，压力也大了。训练中要更加严格，工作中要以身作则，做事更加认真，做人更加谨慎。"

## 供销社营业员"走后门"成为专业射击运动员

1983年3月，许海峰第一次参加全国比赛，结果顺水顺风地把两枚金牌揽进了怀中，并打破一项全国纪录。当年7月，许海峰正式调入国家队，并代表中国参加在印度尼西亚举行的亚洲射击锦标赛。在比赛中他不负众望，为中国队摘取了两枚银牌、两枚铜牌。

从印尼回国以后，许海峰回到安徽省队备战第五届全运会，全运会结束后回到国家队开始奥运集训。一直到1984年4月，许海峰参加了洛杉矶的奥运会预赛，即现在的奥运测试赛，拿了个第一名。回顾这一路比赛历程，许海峰确实是一帆风顺，可是当初进入射击界却并没有这么顺利。

许海峰出生在福建漳州，15岁那年，随父母举家返回安徽原籍，落户在和县新桥镇。

许海峰的父亲许银芝是新四军老战士，曾任解放军炮兵副连长，后转业到体院工作，也当过县供销社主任。由于环境的影响，许海峰从小就对军事体育产生了浓烈的兴趣。许海峰童年时有一副心爱的弹弓，在田间玩时，他经常随手拉弓，射击树上的麻雀、知了等。

曾有报道说，许海峰上初中以后，由于沉迷于打弹弓，以致荒废了学业，留了级。还有报道说，在和县新桥中学读书时，他坐在教室里的第二排听课。一天，他看到窗外的树上有一只麻雀，便悄悄掏出弹弓，手起雀落。一时间，许海峰打弹弓的本领轰动全班，传遍全校。

在接受笔者采访时，许海峰笑着说："我们小时候没有什么好玩的，是打过弹弓，也喜欢这种活动，但不至于沉迷，我哪里因为这个留过级？我的学习一直挺好的，不但没有留级，还跳过级——曾从初二下学期跳到初三下学期。"跳级几个月后参加中考，他在 4 个乡 5 个班参加的联考中取得了第 13 名的好成绩。

1974 年许海峰高中毕业，当时便去应征准备当兵，体检合格了，并且各方面条件都非常好，"带兵的连长姓肖，特别想让我去。但我年龄小了 8 个月，当地政府最后没有让我走"。其实当时只需要作为老革命的许银芝出来说一句话，许海峰就可以走了。他和母亲一再恳求父亲，而最后父亲许银芝的回答是："有本事靠你自己，不要靠老子。"就这么一句话狠狠地刺激了许海峰，于是以后不管做任何事，他都很努力，要做得最好，而且从不依靠家里。

说到为什么曾去应征入伍，许海峰坦言："当兵了，就有机会和枪接触。再从当时的情况来看,参军以后回来找工作也比较方便一些,可以分配工作。如果当兵走不了的话,就要下乡去做知青,所以当兵是比较好的出路。再一个就是因为军队是一个大学校,是一个锻炼人的地方,到那个地方对自己的能力有提高,也是一件好事。"

1975年,18岁的许海峰下乡到螺百公社成了一名知青,当时他还梦想着有一天能穿上军装。这年底又征兵,许海峰又报名了,当时规定下乡不够两年不能入伍,他的梦又一次破碎。

终于熬到1976年,许海峰再次去报名,"结果体检也合格了,然而年纪超龄4个月不能参军"。由此,许海峰的从军之梦彻底破灭了。一气之下,许海峰用积攒下来的几十块钱买了一支气枪、几盒子弹,开始练瞄准,打麻雀,为单调的生活增添了几分乐趣。

1978年,许海峰加入了县业余体校射击训练班,开始了正规的射击训练,主要练习空气枪。

许海峰有一个绰号,叫"七十三行",是说他会的多。他说:"在农村待了4年多,一开始大队让我先做民办教师。我当时想,既然下来农村就好好锻炼,把农村的农活做会了以后,对自己的身心各方面都会有好的帮助。所以最后我就拒绝了,不做民办教师,整整干了两年的农活。后来,大队的合作医疗点里面缺一个医生,有一个医生走了,因为我也蛮喜欢中草药的,就去当医生了,买了很多医疗的书看,又学了很多东西。"许海峰说,当时,谁家家电坏了就帮着修理,"因为我在学校的时候物理特别好,包括电动机坏了也让我去修,我经常干这事"。

1979年秋天，许海峰招工回城，到和县新桥区供销社当了一名化肥营业员。那时候卖化肥都是按计划指标来的，整个区7万人的化肥计划都掌握在许海峰一人手上。在供销社卖了3年化肥，许海峰工作上兢兢业业，勤勤恳恳，仅降低损耗一项，每年就给国家节约5000元。

工作中的许海峰勤于思考，认真负责，因此多次得到领导的表扬和奖励。然而，许海峰却始终难以改变自幼以来对枪的爱好。凭借着超人的自信，他继续练习射击。

据许海峰透露，自己能进入射击队可是"走后门"得来的。当时许海峰所在地区的射击教练是他中学的体育老师，高中快毕业的时候搞过一次军训，许海峰当时报名但没让他去。后来有一天，有一个射击学员因犯错误被开除，许海峰顶替这个名额才得以进入射击队。至今，许海峰还记得那一天：1982年6月5日。这是他人生旅程中极为重要的一个拐点。

两个月后，即8月，安徽省举行第五届运动会，许海峰不仅在这届运动会上夺得射击冠军，而且把安徽省纪录提高了26环。这时，有关方面认为不能再无视这个射击天才的存在了，开始关注起许海峰。

比赛归来，许海峰又回到供销社干了3个月。1982年底，许海峰毅然决然地放弃了"铁饭碗"工作，正式离开新桥供销社。12月8日，他来到安徽省射击队参加集训，开始了真正的射击生涯。"距离1984年洛杉矶奥运会只有一年半的时间。实际上在开始搞射击的时候,我没想到参加奥运会,都不知道有奥运会。"

在他母亲看来,许海峰是一个很聪明、有悟性的人:"海峰就是不走射击这条路,他也会走其他的路,他走了其他路,现在也照样能干好。因为他心很灵,手很巧。他有一次到一个同学家,同学的父亲会补鞋,他回来就买个锥子来补鞋,我们一家谁鞋破了他就补。还有一次叫他爸爸给他买一套理发工具,他要给两个弟弟理发。我叫他不要贪多,贪多学不好,这样要学那样要学反而学不好,就让他少学两样,学好一点。"

1983年9月,许海峰在第五届全运会射击比赛中获得两个第二。这年11月,许海峰被调到国家队参加奥运会集训。"进了国家队以后,我当时想这个项目调了6个人,他们的水平都比我高,我在训练当中把水平提高,就达到目的了。结果一训练一选拔我排第二。当时射击队还一直在犹豫让不让我参加奥运会,毕竟我受训时间不长。不久,我参加了洛杉矶奥运会热身赛,拿了个冠军,冠军一拿回来就有了参加奥运会的资格。"

1984年7月,参加训练仅仅两年时间的许海峰参加了洛杉矶奥运会,摘取了中国人在奥林匹克运动史上的第一枚金牌,改写了中国体育史上奥运金牌零的纪录,从而拉开了中国体育扬威世界的序幕……

也许有人不会相信,"神枪手"许海峰当年参赛时的视力只有0.5。许海峰在供销社当营业员期间,由于长年和化肥打交道,原本很好的眼睛被熏坏了。参加国家射击队体检时,他的视力只有0.5,而射击队的要求却是1.0。于是体检前,许海峰就偷偷地把视力表的最后一行背好，没想到还真顺利地蒙混过关了。

"0.5 的视力能看得清靶子吗？"面对笔者的疑惑，许海峰解释说："其实手枪运动员的视力只要有 0.5 就够了，步枪运动员的要求略高一些。射击中一个很重要的技术就是看清准星和缺口。视力不好的人，尽管只能看清 1 米的距离，却能集中精力瞄准准星，所以在关键技术动作上不会有大的失误，最后打到靶子上的误差反而比较小。我们以前做过实验，视力在 1.5 以上的运动员，要专门配一个 50 度的花镜故意把靶子变模糊。"

## 平常话少又严肃的"金牌教练"亦师亦兄

1988 年，在韩国汉城（今首尔）举行的第 24 届奥运会上，许海峰夺得男子气手枪亚军。随后的 1990 年北京亚运会，许海峰在家门口再一次获得了男子个人自选手枪慢射 60 发比赛的冠军。后来他和队员拿到了 1994 年广岛亚运会、射击世界锦标赛的男子团体冠军。但在 1992 年巴塞罗那奥运会上，他与金牌擦肩而过，他的队友王义夫拿到了冠军。

1993 年底，"中心性浆液性脉络膜视网膜病变"使许海峰视野中心出现大黑斑，许海峰又坚持打了一年的比赛，但明显感觉吃力，"正好当时国家队缺教练，我就当教练了"。

俗话说，"台上一分钟，台下十年功"。射击项目在比赛时是扣人心弦的，但平时的训练是非常枯燥的。运动员每天的训练就是举枪、瞄准、射击，再举枪、瞄准、射击……

在训练场上，许海峰是非常严肃的，在训练和比赛时很少能看到他笑，国家射击队中很多运动员和教练员都怕他。

2000年悉尼奥运会，陶璐娜打完了最后一发，回头看教练许海峰，后者给她做了个V形手势，陶璐娜知道自己顺利夺冠。陶璐娜回忆说："当时我想首先要去感谢最应该感谢的人、对我帮助最大的人，那就是我的教练，所以当时唯一的念头就是，也不用握手了，应该用拥抱去代替。但是我又想，我冲下去的时候，他会不会很冷漠地站在那儿，如果他没有任何回应的话，我会很尴尬的，毕竟我是女孩子。"当笔者问许海峰如果陶璐娜当时真的冲下去和他拥抱，他会是什么反应，许海峰微笑着说："我会感到非常尴尬的，因为中国没有这种礼节，哈哈……"

陶璐娜回到宿舍后，还是想释放一下自己的情感，于是同另外两个队员商量，合伙去抬这位平常话少又严肃的教练。于是，3个队员联合起来把85公斤多的许海峰轻而易举地抓起来，"只是刚抛了一下就差点儿掉到地上了"。

运动员在训练场上都非常害怕许海峰，无论哪位运动员训练得不到位，他都会进行纠正或批评，就连他的得意弟子陶璐娜也经常被他训得"哭鼻子"。有一次参加在韩国举行的射击世界杯赛，陶璐娜在运动手枪预赛中打得有点漫不经心，回到驻地，被许海峰狠批了一番："你是一个奥运冠军，你要重视每一场比赛，只有把每一场比赛都看作奥运比赛，一枪一枪地打，你才能再次成为奥运冠军。"在随后几天的比赛中，陶璐娜越打越好，获得世界杯赛上的2枚金牌。

尽管许海峰不苟言笑，但他在调节队员心理上很有一套。许海峰说他喜欢做教练员，也喜欢和运动员面对面打交道，并经常请运动员吃饭，借这个特定的场合同他们沟通。给运动员做思想工作，许海峰总是用讲故事的形式，用一个一个真实的事例去引导运动员，化解他们心中的疙瘩。在他看来，教练员一定要非常了解每个队员的技术和思想状况，并且根据这些情况把所有东西都分析透，这是一门很深奥的学问。渐渐地，队员们感到许海峰既是个威严的师长，又像个无微不至关心自己的大哥哥，开始向他敞开心扉，也愿意听他的肺腑之言。

由于多年的射击生涯，许海峰已经养成了一个习惯，无论是参加比赛，还是训练，他都要随身带一个笔记本。笔记本里面全是密密麻麻的数据，这是队里参加每一次比赛时每一位运动员的射击成绩。"数据可是宝贝啊，自己统计虽然要花费大量的时间，但能对全队的比赛情况心知肚明，对训练、比赛很有针对性。"

自1994年底退役成为女子手枪教练、总教练以来，许海峰摸索出一套行之有效的训练方法。1996年，他的徒弟李对红获得了亚特兰大奥运会的冠军；2000年悉尼奥运会，他的另一个徒弟陶璐娜再次摘金；2004年雅典奥运会，他首次以中国射击队总教练的身份出征，率队历史性地获得4枚金牌，不仅把中国在射击这个优势项目的地位巩固了，还进一步提高了。于是，有人称他为"金牌教练"。许海峰曾带过8年的国家女子射击队，女子手枪班的队员都是许海峰从全国各地选来的优秀选手，他喜欢聪明、理解力强的运动员。

虽然担任了总教练，但许海峰还是喜欢过问一些细小的事情，这是他当教练员的时候养成的习惯。从事射击20多年，许海峰对枪支的性能已经非常了解，枪声一响，他就知道这支枪有没有问题。许海峰曾在一次世界杯比赛中由于枪支出故障自己不会修理而丢掉了冠军，从那以后，他对这类问题特别小心。每次出去比赛，许海峰都会带足备件，一旦运动员的枪临场出了问题，他随时可以修理。

谈及射击运动本身，许海峰说："射击是一项最简单的运动，谁都会拿枪、射击。正是因为它简单，所以比赛才显得格外难。除了要有高超的技术，还要有良好的心理素质，这一点对射击运动员来说尤其重要。当运动员比较单纯，不用去想太多东西，主要是在平时的生活、训练中控制好自己，刻苦训练，在比赛时发挥好自己的训练水平，取得好的成绩，这就行了。当教练员就大不一样了。运动员的个体差异性很大，作为教练，必须充分了解每个运动员的性格、技术特点、心理状况，然后因材施教。教练员从早到晚都在忙个不停。总教练管的人更多了，需要操心的事也更多了，我当年的思路是一定要做好宏观管理，工作重点主要是管训练、管技术，抓好对射击教练员的管理，提高教练员的能力。"许海峰说，出任教练员、总教练对自己历练不少。

许海峰有一句口头禅："工作着就是快乐的！"他一直用实际行动诠释着这句话，每天的工作安排得满满当当的。不过，再怎么忙，许海峰也要抽出时间来读读书。曾有报道说，他喜欢看历史小说，尤其

笔者余玮专访中国奥运历史上的第一块金牌得主许海峰（吴志菲 摄）

是《三国演义》，看了三遍还觉得不过瘾，又买了一套 VCD（激光压缩视盘），他把看《三国演义》当成平时最大的消遣。而许海峰本人则说："我不是喜欢看历史小说，而是喜欢看有用的书。"他说读书就像射击一样，讲究的是"有的放矢"。

许海峰还是一位摄影发烧友，手拿专业相机的他一次次拍下大量有关射击、自行车赛等赛事的精彩画面。

许海峰对钱币收藏情有独钟，有关收藏已达到相当"级别"。他的世界各国（地区）钱币收集方式是：硬币为主，纸币为辅。

2017 年 11 月，许海峰卸下自行车击剑运动管理中心副主任职务，正式退休。2018 年 12 月，党中央、国务院授予许海峰"改革先锋"称号，颁授"改革先锋"奖章。2019 年 9 月，许海峰被评选为"最美奋斗者"。

# 郎平

"女神"是打出来的

BU FU SHAOHUA

LANG PING

郎平，著名女子排球运动员和教练员，20世纪80年代世界女子排球界"三大主攻手"之一，曾有"铁榔头"之称。1960年12月出生于天津，1973年进入北京工人体育馆少年体校排球班，1974年进入北京市第二体育运动学校排球培训班，1976年进入北京市业余体校，同年入选北京市女子排球一队，1978年入选中国女排国家集训队。系中国女排原总教练、中国排球学院院长、中国排球协会副主席。

## 郎平 | "女神"是打出来的

———

2016年8月23日,中国女排乘坐的航班原定于19时40分降落,但是从当天下午3时多,陆续就有从全国各地自发赶来的球迷聚集在航站楼里等候女排归来。航站楼里聚集的人越来越多,中国女排乘坐的航班因故晚点了,要晚两三个小时,但绝大多数球迷心甘情愿地一直等着。迎候的人群中,一位大姐说:"我是'60后',从小就看中国女排打球,女排精神鼓舞了我们一代人,也希望现在的年轻人能够将女排精神传承下去。"

临近23时,中国女排的身影终于出现在国际到达出口,现场的欢呼声顿时如井喷之势,人们的情绪如火山爆发一般,所有的手臂都在拼命地挥舞,大家高呼着每一个从身边走过的女排队员的名字。当郎平的身影最后出现时,现场球迷的欢呼达到了极致,"郎平!郎平!""中国女排!中国女排!"……郎平微笑着不停地向两旁的人们挥手致意。

郎平,公认的铁人、强人,中国女排的符号性人物——不仅仅是一名运动员和世界冠军,更是时代精神的一种标志。

### 紧张得令人窒息的"终极对决"

2016年8月21日上午,里约热内卢小马拉卡纳体育馆。中国女

中国女排的符号性人物郎平

排迎来和塞尔维亚队的"终极对决"。

赛前,郎平要求队员打一分算一分,而不是要求运动员一定要赢下比赛。她把目标定在自我努力,而不是与别人比较,这样有利于减少不必要的压力,更有利于运动员把精力投入到比赛过程中,而不是在担心上耗费心理能量。她赛前就说"我们会遇到很多困难",这是一种哀兵策略,让中国女排对比分落后有准备,由此冷静应对,才有机会追上并反超。

当然,这是一场万众瞩目的巅峰对决,无数中国人屏住呼吸,高度关注着这场决战。塞尔维亚队小组赛时曾以3∶0战胜过中国队,该队的立体进攻实力超群,攻击性发球具有很强的穿透力,拦网实力也不差,防守和串联很有水准。面对这样强悍的对手,中国女排必须从发球做起,用有冲击力的发球打乱对手的一传体系,为自己拦网赢得时间。

首局告负,主要输在对手拉西奇等队员发球出色,打乱了中国队一传体系,导致中国队强攻受阻,而对手的两门重炮米哈伊洛维奇和博斯科维奇的进攻肆无忌惮,加大了中国队拦防难度,这是塞尔维亚队以25∶19取胜的主要原因。小组赛失败的阴影开始显现,中国队如果不及时做出改变,肯定会输掉整场比赛。

但这岂会难住郎平?眼光锐利、调整及时是郎平这次给我们留下的深刻观感。她用二传手丁霞替下魏秋月,用杨方旭换下张常宁,两上两下的结果是,中国女排骤然加快了进攻节奏。有人问,郎平为何不把张常宁顶到主攻手位置?原因是惠若琪能打主攻,而且还可负责后排一线保障，因此只有让张常宁下去。这时，女排姑娘们已经完全释放，进入忘我的境界。朱婷的发球破攻，打乱了对手的比赛节奏，而中国队的拦网也压制住了对手的网口，米哈伊洛维奇为躲避中国队高拦网，开始频频失误。老队长惠若琪找回犀利的进攻感觉，"小苹果"袁心玥和老将徐云丽在副攻线上连拦带扣，双星闪耀，自由人林莉左扑右挡，多次做出神勇扑救。这一局中国队以 25 ∶ 17 赢得胜利，将总比分扳成 1 ∶ 1 平。

关键的第三局成了争冠的分水岭，谁把握住这一局，谁就能占得先机，因此双方都拼了。米哈伊洛维奇等人在发球时格外凶狠，目的就是用发球打乱中国队一传；博斯科维奇的后攻迅猛无比，目的是想用立体进攻突破中国队的严密网口。但中国队没有受对手搏杀打法的影响，反而打得很有耐心，防守也十分顽强，以 8 ∶ 6 领先逼迫对手暂停；徐云丽拦网很有针对性，让中国队再以 10 ∶ 7 领先。在这关键性的一局中，中国队比对手显得更有耐心、更有韧性，这就是前一年世界杯夺冠积累的大赛经验，反观塞尔维亚队在相持了一段时间后率先出现慌乱，中国队以 20 ∶ 12 确立优势。当然，塞尔维亚队不会轻易放弃，她们用发球疯狂反扑，将比分追成 21 ∶ 22。这时郎平叫了暂停，她告诉队员们："丢几分不要紧，我们不要想一下子拿下这一局，还要打得耐心。"这时，又是朱婷挺身而出，她的进攻和发球让中国队以 25 ∶ 22 拿下这关乎比赛走向的一局。

在比赛最艰难的时候，郎平没有表现出情绪上的起伏，她只是在技术层面给予运动员指导，没有任何责备和不满的语气。比如在第三局落后时，她在暂停时说"你要注意往前推啊，手……"，但是她并没有使用"你手为什么不往前推呢"这类命令或责备的语气。有意思的是，即使她是在下命令，在句尾也会加上一个"好不好？"，这种商量的语气会让队员感觉很舒服，感觉受尊重，这是郎平成熟人格的体现，这种人格特征让她的临场指挥效率更高，而这种镇定自若的指挥风度会给运动员带来更多的信心去应对当前困难。不管场上形势怎样，队员表现怎么样，郎平都会尽可能地鼓励队员，比分落后时她也会肯定运动员们好的表现，鼓励她们说"打得非常好啊"。

进入第四局，双方都打开了，每一分的争夺都异常惨烈，你得一分，我也能得一分，全看谁能顶住压力。袁心玥封杀米哈伊洛维奇，中国队13∶11领先，出色的防守带动了全队士气，接着再以16∶13保持领先节奏。袁心玥的精准拦网，朱婷的凶狠强攻，让中国队始终压制住对手。塞尔维亚也一直在变，希望摆脱不利境地，最后时刻换上了布拉科塞维奇，这也是塞尔维亚队能打出的最后一张牌。塞尔维亚队追成21∶21，但朱婷的暴扣让中国队又以22∶21和23∶22继续保持领先势头，这时轮到对手手软了，拉西奇居然发球出界，中国队24∶23拿到了冠军点，这时对手主帅叫了暂停。之后郎平则换上张常宁用发球去破对手的一攻，结果对手果然接球过网，让惠若琪打了一个探头球，25∶23，一锤定音，中国队大功告成！

小马拉卡纳体育馆沸腾了！万里之外的神州大地沸腾了！这是时隔12年后，中国女排再夺奥运会冠军。这也是中国女排历史上第三次夺取奥运会冠军，同时是第九次登上世界之巅。

不负韶华：百年青春榜样

这是属于郎平的激情时刻！这是属于中国女排的辉煌时刻！这是属于中国的荣耀时刻！当五星红旗在体育馆冉冉升起时，12个笑靥如花的女孩跟着雄浑的节奏欢快地唱起国歌，这是一种什么样的幸福体验！无论是站在现场喊哑了嗓子的中国队助威者，还是国内守候在电视机前的亿万观众，都心潮澎湃、激情难抑！五星红旗，我为你拼搏！五星红旗，我为你骄傲！

这场决赛早已超出简单的奖牌之争，已经成为一支队伍挺进新时代的写照。中国女排，这是支逆袭到底的伟大队伍，她们配得上世界冠军的荣耀，配得上电视机前的亿万华夏儿女为她们激动地呐喊、雀跃和流泪。

"所有的困难都是比赛的一部分。"这是郎平对体育的理解。从小组第四到最终的冠军，从连负荷兰、塞尔维亚、美国，到击败巴西、逆转荷兰、力克塞尔维亚，中国女排用了两周时间。从输泰国、输日本、输土耳其，只能名列亚洲第四，到重整旗鼓再登世界之巅，中国女排用了3年。从亮相世界排坛到再度奥运折桂，中国女排已历经30多年。

"女排精神不是赢得冠军，而是有时候知道不会赢，也竭尽全力。"郎平这样鼓励她的"战士"。

### "吃小灶"练就的"铁榔头"渐成"金榔头"

30多年前，郎平还是当时中国队阵中主攻手，人送绰号"铁榔头"。30多年过去,"铁榔头"成了郎指导,女排姑娘们换了一茬又一茬,连排球运动的赛制规则、战术技术都有了巨大变化,但永不放弃的"女排精神"始终在这支队伍中,并因岁月磨洗而更加光彩。

1978年春,郎平第一次代表北京队参加全国排球队甲级联赛。这时,她已出落得亭亭玉立,潇洒大度,不仅身材出众,而且练就一手凶狠有力的扣球技艺。她一出现在赛场上,立即引起了观众的注意。

郎平刚刚崭露头角,就被专程赶来选才的中国女排教练袁伟民看中,因为中国女排正缺少这样一个高个子主攻手,他也正为此而发愁哩!这次联赛一结束,郎平就被选入国家队,穿上了缀有国徽的球服。从此,她跨入了人生中一个崭新的阶段。

为了迎接这年年底在泰国曼谷举办的第8届亚运会,袁伟民调整中国女排的阵容,果断地把初出茅庐的郎平放在4号位主攻手的位置上。在与号称"东洋魔女"的日本女排争冠时,郎平开始发挥得不错,扣球频频奏效。但是,经验丰富的日本队很快就发现了她的弱点,立即调整了阵势,加强了拦网,封住了郎平的球路。由于郎平的扣球单调而缺少变化,攻击逐渐失去了威力,中国队的比分很快落后。没等打完第一局,教练就把她换了下来。结果,中国队以0∶3败北。

当日本国歌在比赛大厅奏响的时候,郎平心里难过极了,鼻子一酸,泪水便涌了出来。打这以后,郎平卧薪尝胆,知耻而后勇。每天集体练完后,袁伟民总要把她留下来"吃小灶",单独练强攻和防守。

"榔头"经过长时间锤炼,终于锃亮而铿锵有声了。半年后,中国女排出征日本,再次迎战"东洋魔女"。这次中日交战,中国女排获得了优异的成绩。尤其是郎平的超手扣球大显神威,不仅打得猛,而且猛而又稳,稳中有变,使素以防守著称的日本女排防不胜防,一筹莫展。其中一场比赛,郎平所向披靡,独得 12 分。日本报刊以《郎平打乱了全日本女排的阵脚》作为标题,对此作了充满惊叹号的报道。甚至有人戏称,日本刮起一股"郎旋风"。后来,在香港举行的第二届亚洲女排锦标赛上,中国女排又力挫群芳,第一次夺得亚洲女排的桂冠。郎平一举成为一颗闪光耀眼的新星,国外排球界称她为"铁榔头",称赞她的扣球"完全可与世界第一炮手、身高一米九六的美国黑人运动员海曼媲美"。

1981 年 11 月,第三届世界杯女子排球赛在日本揭开了战幕。这是一次真正的世界大赛,强队荟萃,好手云集,全球的观众都在拭目以待。赛前,不少人在议论:在这次世界杯大奖赛中,中国队能否捧杯,从某种程度上来说,要看主攻手郎平的发挥了。

在这次激烈的较量中,中国姑娘团结奋战,顽强拼搏,不论是世界劲旅苏联队的重飘发球,"黑色橡胶"古巴队的快速拦网,还是"世界大炮"美国队的强攻硬打,都挡不住中国队的凌厉攻势。尤其是"铁榔头"郎平的超手重扣,变幻莫测,使得各队既无招架之功,亦无还手之力,纷纷败在中国队手下。

据统计,那次的 7 场比赛中,中国队共扣球 1116 次,其中郎平一人扣球 407 次,得到 79 分。于是,这个身高 1.84 米的中国姑娘一

1981年，中国女排第一次夺冠归来的热烈场景

下子吸引了全世界的目光，"铁榔头"的风采传遍全球。

这之后，郎平和中国女排的姑娘们越战越勇，相继蝉联1982年第九届世界女排锦标赛、1984年洛杉矶奥运会、1985年女排世界杯冠军，郎平个人获"优秀运动员奖"和"最佳运动员奖"。直到1986年第十届女排世锦赛，张蓉芳出任女排主教练，郎平作为助理教练，中国女排在极其艰难的情况下再度夺冠，成就中国体育史上不可复制的"五连冠"奇迹。郎平砸下去的是"铁"，得到的是"金"。同时，她曾4次被授予"国家体育运动荣誉奖章"，6次被评为"全国十佳运动员"，并被授予"运动健将"、全国"三八红旗手"、"国际级运动健将"、"建国45周年体坛45英杰"、"新中国体育50星"等荣誉称号，曾获国际奥林匹克委员会金质奖章等。

2002年10月，在排球运动发源地——美国马萨诸塞州的霍利奥克，由知名排球教练、运动员和记者组成的评委会投票表决中，郎平以全票通过入选已经有100多年历史的排球名人堂，成为亚洲排球运动员中获此殊荣的第一人。评委会在介绍郎平的材料中，特别提到了她那"铁榔头"的称号，说"铁榔头"郎平是中国女排20世纪80年代在世界排坛崛起的"驱动力"。有人说，她应该叫"金榔头"——她为中国赢得了数枚金牌，让中国女排翻身。

### 荣耀和压力相伴而行

1986年后，当时不少"功成名就"的老女排队员纷纷退役，其中大部分人都选择走上仕途，进入各级体育机关工作。而郎平却选择了赴美留学。她义无反顾地踏上那遥远的、从"零"开始的道路，把"世界冠军"的奖状、奖杯统统锁在北京的小屋里。

其间，她在美国找到的第一份工作是在新墨西哥大学做校队的助理教练。后来，她入主摩迪那俱乐部，成为登陆意大利排坛的第一个中国人。

1995年郎平应邀回国执教，许多好友劝她不要回来，怕她一失手打碎了自己身上的光环。她感谢朋友们的好意，在内心里却有一个更加豁达强悍的自我。她说："有海外8年的生活经历，我已经把自己这个世界冠军一脚一脚地踩到地上了，踩得很踏实，身上早就没有了五连冠的包袱，倒是大家还在把五连冠当一回事。"

在朋友眼中，担任中国女排主帅的郎平"24小时都在上班"，她自己也承认自己"心事太重！哪个队员技术长进不大，或者，哪个队员情绪不好，我都会苦恼，特别苦恼"。终于有一天，当整天运转的她突然停下来时，才猛然发觉自己与女儿分开多时了，一股强烈的思念之情袭上心头。

1996年，亚特兰大奥运会。郎平率中国女排来到了美国。一年多没有见到妈妈的白浪像一头小鹿奔跑着扑了过来。母女俩抱头一阵痛哭……

这年亚特兰大奥运会，中国女排获得了银牌，是个了不起的成绩。很多人劝郎平见好就收，女儿也极力想让妈妈整天陪着她。但国家体育总局的领导希望郎平留下来，郎平的心里很矛盾，但她最终坚

1984年，中国女排在第23届奥运会上首次夺得奥运会冠军

持下来了。

1998年率中国女排夺得世界锦标赛亚军、亚运会冠军之后,郎平因身体原因不得不告别中国队。

如果让您把事业、母亲和女人排个序,您现在会把哪个角色放在第一位?对于这个难题,郎平曾如此作答:"在排球场上的3个小时,你就得一心一意地投入进去;而之后你就可以想你的女儿,跟她在一起——我觉得没有冲突。如果我把女儿排第一,那我天天在家陪着她就行了,但这不现实,你生活还得有来源,对不对?我会尽量找一个平衡点。"

2005年2月,郎平因为女儿的原因执掌美国女排主教练教鞭。2008年8月15日晚,当陈忠和率领的中国女排和郎平率领的美国女排走进首都体育馆时,现场气氛热烈火爆……最终,美国队取胜。当美国女排兴奋地拥抱在一起时,郎平却静静地坐了下来,她并没有跑过去与球员们庆祝胜利。一时间郎平没有任何表情……

2009年后,在广州恒大集团的力邀下,郎平出任恒大女排主教练。2013年4月,郎平被中国排管中心的诚意打动,再度决定在中国女排处于低谷时出任国家队主帅。可以说一生陪伴她的就是这个小小的排球,一生摆脱不了的也是排球,还有曾经带给她荣耀、伤痛、压力、泪水、快乐的中国女排。

郎平回归给中国女排带来了希望,但这并不意味着中国女排的困难就能迎刃而解。郎平打破了过去中国教练用人的固有思维,不再有绝对主力。她不拘泥于形式和传统,只要符合当今潮流,她总会结合自身特点，引进国外先进的经验和手段为中国女排所用，努力打造一支具有国际范儿的复合型团队。

可以说，当时的中国女排不具备世界第一的绝对实力，是神奇的国际名帅郎平带着一帮可爱的姑娘利用极短的时间，迅速登上世界之巅。谁能想到多年前没有人信任的一支年轻队伍会有如此的成就？谁能想到多年前没有人愿意接手的处于低谷的中国女排会走到这样的高度？郎平在不被看好的情况下让中国女排每年上演奇迹。2014年意大利女排世锦赛，不被看好的中国女排居然从24支球队中一路杀进六强，每一刻中国队都有被淘汰出局的可能。最终，不可思议的奇迹在米兰上演，郎平率领没有绝对实力的球队夺取世界亚军。郎平再一次证明了自己。

为了备战2016年里约奥运会，郎平敢于在一些比赛中输球锻炼队伍，敢于起用新人，而女排姑娘们都把郎平当作妈妈，团结在她身边。然而，2015年女排世界杯之前多人因伤无法参赛，郎平指挥一套残阵奔赴日本征战。一路艰辛走来，郎平施展出色的指挥才华，于2015年9月6日在名古屋上演最后一战，中国女排以3∶1力挫东道主日本女排，完成了历史性的伟大胜利，以11战10胜1负积30分直通2016年里约奥运会，并力夺世界杯冠军，时隔11年重登世界之巅。

2016年8月21日，郎平以主教练身份率领中国女排以总比分3∶1（19∶25，25∶17，25∶22，25∶23）战胜塞尔维亚队，获得里约奥运会冠军。

## 郎平 | "女神"是打出来的

2017年3月，郎平再次担任中国女排总教练。2017年11月，郎平出任中国排球学院院长。2018年10月，郎平率领中国女排以3∶0战胜荷兰女排，获得2018女排世锦赛季军。

2019年1月6日，郎平任中国奥委会委员。7月，率领中国女排以3∶1战胜土耳其女排，获得世界女排联赛总决赛第三名。9月，率领中国女排以11场全胜战绩夺取女排世界杯冠军。

2021年东京奥运会开赛前，中国女排被寄托了较大的期望，目标自然是向卫冕冠军发起冲击。但结局却出乎意料，中国女排在开局连续两场遭遇失利打击，原本还寄希望于其他队伍比赛结果对自己有利，这样一来中国女排依然存在理论出线的希望。但上天并没有眷顾中国女排，在奥运会女排小组赛第三场与俄罗斯的对阵中，中国队以2∶3输球后被对手提前送出局。这样的结果是所有人都不愿意看到的，女排姑娘们更是感到自责，即使在随后的2场小组赛中中国队都收获了胜利，但中国女排依然不可避免地提前结束东京奥运会征程。

2021年8月2日，东京奥运会女排小组赛最后一轮，中国女排面对阿根廷女排时收获3∶0胜仗，本场比赛的结束意味着主帅郎平的谢幕。随后，郎平正式与执教8年的中国女排告别，那一句"再见郎导"想来是女排姑娘们心中最最难以开口说出的。

中国女排迎战阿根廷女排是郎平执教生涯的谢幕战，比赛战罢，女排姑娘们手牵手向郎平鞠了一躬。她们忍不住流下泪水，并紧紧地与郎平相拥在一起。虽然郎平没能带领中国女排在东京奥运会小组赛晋级，但郎平在球迷们的心中依然是骄傲的存在。不管是球员时代还是教练时代，郎平给出的成绩单已经是最好的证明。

郎平是承载着国人厚望的中国女排主教练，同时她也是一个普通的女人，一位妻子，一个母亲。但在排球赛场上，她从不轻易流露一个女人可能会有的软弱，她曾用她坚强的意志扛起了亿万人民对一支怀有特殊感情的队伍的期待。

"我想休息了！"郎平，这个从不服输的女人，带着遗憾暂时放下了她追逐了48年的梦。

# 张海迪

轮椅上的"最美奋斗者"

BU FU SHAOHUA

ZHANG HAIDI

张海迪，著名作家，被誉为"中国的保尔""80年代新雷锋"。1955年9月出生于山东济南，1993年硕士毕业于吉林大学哲学系。历任山东莘县广播局无线电修理工、济南市文联创作室创作员、山东省作家协会创作室创作员等职；当选过山东省残疾人联合会副主席、山东省青年联合会副主席、共青团第十一届中央委员、中国残疾人福利基金会理事、中国残疾人联合会副主席等。现为中国残疾人联合会主席、中国残奥委会主席、中国作协全国委员会委员。被评为"100位新中国成立以来感动中国人物"与"最美奋斗者"。

一

张海迪是英模辈出的20世纪80年代的一面旗。张海迪是"身残志坚"的代名词，被誉为"中国的保尔"，成为让整个中国为之感动的"青年偶像"，她的事迹曾被选入中学语文课本。的确，她用自己的生命创造了一个励志传奇。对于多年来公众赋予她"榜样"的荣誉，她说："我身上的光环只是人们的臆想。"

初次见到张海迪的人一般会大吃一惊，这位和高位截瘫抗争50多个年头的女性竟然没有让岁月在脸上留下什么印迹，她面容美丽，双目清澈，神态自信。这些年来，笔者经常在全国"两会"期间见到她，她的脸上始终挂着温和的笑容："生命就是每天在克服困难中行进，保持乐观向上的精神，努力战胜病痛，争取让我不但活着，也让生命不断充盈意义。"坐在特制的轮椅上，她总是静静听着其他政协委员的发言，不时用笔做着记录。为了避免过分疲劳，她每隔五六分钟就要移动一下身体。

张海迪一直作为一个英雄人物在公众的生活中存在，然而有许许多多的人忽略了她具体的生活，她身体的痛苦。事实上，大家所看到的、所了解的那个坐在轮椅上开会、发言、谈笑风生的张海迪，仅仅是她的表面，仅仅是她生活的一个局部。张海迪与我们一样有她的朋友，有她的爱好，有她的习惯，有她的追求，有她的喜怒哀乐。

被誉为"中国的保尔"的张海迪

## 英雄张海迪：挑战残酷的命运

1955年9月，张海迪出生在山东省济南市一个知识分子家庭里，玲玲是她的小名。幼儿园里，她是最爱跳爱闹爱笑爱叫的小丫头。在5岁之前，张海迪有一个幸福的童年，她快乐而活泼，成天蹦蹦跳跳地跑来跑去。

可惜，蹦蹦跳跳的时光是那样短暂。1960年一个明朗的早晨，一件大事发生在这位5岁姑娘的身上。玩具室里刚上完一节"课"，张海迪和小伙伴们嬉笑着朝门外跑去，她却忽然跌倒了。她顿时觉得自己的两腿没了，"像飞走了似的"。从此，双腿丧失了知觉，张海迪也丧失了关于腿的记忆。

小时候，张海迪不知道自己患的是脊髓血管瘤，病情反复发作，非常难治。5年中，她做了三次大手术，脊椎板被摘去六块，最后高位截瘫。这样，原来天真活泼的张海迪只能整天卧在床上。当年，医生们一致认为，像这种高位截瘫的病人，一般很难活过27岁。

看着伙伴们高高兴兴地一起跳皮筋、一起背着书包上学校，张海迪幼弱的心灵简直要被痛苦压碎了。一天，张海迪终于按捺不住心中的渴望，对妈妈说："妈妈，我要上学！"可是因为生活不能自理，所有的学校都不接收她。

对张海迪来说，家是一所特殊的学校。在这个特殊的学校里，聪明、好学的张海迪学拼音，学查字典，学一个又一个生字。她趴在床上，用胳膊支撑着身体抄书。没有考试和考试中的竞争，全靠着自己，一本又一本小学课本学完了……

1970年4月，张海迪跟着带领知识青年下乡的父母，坐着一辆大卡车，来到山东莘县十八里铺尚楼村，开始了农村生活。当看到当地群众因缺医少药而忍受病痛，张海迪便萌生了学习医术解除群众痛苦的念头。她用零用钱买来了医学书籍、体温表、听诊器、人体模型和药物，努力研读了《针灸学》《人体解剖学》《内科学》《实用儿科学》等书。为了认清内脏，她把家里买来吃的鸡鸭切开观察；为了熟悉针灸穴位，她在自己身上画上红红蓝蓝的点儿，在自己的身上练针，体会针感。

"书上写着怎么样进针，可以在白菜疙瘩上、在萝卜上试。在白菜疙瘩上进了几天以后，就在自己身上（进针），我觉得医生就是要这样，首先要自己感觉。有人问我说，海迪是不是你的腿没有知觉，你的胸以下没有知觉，你在自己身上扎针不痛苦啊？我说恰恰相反，我最开始针灸的时候，是扎自己最疼的地方，比如脸上的穴位，比如印堂穴，扎了以后是什么样的感觉，我要知道。"功夫不负有心人，她终于掌握了一定的医术，能够治疗一些常见病和多发病。在十几年中，她为群众治病达1万多人次。"曾有医生嘱咐过我的父母，如果我得了泌尿系统感染、肺部感染，或者褥疮，我会因为感染而死去。我给别人当医生，也给自己当医生。15岁在农村的时候，我生了褥疮，晚上点着小油灯，对着镜子，我把自己身上溃烂的肉剪掉——所以，现在最怕听的就是剪刀的声音。"

后来，张海迪随父母迁到县城居住，一度没有安排工作。她从保尔·柯察金和吴运铎的事迹中受到鼓舞，从高玉宝写书的经历中得到启示，决定走文学创作的路子，用自己的笔去塑造美好的形象，去启迪人们的心灵。她读了许多中外名著，写日记，读小说，背诗歌，抄录华章警句，还在读书写作之余练素描，学写生，临摹名画，学会了识简谱和五线谱，并能用手风琴、琵琶、吉他等乐器弹奏歌曲。

认准了目标，不管面前横隔着多少艰难险阻，都要跨越过去，到达成功的彼岸，这便是张海迪的性格。有一次，一位老同志拿来一瓶进口药，请她帮助翻译文字说明，看着这位同志失望地走了，张海迪便决心学习英语，掌握更多的知识。从此，她的墙上、桌上、灯上、镜子上，乃至手上、胳膊上，都写上了英语单词，她还给自己规定每天晚上不记10个单词就不睡觉。家里来了客人，只要会点儿英语的，都成了她的老师。经过七八年的努力，她不仅能够阅读英文版的报刊和文学作品，还翻译了英国长篇小说《海边诊所》。

## 榜样张海迪：当典型的日子很光荣也很无奈

1981年，张海迪获莘县广播局先进工作者称号，这年12月《人民日报》首次报道了张海迪的事迹；1982年，张海迪获聊城地区"模范共青团员"和"三八红旗手"称号……

1983年1月，时任团中央宣传部干部的魏久明出席在北京召开的全国职工思想政治工作会议，会议间隙从共青团山东省委副书记处听

1983年5月18日，团中央宣传部干部与张海迪合影

到张海迪的事迹，认为她的事迹十分感人，于是向团中央书记处作了书面汇报，共青团山东省委也写了报告，团中央书记处讨论后同意选择张海迪作为青年先进典型，向全国青年推广学习。

1983年2月1日，《中国青年报》在头版刊登了张海迪的照片和她的长篇自述《是颗流星，就要把光留给人间》，发表社论《让理想的光芒照亮生活之路》。2月24日，张海迪乘列车抵达北京，出席即将召开的全国青少年学雷锋先进集体和先进个人座谈会。

2月28日下午，团中央召开了"首都新闻界听取张海迪事迹报告会"。当时，张海迪靠着双肘支撑在轮椅上，漂亮的西装里搭配天蓝色的毛衣，瀑布般的秀发泻在肩上，透过深色宽边眼镜，双眸射出坚毅的光芒，白净的脸上洋溢着青春的光彩。面对几十位记者，张海迪用充满朝气和活力的语调、手势，诉说着她对人生的理解和28年的人生历程。

魏久明记得，张海迪讲了一个小时，她感人的经历和富有哲理的语言，博得记者们长时间的热烈掌声。报告会结束时，不少记者涌上前去，有的要求约定时间进行采访，有的提出问题要张海迪回答，有的要她签名留念。

第二天，《中国青年报》头版头条位置发表了郭梅尼、徐家良写的《生命的支柱——张海迪之歌》。这篇长篇通讯感人至深，立即在读者中引起了强烈的反响，报社先后收到全国各地读者来信8万多封。接下来的日子里，首都各报纸、杂志、通讯社、电台，连篇累牍地宣传报道张海迪的事迹、活动消息和读者反映。

3月5日，张海迪作为学雷锋的先进人物出席在人民大会堂举行的首都各界纪念学习雷锋20周年大会，受到党和国家领导人万里、习仲勋、王震、杨尚昆等的接见。

3月11日，张海迪报告会在人民大会堂举行。17日，中央电视台第一套节目向全国实况转播了张海迪报告会的全部录像。当晚收看的观众，达两亿多人次。

4月下旬，邓小平、叶剑英、邓颖超等中央领导分别为学习张海迪题词，使张海迪成为道德力量。

一时间，张海迪名噪中华，获得两个美誉，一个是"80年代新雷锋"，一个是"中国的保尔"。不过，每每有人提及她是"中国的保尔"，张海迪就表示"抗议"："我从来当不起这个称号，我不是保尔，我是中国的海迪，我有我自己成长的道路。"

不过，张海迪说《钢铁是怎样炼成的》给她的印象很深，印象更深的是奥斯特洛夫斯基夫人写的《永恒的爱》。通过《永恒的爱》，她知道奥斯特洛夫斯基由于病痛折磨，患上精神分裂症4年后才写了那本传世之作。"健康人无论怎样想象都代替不了残疾人自身的体验，所以我非常了解奥斯特洛夫斯基所承受的痛苦和付出的努力。我只是不能走，而他是不能走、不能看，比我更需要毅力去战胜困难，那种精神力量是人类不屈精神的代表。"至今，张海迪仍珍藏着一张奥斯特洛夫斯基夫人访华时签名的奥斯特洛夫斯基的照片，那是一个不相识的四川医生寄给张海迪的。半个多世纪了，照片也发黄了，却时常带给她浓浓的怀旧情绪和无尽的力量。

说到当年被邀请到北京作报告，张海迪坦言，是以一种拒绝的心态对待的。"当时跟我的很多朋友包括来接我的同志，我就表示不愿意去，不愿意破坏自己当时的生活，我就愿意在自己那间屋子里读书、工作、学习、思考，跟我的朋友们在一起，我习惯了那个小县城。而且我觉得也没有什么功绩值得在更大的场合去讲述，只把它当成一种迫不得已的任务，想得挺简单，以为去北京开会，一定得去的话，那我很快就能回来。想着三两天就回来了，结果到了北京以后，铺天盖地的。"

去北京之前，因为宣传工作的需要，有人提过建议能不能把长头发剪掉，对此张海迪表示拒绝。"在临去北京的时候，就有同志跟我讲，你能不能这样，扎个小辫子，咱剪成齐刷刷的小刷子，找个军装穿着。今天看好像是笑话，但是在那个年代就是那样，认为被宣传的人，像女性一定得扎个小辫子，穿着一身军装，好像是飒爽英姿的，尽管你坐在轮椅上，也是这样。我知道大家是为我好，但是我不能无原则地接受这种改造。"张海迪说：我的原则是我的审美是由自己决定，我知道什么是正确的，什么是不正确的，我知道什么样的是美，什么样的是丑。

## 事业张海迪：人生绝顶之上的精神游走

1983年，张海迪开始文学创作，陆续创作《生命的追问》《向天空敞开的窗口》《鸿雁快快飞》等400多万字的小说和散文作品，并翻译出版了《莫多克》《海边诊所》《丽贝卡在新学校》《小米勒旅行记》等大量外国文学作品。其中,《轮椅上的梦》在日本和韩国出版,《生命的追问》出版后重印多次,获得了全国"五个一工程"图书奖。

"当我还是一个孩子时,我母亲让我读过一本长篇小说叫《老共青团员》,那是我第一次通过文学作品认识共青团员。我知道,他们也像共产党员一样,当人民需要的时候奉献自己的一切。"2007 年 5 月,在出席中国青年群英会时张海迪在发言中提及,文学作品对一个孩子的精神成长是有很大的影响的。"正是由于这种影响,我创作了我的第一部长篇小说《轮椅上的梦》。这部小说我写了 5 年,我努力向人们展示在艰苦的生活环境中,那一代少年纯真的梦想和对理想的追求。那 5 年的写作是艰苦的,我写了一摞一摞的稿纸,不知修改了多少遍,这部长篇小说1991年由中国青年出版社出版,后来在日本、韩国出版。直到今天这部书还在发行。"

没有人想到的是,前些年张海迪又以一部 30 万字的长篇小说《绝顶》给中国的文坛带来了惊喜。

几十年来坐在轮椅上的张海迪说,她从小的愿望就是登山,"被禁锢的生命总是向往更高处"。铸就生命高度的《绝顶》无论对于张海迪的人生而言,还是就小说本身来讲,都有巨大的艺术突破。张海迪力求通过这本书,体现我们民族经过百年苦难之后走向振兴的攀登精神。小说的多条主线反映了作者的多个精神层面,事实上小说的精神意义早已超越了文学的意义。

多年来，张海迪做了大量的社会工作，她以自己的演讲鼓舞着无数青少年奋发向上。她经常去福利院、特教学校、残疾人家庭，看望孤寡老人和残疾儿童，给他们送去礼物和温暖。

作为全国政协委员，每次张海迪总是认真参加会议，"做小组发言，还做大会发言，我每年都写提案，比如加强无障碍设施的建设，为残疾孤儿设立医疗保险等。有一次开会，香港一名委员问我，你开会坐这么长时间累吗？我说为了更多的残疾人兄弟姐妹和他们亲人的希望，我要坚持。我希望人们看到健康人能做的事情，残疾人通过努力也能做到。我要以我的名义积极探索残疾人参与更广泛生活的可能性"。

2008年11月13日，张海迪当选中国残联第五届主席团主席。消息传出，引起舆论关注。许多网友在笔者博客"太阳仔梦轩"所贴的有关文章下留言。留言中，"感动""激励""偶像"等字眼出现的频率极高。

张海迪在当选中国残联主席后表示，绝不会辜负8300万残疾人的重托，将认真履行职责，尽心竭力做好工作，不断开创残疾人事业的新局面。对于张海迪本人来说，这次履职意味着其"个人奋斗"的色彩将要逐渐淡出，其对于社会的主要作用也将从"精神激励"向寻求一个群体的"制度保护"逐渐转型。

"多年来，我曾拒绝担任一些职务，我曾对组织说，去选更合适的同志吧，这一次也曾拒绝，因为我选择了文学的道路。"她深情地说，"我还是要离开作家协会了，也许今后我没有更多的精力从事这

张海迪在北京冬残奥会倒计时 100 天活动结束后接受记者采访

项工作……"。身为中国残联主席，张海迪暂时弱化自己作家的身份，开拓属于自己的另一番事业，广受社会好评。担任中国残联主席后，她全心全意帮助残疾人康复、上学、就业、脱贫，为残疾人过上美好生活而奋斗。十多年来，她克服病痛和困难，经常到贫困地区入村入户看望残疾人，倾听她们的呼声，帮助她们解决困难。她说，残疾人工作者要做高尚的人，擎着火把为残疾人照亮生活道路。张海迪特别关心残疾儿童，她说："我永远不会忘记童年在病床上的日子。每当我去看望残疾孩子，看到盲孩子摸索着走来，看到她们摸着盲文读书，我都会流下眼泪。我要努力工作，为残疾孩子们创造美好的生活，让他们拥有幸福的童年。活着就要做一个对社会有用的人。"

2009年，张海迪当选"100位新中国成立以来感动中国人物"。2019年，她被授予"最美奋斗者"荣誉称号。

# 潘星兰

淡出"刘胡兰式英雄"的光环

BU FU SHAOHUA

PAN XINGLAN

潘星兰，1970年4月出生于湖北枝江，先后毕业于中国农业银行武汉管理干部学院银行金融管理（专科）、武汉大学公共行政管理（本科）、北京市委党校公共行政管理专业（硕士）。曾获"全国金融卫士""保卫国家财产勇斗歹徒治安英雄""全国劳动模范"等称号，被誉为"刘胡兰式英雄"。曾任湖北省枝江县董市镇桂花乡信用分社会计，中国农业银行湖北分行营业部会计、出纳、科长，中国农业银行北京分行团委副书记、书记，中国农业银行北京市分行海东支行副行长等职。

## 一

"护帑全忘危与安，铮铮铁骨震人寰。斧刀威逼均无惧，棍棒相加不改颜。血洒桂花惊夜月，心连祖国斗凶顽。英雄壮举撼天地，众口争夸姐妹兰。"这是名为《赞"二兰"》的一首七律。33年前，湖北银行界出了两个勇斗歹徒的女英雄，一位是已牺牲的杨大兰，另一位是潘星兰。因为她们名字中都有个"兰"字，因此人们称她们为"二兰"。

当年闻名全国的"二兰"似乎渐渐淡出了人们的视线，但被誉为"刘胡兰式英雄"的潘星兰依然在平凡的岗位上以英雄的标准要求自己，工作照样出色，尽管生活中的她平淡无奇。

### 花季少女的惊心动魄

1989年12月25日凌晨，湖北省枝江县董市镇桂花乡信用分社，19岁的会计潘星兰和同样年龄的杨大兰被两个蒙面歹徒堵在金库值班室内，信用社的保险柜内装有1.7万元现金和有价证券。歹徒将匕首架在她俩脖子上，逼她们交出钥匙。

当晚本是由潘星兰当班守库，她邀约好友、在信用分社当炊事员的杨大兰做伴。同她们一起来的还有杨大兰的男友。到了信用分社门口，杨大兰让男友回去，连门都没让他进，因为信用社有"外人不得擅入"的制度。凌晨,潘星兰被一阵响动惊醒了,她下意识地打开手电筒看表:3时15分。她急忙踹醒杨大兰。两个姑娘穿好衣服,刚一拉开值班室的门,两个蒙面人便猛地冲了进来,用匕首分别抵住了她们的脖子。

"不准出声,出声就杀了你们!"对方低声吼道。"你们想干什么?"潘星兰起初有些惊慌,但不久就镇定下来。"来借钱。""我们没有钱!""那就把保险柜的钥匙交出来!""我是会计,没有保险柜的钥匙。她是炊事员,什么都不知道,你们不要为难她。"

事实上,保险柜的钥匙一直由潘星兰保管,就放在楼上同事的房间里。两名歹徒见硬来不行,就将两人分开盘问。潘星兰被逼进了营业室,杨大兰则被挟持到了厨房。杨大兰趁一个歹徒不注意,把他推倒在地,大声呼救,结果被歹徒连砍数刀,壮烈牺牲。

营业室里,歹徒恼羞成怒,朝潘星兰一刀划下去,鲜血顿时涌了出来。"有没有钥匙?""没有!"又是一刀。"有没有!""没有!"见招数使尽,歹徒残忍地割掉了潘星兰的左耳。歹徒一再威胁说再不交出钥匙,就挖掉她的眼睛。潘星兰鲜血直流,眼泪夺眶而出,她被激怒了,很快愤怒转化为力量,一米五几的她扑向了面前两个牛高马大的歹徒,全然不顾可能的后果,除了捍卫一开始就拼死保护的保险柜里的1万多元钱,她要让伤害自己的歹徒付出代价。

潘星兰忍住剧痛和歹徒搏斗。红了眼的歹徒用刀在她身上乱捅一气,见她不动了,两名歹徒才跑回值班室,拿走了放在抽屉里的1000多元现金和1000多元的有价证券,翻墙逃走。潘星兰苏醒过来,发现银行的钱被盗，强忍剧痛，一步步爬了出去，喊了几句"信用社被抢了"，很快就昏迷过去，倒在了血泊中……

幸运的是，信用分社隔壁一户人家的小伙子发现了倒在地上的潘星兰，便将她抱起，放到床上，并赶紧报了案……公安人员立即出动，抓住了那两个歹徒，追回了被盗的款项。

今天的潘星兰看起来是那么平常，如果汇入行色匆匆的茫茫人流，你很难将她分辨出来。一头遮耳的娃娃头，身着冷色的职业装，行色匆匆。与人讲话时，她像许多机敏的湖北人一样眉眼中透着灵气，眉毛不时地上扬下落，笑到高兴时眼睛索性全闭上了。这就是当年勇斗歹徒的女英雄？

## 并不"明智"的生死抉择

1970年4月25日，潘星兰出生在湖北省枝江县。枝江县董市镇信用分社的老党员潘大富给自己的幺姑娘取了个壮志凌云的名字。"我出生那天，适逢中国第一颗人造地球卫星飞上蓝天。我出生后，家里人都特别高兴，我妈妈就派我两个哥哥（他们是双胞胎）把消息告诉爸爸。那时候，我爸爸正在搞庆祝人造卫星上天的活动，就特地给我起名星蓝，就是卫星飞上了蓝天的意思吧。小时候，我一直写'星蓝'，后来就自己做主改为现在的名字'星兰'了。"

潘星兰斗歹徒伤愈后，潘大富曾反复叮嘱女儿："星兰，你千万不可有骄傲情绪，别人称你是英雄，你自己可不能把自己当英雄。"

# 湖北省妇联宜昌地区办事处文件

宜地妇字(1990)第01号

★

## 关于授予潘星兰、追认杨大兰
## 为"三八"红旗手的决定
（一九九０年一月十二日）

　　枝江县董市信用社桂花信用分社女职工潘星兰、杨大兰同志，是新时期刘胡兰式的优秀女青年，是徐学惠式的坚强金融卫士。她们用鲜血和生命捍卫了国家财产和人民的利益，反映和代表了当代女性的精神风貌。她们是全区广大妇女学习的好榜样。

　　潘星兰，生于一九七０年四月二十五日，现年十九岁，初中文化，一九八七年九月一日参加工作，任枝江县董市信用社桂花分社会计。

　　杨大兰，（曾用名杨大男），生于一九七０年六月二十七日，现年十九年岁，初中文化，一九八九

1990年1月，湖北省妇女联合会宜昌地区办事处《关于授予潘星兰、追认杨大兰为"三八"红旗手的决定》文件

潘星兰小时候并不是以"冲"出名，用"聪明伶俐"来形容可谓恰如其分。因为调皮，没少挨严父的训，但潘星兰从小就有读书上进的想法，后来又成了乡里不多的几个中专生之一。她工作仅一年，经手业务3万多笔，无一差错；在业务技术比赛中，又先后夺得全县农村金融系统票面换算第一名，县信用联社多指多张点钞第一名。

父亲是银行的老职员，潘星兰记忆中家里总有算盘珠子碰撞的清脆响声。等潘星兰18岁也坐在父亲坐了一辈子的三尺柜台前，父亲的一句"人在，钱在"，让潘星兰第一次知道银行工作除每日的烦琐与辛劳之外，还有"惊心动魄"。那个让潘星兰第一次体验"惊心动魄"的夜晚过后，她接受了数百次采访，作了十几场报告，虽然壮怀激烈的斗争经过让所有听者唏嘘不已，但大家并不满足于此，纷纷发问："你当时到底是怎么想的？""你真的不怕死吗？"潘星兰总是重复一个回答，连自己都有些不好意思了："我当时只想着一件事：像父亲说的'人在，钱在'。我只是做了我该做的事情。"

"我只是做了我该做的事情"，这是很多英雄常说的话，笔者相信也是潘星兰的真心话，因为如果没有这种意志品质，任何其他的目的都不足以让一个花季少女面对歹徒和凶器而无所畏惧。

某银行女职员遇到了与潘星兰当年类似的情况，她在采取了最大可能的积极措施后，做出了"明智"的选择：保全自己的生命，在歹徒逃走后，积极配合警方破案。笔者把这件事情讲给潘星兰听，问她怎么看。潘星兰说："每个人的观念不一样，我觉得她那么做有她的道理，但是我的原则依然是：人在，钱在。我也有我的道理。"一种不畏强暴的勇气，一种对自己理想的坚持，总能让世间寻求生命意义与生命光彩的人感动。

### 伤痕背后隐藏的真诚

"不要采访了，作为老乡到我家来坐坐我倒欢迎。"倘若不是以老乡的借口，2009年笔者的采访注定会吃闭门羹。一夜成名的潘星兰，荣誉接踵而至，包括全国劳模在内的30多项荣誉顶在潘星兰头上，全国范围内广泛发起了学习"湖北二兰"的活动，江泽民、李鹏、李先念等党和国家领导人也接见和勉励她。成了英雄的潘星兰，并没有把当年铺天盖地的报道留存下来，她觉得过去的该让它永远地过去。

她的过去，如同隐藏在她短发下的"假耳"（因为这个原因，20年来她一直留着可以遮耳的娃娃头）和包裹严实的身上的刀疤。她是那么地平常，虽然这20年来她干得依然很出色，但肯定不如20年前那般惊天动地。然而，如果同样的事情再次发生，她还会像当年一样挺身而出，像当年一样"人在，钱在"。潘星兰感谢各级领导给她的种种荣誉，同时一种"无以回报"的感觉让她更加努力工作。

这些年来，潘星兰留着一头娃娃短发，她那由软骨做成的偏大的左耳泛着与右耳不同的月白色，还有身上那些令人心疼的刀疤，总是在公共浴池里引来别人惊异的目光。一度连心爱的宝贝女儿也不

1990年,潘星兰被授予"全国金融卫士"荣誉称号

理解。天真烂漫的女儿贝贝不知道妈妈当年的英勇故事，每每看到妈妈那不同寻常的左耳，都禁不住发问："妈妈，你的左耳怎么和我们的不一样？"这时，潘星兰不无掩饰地回答："是妈妈小时候不听话，受了伤！"潘星兰之所以不愿对贝贝讲述自己的往事，有她自己的理由——孩子还小，打小就应该生活在这样一个无忧无虑的环境中，她还不知道世界上有那么多的丑恶、血腥与暴力，最好不让孩子幼小的心灵过早蒙上一层阴影；等孩子长大了，她自然会理解妈妈所做的一切。

### 考不败的是真情

当年从昏迷中醒来，潘星兰首先看到的是家人一张张挂满泪水的脸，妈妈更是以泪洗面一个月。4个哥哥全慌了神，还是嫂子们镇定，点拨哥哥把小妹送到大一点儿的医院。潘星兰当时的感觉就是自己不行了，唯一的愿望就是多看亲人几眼，但她还是活过来了。然而肉体的痛苦还在继续，7次大手术，4次耳部整形手术。疼起来她也哭，当然尽量"不对外"，只是紧紧地拉着"白马王子"胡哥的手，这样使她陡然增加了不少勇气。

1990年9月从医院养好病，潘星兰返回了工作岗位，同年她就报考了大学。潘星兰说即使没有自己"当英雄"的那段经历，她也会走求学这条路。在别人下班娱乐或休息时，潘星兰忍受着伤痛，总是先补上耽误下的工作，而后就悄悄地挑灯夜读。有人提醒她，全国劳模报考学校可以照顾20分的，你不用那么用功苦了自己。可是，她不想要照顾，只想凭自己的真本事圆自己的求学梦。在自学期间，除报告会之类的活动外，每天潘星兰还要接待许多慕名前来的群众，"许多都是从很远的地方赶来的，我实在不忍心拒绝"。因为活动耽误工作，潘星兰只好缩短自己的休息时间补上，回家后再复习功课。第二年5月，她被中国农业银行武汉管理干部学院录取。这年录取分数线是250分，而潘星兰考了266分，何止是分数的超出，更是一种精神的超越。

终于圆了自己的上学梦，踏进了农行武汉管理干部学院的大门，21岁的潘星兰内心如沐春风。在没成为"英雄"之前，自己每一份辛勤耕耘后所取得的成绩，都会让人由衷地说一句：星兰，你真棒，你真厉害。可当她为考上大学而自豪时，却没有了掌声。几乎没有人相信这是潘星兰自己考上的，大部分人认为肯定是靠领导照顾的。潘星兰对此连一个辩解的机会都没有，她本以为时间可以冲淡一切，但当1994年自己的未婚夫考上中南财经大学研究生，又有人这样"同理"类推之后，潘星兰流眼泪了，因为她不想让自己的爱人因自己而受委屈。这些年来，潘星兰一直恪守着自己的座右铭："不管别人怎么说，我自己走我自己的路，我会用我的行动向大家证明，我是很努力，很棒的。"

## 壮举过后是恬静

早在出院后准备考大学的那段时光，全国各地的许多青年纷纷写下热情洋溢的信，寄给潘星兰，其中不乏向她表达爱意的。虽然求爱的人中有许多比胡哥家庭条件好，但是她总是果断地对众多好心人说——我有男朋友了，谢谢你们。有人说她身上被捅了那么多刀，恐怕将来要影响生育的。潘星兰也很担心，就悄悄地告诉了胡哥，胡哥大度地回复：我们彼此早就深深地相爱，我不会因你的身体情况而改变对你的情感，你不用跟我再解释什么，只管安心养伤、好好学习就是。

考上了大学，没想到自己受到误解，连自己心爱的人也遭到质疑。爱人跟着自己受了太多的委屈，当初就有人以为胡哥是因为未婚妻当了英雄而沾光入了党。其实，潘星兰勇斗歹徒受伤之前，胡哥已经有了两年的党龄。胡哥第一年报考人民大学研究生，以3分之差落榜，他没有丝毫的失望和气馁，第二年从头再来，终于如愿以偿考上中南财经大学研究生，后来还读完了博士。

1997年底因为丈夫工作的原因，潘星兰随着调到了北京，结束了两地分居的生活，并在京读完了研究生。在农行北京分行团委副书记的新岗位上，潘星兰干得依旧有声有色。2003年，为响应银行年轻干部下基层锻炼的号召，她还主动报名到地处中关村的中国农业银行海东支行挂职。出任海东支行副行长期间，潘星兰不断加大营销力度，完善服务理念，注重对客户经理的挖潜、培养和管理，在服务中针对不同客户群体和客户的不同需要突出个性化、人性化理念，业务规模迅速发展。后来，她又回到了中国农业银行北京分行，出任分行工会副主席、团委书记。

这些年来，潘星兰并没有迷失在众多的荣誉光环下，而是以一名普通银行职工的身份，加强学习，努力工作，不断提高自己的素质，以适应银行业日新月异的变化。特别是成长为一名银行高级管理人员后，她更加注重知识更新，积极学习证券、保险、企业财务等相关知识。她说，要想帮客户理好财，自己必须先是个专家。在北京分行，同事们除了把潘星兰视为精神上的榜样外，更多的是将她视为业务上的标兵来学习。潘星兰说自己有一个朴素的信念：爱岗尽责就是爱国。

接受采访时，潘星兰说："说实在话，在获得这些荣誉的时候，我感到相当惭愧，就拿全国劳模来说吧，与身边的其他全国劳模相比，我觉得自愧不如。我认为，要说英雄，大兰才是当之无愧的。"每次回老家，潘星兰都不忘手捧鲜花到枝江市董市镇的凤凰山上，看望永远躺在这里的好友杨大兰，寄托对烈士的哀思。"孩提的时候，我和大兰就是很好的朋友。参加工作以后，我们俩又在一块儿工作，我们经常在一块学习、探讨生活，共同语言很多。当年，我从医院苏醒过来后，听说大兰去世了，我怎么也接受不了。大兰虽然离我远去了，但我和她还是经常在梦中相见。真的，她依然是那么漂亮、那么活泼。"

正在"充电"的潘星兰

不管怎样，30多年前的壮举已是她生命中的一部分，对潘星兰的激励和给她带来的烦恼孰多孰少，再也无法分清了。由于乐天派的性格和自己的悟性，尽管时不时有常人难以理解的烦恼，潘星兰依然生活得很开心很快乐，事业也更加成功。仅看外表，人们无法想象这是一个经历过生死，身上还有十几处刀疤的女子。因为有了爱和坚强，这生命中必要的元素，英雄潘星兰过着幸福的生活。

# 宋芳蓉

大山深处的"母爱"

BU FU SHAOHUA

宋芳蓉，土家族，1973年8月出生于湖北省五峰土家族自治县，1997年加入中国共产党。历任五峰土家族自治县三坪小学教师、三坪希望小学校长、县教育局副局长、团县委副书记、县妇联副主席、县教育局机关党委专职副书记、县教育局党组成员等。1996年5月获得第七届"中国十大杰出青年"称号，1997年5月获得首届"中国青年五四奖章"，1998年1月获得首届"国际青少年消除贫困奖"，1998年3月获得"全国少数民族团结进步奖"，2003年获得"《中国妇女》时代人物奖"。系共青团十四届、十五届中央委员，十届全国青联委员，共青团十四、十五、十六大代表，湖北省七届、八届、九届党代表。

## 一

15岁那年,她只身一人来到海拔1800多米的高寒山区当代课老师,没想到一干就是30多年。在这里,她既是校长、老师,又是保育员、采购员、饲养员、炊事员,后来是名誉校长。一间教室,17个孩子曾分成3个年级。学校因陋就简,但她的教育教学工作却从未落下半步。为了给孩子们筹措学费,她还利用寒暑假外出打工……

为此,在1996年,她入选"中国十大杰出青年",后来还先后获得"中国青年五四奖章""国际青少年消除贫困奖""全国少数民族团结进步奖"等诸多奖项,曾先后多次受到江泽民、胡锦涛等领导人的亲切接见。

一个偶然的机会,笔者专访了这位执着在白云生处为土家族孩子播种希望的教育工作者宋芳蓉。整个采访期间,笔者一次次为她将青春无私地奉献给贫瘠大山里的教育事业的壮举而感动……

### 普通小学教师多次走进中南海

1997年5月4日,是宋芳蓉这个土家妹子人生中最幸福的日子。这天下午,在中南海怀仁堂,中共中央总书记江泽民、中央政治局常委胡锦涛亲切会见了宋芳蓉等5名首届"中国青年五四奖章"获得者。江泽民握着宋芳蓉的手亲切地问:"你是不是土家族?"宋芳蓉激动地回答:"是的!"江泽民又问:"听说你的学校是在海拔 1800 米的地方?"宋芳蓉含着热泪点点头。接着,宋芳蓉等向江泽民总书记汇报了自己的工作,得到了总书记的充分肯定。胡锦涛参加座谈会后,为宋芳蓉等签名留念。

当初,初中毕业到湖北省五峰土家族自治县三坪小学当教师的宋芳蓉,一个人教小学 5 个年级的课程,业余时间打工赚钱帮助贫困孩子交学费。胡锦涛得知后,当即吩咐身边工作人员为自己捐出 3000 元(当时,团中央的有关领导考虑到胡锦涛的工资仅 1800 元,于是退回了 1000 元),并语重心长地对她说:"你以后就不要打工给学生交学费了,这些困难我们来帮你解决,你要省下点时间学点新知识,充充电,不断提高自身素质。我不希望以后再听到你在外打工的消息。"胡锦涛还向她详细询问了三坪小学的情况,提出要成立"三坪希望基金",并号召团中央的工作人员和部分企业集团捐款。

6 年后,即 2003 年 7 月 25 日这一天,于宋芳蓉而言同样是一个难以忘怀的日子。这一天,中南海怀仁堂迎来了一批特殊的客人,他们就是中共中央总书记胡锦涛等党和国家领导人邀请参与座谈的团十五大部分代表和第七届"中国青年五四奖章"获得者。下午 3 时,胡锦涛总书记微笑着走进怀仁堂,与大家亲切握手。团十五大代表宋芳蓉被总书记一眼认了出来。"共青团十五大召开,我作为团中央委员再一次受到胡总书记的接见,自然十分高兴而荣幸。当时我还在想,总书记毕竟工作非常忙,他不一定记得我了。我和总书记握手的时候,就作了自我介绍,我说:'您好!我是您给我们捐款的希望小

宋芳蓉在团十六大期间（余玮 摄）

学的宋芳蓉。'他说：'我知道。你身体怎么这么瘦啊？'他很关心地问。我说：'谢谢总书记的关心，我的身体很好。'他又问：'成家了没有？'我说：'谢谢总书记的关心，我儿子都4岁了。'他说：'好，那这一切我就都放心了。'作为总书记、国家主席，这么关心我一个小小的小学教师，我非常感动。"时隔6年再度见面，胡锦涛总书记的问候让宋芳蓉终生难忘。回忆起向总书记汇报时的情景，宋芳蓉依然激动不已。

"接下来两个小时，总书记与我们这些青年代表进行了亲切的座谈，我们很受鼓舞。"宋芳蓉清楚地记得，那一天，胡锦涛总书记在座谈时向全国广大青年提出了三点希望——一是要勤于学习，二是要善于创造，三是要甘于奉献。"走出中南海，我们都感受到，青年的事情都装在总书记的心里！"

2004年，团中央在北京大学开办首届公共管理硕士班，决定在全国的团干部中招收100名学员，宋芳蓉作为湖北唯一的代表参加了入学前的培训。后来宋芳蓉考虑到经济紧张，不得不放弃学习的机会，团中央的领导拍板给她提供学习资助后，宋芳蓉才踏上了去北京学习的火车。

宋芳蓉努力学习的同时，不忘三坪希望小学的师生，克服了重重困难，四处为他们寻求资助。

三坪希望小学早已今非昔比，明亮的教室、宽阔的操场、整洁的学生公寓，到处都充满生机和希望。宋芳蓉虽然现在誉满全国，身兼多职，但她的教师身份没有变，献身山区教育的追求没有变。尽管三坪希望小学的教学条件和教学设施得到了很大的改善，但是，作为名誉校长的宋芳蓉并不满足，"现在学校的条件好了，我希望能够把它管理好，让更多的小孩能够上学"。

## 渴望读书却最终选择了辍学

五峰是贫困山区，20世纪90年代以前，这里的学校可谓是"土房连暗房，风雨一来成危房"。"读完小学六年级，行程二万五千里"，这是对五峰贫困山区孩子们上学难的真实写照。

采访中，笔者才知晓，宋芳蓉本姓肖，原名肖天娇。1982年，肖天娇9岁，一天早晨，自从哥哥死后就一直疯疯癫癫的父亲，从贴身的口袋里掏出40元钱递给她和二姐，说："拿去交学费吧，爹以后再没有钱给你们了。"这是父亲留给肖天娇和二姐的最后一句话。当天，父亲悄悄用绳索结束了自己的生命。此前，大姐已远嫁他乡。半年后母亲改嫁，留下两个不愿意随母亲去继父家的小姐妹相依为命，她们开始了独立生活。

小姐妹不希图人们怜悯，她们用心学种庄稼，看邻人下种了，她们也下种；看邻人施肥了，她们也施肥；看邻人养猪，她们也养猪。粗茶淡饭，半饱半饥，她们勉强度日。

妹妹上初中了，姐姐自动辍学，到原来的老师家当保姆，供妹妹继续念书。妹妹知道姐姐挣钱很艰辛，更加发愤学习。1988年，肖天娇以优异成绩考取高中，然而，学杂费等必缴的费用，对于这对勉强温饱的小姐妹来说，不啻是一个天文数字。尽管初中毕业的肖天娇渴望继续读书深造，可是，面对困难的家境和姐姐瘦弱的身体，她选择了辍学。

妈妈改嫁后，在后河乡小学当炊事员，她虽然离开了小姐妹，但仍然时刻把女儿挂在心头，关心她们的命运。她听说后河乡要招考代课教师，便去央求教育组长破格允许自己的小女儿参加考试。因为招考范围只限于后河乡，为了取得招考资格，妈妈自己做主，为小女儿肖天娇改了一个与继父同姓的名字"宋芳蓉"。从此，这个名字便代替了"肖天娇"。

最终，宋芳蓉脱颖而出，被安排到条件最艰苦的顶坪——以前派去那里的3个老师，都先后离开了。参加竞争这一职位的人提出了质疑："为什么录用宋芳蓉？"教育组长答说："宋芳蓉考试成绩优秀，我们择优录取。"

有人说："应当优先录用本乡参加考试的人。"教育组长使出了事先想好的"杀手锏"，说道："好，如果你们中有人愿意去顶坪，我就先录取他。"结果没有人作声。这位教育组长果决地说："如果你们中没有愿意去顶坪的，那就录用宋芳蓉！"

得到被后河乡聘为代课老师的消息，宋芳蓉的心中开始漾起层层波澜："我失去了继续受教育的机会，可是，我可以用我现在学到的东西让那些孩子不再失去上学的机会啊！"

就这样，出于一个简单的理由，宋芳蓉收拾行装踏上征途，那年，宋芳蓉才15岁。

## 宋芳蓉 | 大山深处的"母爱"

开学前的一个雨天,宋芳蓉搭乘一辆拖拉机赶赴学校——后河乡顶坪吊脚楼教学点,一个在村里下设的单人教学点。当时,在如注的大雨中,拖拉机吃力地在山路上蹒跚,一边是伸手可及的峭壁,一边是深不可测的峡谷,车轮卷起的泥浆四处飞溅,将蜷缩在车厢里的宋芳蓉淋成了泥人。这山这路比她想象的还要险峻荒僻,走了几十公里山路竟没有见到一户人家。她有点后悔了。

拖拉机在山路尽头一个叫锁口的地方停下了,从这里去顶坪还有3公里延绵在崇山峻岭中的羊肠小道。下了拖拉机,宋芳蓉惊呆了,瓢泼的大雨中站着好几位闻讯前来迎接她的山民,他们一个个脸上绽开了笑容,迎上来将她的铺盖和木箱装进了背篓。

走着走着,山高沟深、秋风萧瑟处,一座破旧低矮的土家吊脚楼出现在眼前。宋芳蓉的心凉透了,这是什么样的学校啊。底层饲养着猪、牛、羊,上面用木板隔开的一大一小两间总共不足20平方米的房子就是教室和卧室,四面透风,没有桌椅,连根粉笔都找不到,吃水还要到1公里外的"天坑"去挑。

"这难道就是我将要工作和生活的地方吗?"宋芳蓉不停地问着自己。睡在冰冷的木板床上,带着哨声的山风再次把她从睡梦中惊醒。宋芳蓉再也无法入睡。这是高山地区,全省重点贫困地区,难怪到了这里的老师,来一个走一个……她哭了,决定回家。

黎明时分,宋芳蓉打开吊脚楼门时,惊呆了:外面已经站了一群大小不一的孩子和他们背着桌凳的父母——他们赶着山路过来,身上被晨露打湿了,粘着泥巴、树叶。看着一双双充满期盼的眼睛,宋芳蓉双脚有千斤重，转过身，眼睛湿润了。这一次流泪不再是为了她自己将要经受的苦难，而是为了一颗颗渴望读书的求知心！她开始意识到自己稚嫩的双肩上担负着沉重的责任和期望。

宋芳蓉还不知道怎样当一个老师，不知道应当怎样对学生讲话，尤其是孩子们的家长围在四周，他们一个个瞪大眼睛，竖起耳朵，要听她是怎样教孩子的。这真使这个比学生大不了多少的老师越发为难发怵了。

宋芳蓉镇定了一下，鼓足胆量说话了。她不去看门外的大人，眼睛只盯着孩子，说道："同学们，今天，我们的学校开学了！我们先认识一下，我叫宋芳蓉，从今天起，由我来教你们，同你们一起学习！"学生们都规规矩矩地坐着，直视着新来的老师。

十几个学生，年龄有大有小，身材高矮不齐，相差悬殊。宋芳蓉继续说道："现在请你们上来，把自己的名字写在黑板上。好，谁第一个上来写？"孩子们都把身子往后缩了一下，像是要更紧地贴在凳子上，生怕被老师第一个叫上去。

宋芳蓉再问一声："哪个同学先来写出自己的名字？"孩子们互相看了看，一个个大眼瞪小眼，但没有一个人应声上来。宋芳蓉打量了一下，指着一个个子最高、看上去年龄最大的学生说："你叫什么名字？多大了？"学生低声腼腆地回答说："雷长珍，13岁。"

"你上来把你的名字写在黑板上。"雷长珍把头埋得更低了，一张脸涨得通红，羞愧地说："写不来，我不会写。"

宋芳蓉震惊了，这个只比自己小两岁的姑娘，已经13岁了，居然连自己的名字都不会写！

宋芳蓉再看座位上的学生，一个个眼巴巴地、痴痴地望着她，眼睛里满是期望和渴求。她的心震颤了，一个声音在心底响起：我一定要留下来教会他们认字、读书！

宋芳蓉注意到学生们的穿着，不少人的衣服都是补丁摞补丁。有一个娃子，在9月里还套着一件不合身的大袄。她心想，山里的日子很艰难啊！贫穷，使这里的孩子到了13岁还不会写自己的名字！贫穷，使这些本应朝气蓬勃的孩子，变得胆小而畏缩！

因为贫穷而没有文化，又因为没有文化而更加贫穷，这个循环往复的怪圈，一直困扰着边远地区。宋芳蓉从自己的人生体会中，知道贫穷意味着什么，她从自己的经历中，认定只有文化才可能改变贫穷，孩子们只有学习，才有可能改变未来的命运！

第三天天还没亮，宋芳蓉独自背着背篓去了县城，往返50多公里山路，天黑时背回了一背篓课本……

从此，吊脚楼上响起了琅琅的读书声。

## 对偏远的"天坑"心有余悸

在吊脚楼，宋芳蓉把17个孩子编成3个年级，轮流给各班讲课。没有黑板，宋芳蓉就捡块木板刷黑了挂上墙；下课了，这黑板又搬到门外搁到凳子上成了乒乓球台。

自然课讲到"物体的放大"时，宋芳蓉偶然发现有一种圆珠笔的帽尖能放大,她便将孩子们一个个喊到身边,通过那小小的笔帽尖观察物体放大的神奇效果。上《乌鸦喝水》时应有挂图配合讲解。学校没有挂图,宋芳蓉便找来一个瓶子,又去山上捡回一堆小石头,她将石头一个个丢进装着水的瓶子里,让孩子们观察水的变化。孩子们发现随着石头不断丢下去,水在慢慢升起来,他们很快明白了乌鸦是怎样喝到水的。

一天,宋芳蓉带来一个新奇的东西。她要孩子们围拢过来,她一按开关,小小的匣子里竟飞出了好听的歌声,山里的孩子第一次大开眼界,觉得真奇妙,知道了世界上还有一个叫录音机的东西。这是宋芳蓉节省下伙食费,托人用最便宜的价钱买来的一台旧录音机。宋芳蓉要让孩子们的生活里有歌声!她自己先跟着录音带学习,然后放录音给孩子们听,教他们唱歌。于是,深山里也飘荡起城里人习以为常的歌声。

一台旧录音机,不仅吸引了孩子,也使乡亲们感到妙不可言,他们凑到跟前仔细听,仔细琢磨,惊异于人类的创造如此神奇。不少人甚至表示有钱了也要买一个会说话、会唱歌的机器。

这是宋芳蓉始料不及的,她没有想到,把城里非常普通的消费品带到山里,会引起人们对物质文明如此强烈的追求。她想,这不就是文明带来的进步吗?千百年来,土家族困于高山,几乎与世隔绝,只求苞谷饭和洋芋能够吃饱,只求有木板房屋挡寒,只求能够延续生命,繁衍后代。他们安于贫困,少有他求,似乎也不知道可以有其他新的更高的要求。宋芳蓉进一步认识到:教育,将给处于边远地区的

宋芳蓉把特殊的"母爱"传递给大山深处的孩子们

少数民族带来新的生机!

"水特别紧张,要到别处挑水。"在吊脚楼的6年时光,最让宋芳蓉刻骨铭心的是,吃的、用的都要下山背,用水要到1公里外的"天坑"去挑。尤其是夏天,臭气弥漫,蚊虫将她叮咬得浑身红肿,甚至会溃烂化脓。宋芳蓉至今仍然对1公里外的"天坑"心有余悸,"天坑"又陡又滑,顺着一架木梯下去汲水再爬上来,天晴时都提心吊胆。为了取水,宋芳蓉每天都要往返"天坑"6趟。

一个大雪纷飞的傍晚,宋芳蓉背着土豆、苞谷,踩着一尺多深的积雪往回赶。一不留神,她摔下了山路,滚出了几十米后才被一棵树挡住,睁开眼一看,她吓出一身冷汗:下面是深不见底的峡谷!宋芳蓉坐在雪地上哭了,哭得很伤心,她想妈妈和姐姐,想那个温暖的家,这里何止是苦,还有一般人难以想象的孤独和寂寞,看不到电视,听不到收音机,连一张报纸都找不到……

山路上结了一层厚厚的冰凌,没有办法,她将胶靴脱下来,光脚走在光滑的冰面上,不一会儿脚就冻麻木了。突然,一个黑色的庞然大物迎面向她走来,她吓得一屁股坐在冰面上,当她认出那是一头熊时,已经无法逃脱。熊在离她几步远的地方站住了,然后转身向来路走去。当熊消失后,她号啕大哭,这巨大的声音又吓住了自己,她又止住了哭声。

当离顶坪小学还有几公里路的时候,她看见黑暗中有几支晃动的火把,是山民们发现她还没有回来,出来找她了。他们将她扶回吊脚楼,用锅灰、开水调成的灰子水给她轻轻搓脚,冻僵的双脚才慢慢有了知觉。

这条崎岖陡峭的山路，宋芳蓉曾经走了6年，当地人称之为"芳蓉路"。她一次次想要离开这个地方，又一次次打消了这个念头：她走了，那些孩子怎么办？

常年住在高寒潮湿的房子里，宋芳蓉得了严重的风湿病、胃病、关节炎，长了喉部息肉。过去长时间的营养不良使得32岁的她拔掉了门牙，现在不得不依靠假牙。但这些都没能阻止她为大山孩子奔走的步伐。

单人教学点里，只有她一个老师。语文、数学、体育、音乐、美术……她一科不落，上完了一年级的课，安排完学生做作业，接着又上二年级的课……在讲台上，她一站经常是几个小时。没有人指点，为弄懂教学中的难点，她一次次去十几公里外的村小学请教。在她的努力下，学生各科成绩在后河乡同年级中名列前茅，语文、数学合格率每年都达到100%。

到1993年，上学的孩子渐多，吊脚楼已经容纳不下，而附近栗子坪的孩子又要求到顶坪读书，距县城17公里的五峰镇黄粮坪的适龄儿童要就学也是困难重重……

宋芳蓉找到黑桃垭道班（养路班）的班长，想租用他们闲置的房屋做教室，班长嫌学生吵没有答应。宋芳蓉想到了自己的姨夫——黄粮坪农场负责人。她以每年750元的租金租下了农场的两间仓库做教室，以及路对面一个可以容纳40多名学生的房间，供路远的学生寄宿。

就这样，1993年9月，宋芳蓉自己掏钱，把学校搬到了紧临鸦来路（宜昌鸦雀岭至恩施自治州来凤县）的黄粮坪。她请人用红漆在仓库的墙上写了10个大字："扫除文盲，提高民族素质。"她又找了一根大竿子，用几块大石头夹住，还去县城买了一面国旗，升了上去！

终于，在宋芳蓉的努力下，顶坪、栗子坪、黄粮坪几处适龄儿童的读书声汇聚到了一起。

一年后的教师节，宋芳蓉正在教室里辅导学生功课，时任五峰县教委主任的裴德重一行前来慰问。也是从这一天起，黄粮坪这所已有6个年级的小学校有了自己的名字。裴主任说："你这个学校，汇集了顶坪、栗子坪、黄粮坪的适龄儿童，就叫三坪小学。"

从此，顶坪单人教学点在五峰县小学教育的花名册中消失了，代之以三坪小学。

## 年轻的校长成了5个孩子的娘

1990年秋季开学后，宋芳蓉发现少了一名学生雷长艳——这是一个很爱学习、愿意刻苦努力的学生，她不会无缘无故不来上学的。宋芳蓉怀着不安和希望，时时张望学校前的小路，但一直不见雷长艳来。宋芳蓉再也不能等待了，这天放学后，宋芳蓉翻山越岭走了三四公里山路去了她家。原来，雷长艳父亲在暑假期间因病去世，家里再也供不起雷长艳上学了。望着这个空荡荡的家和雷长艳泪汪汪的眼睛，宋芳蓉鼻子酸了，掏出身上仅有的100元钱递给雷长艳的母亲，并鼓励雷长艳说："你父亲生前送你上学，就是希望你们将来的生活比他强，你不要辜负了父亲的希望，还是要坚持上学。有了文化，将来的生活才会好起来！"雷长艳哽咽着点头，但不知道宋芳蓉那一个月的生活费没有了着落。此外，宋芳蓉还艰难拉扯着李顺琴、王丹凤等孩子……

宋芳蓉将每学期的学杂费由90元降到60元，自己每月不到100元的薪水也几乎全部用于贴补困难学生。自己生活没有着落，她便向母亲、姐姐求助，要些合渣粉、苞谷面、小菜，步行40多公里山路背到学校。为挣学费，1991年，宋芳蓉在学校附近开了4亩荒地，种上土豆和苞谷。1989年至1997年的8年间，她到过武汉、宜昌等地，扫过马路，卖过水果、衣服，到宾馆里洗过盘子。每当她怀揣着挣来的钱，拖着疲惫的身体回到三坪小学时，她心里无比宽慰，因为一些学生的学杂费又有了着落。

一年到头，她吃的是难见一点油腥的苞谷面和土豆，穿的是别人给的旧衣服。有好几次，宋芳蓉昏倒在讲台上，乡亲们听说后，立即丢下手里的活计，跑到学校用背架背着她到50多公里外的医院救治。她的付出换来了回报，每逢她的生日，山里人都会来到学校，掏出几个热土豆或玉米棒，送上祝福。

1992年，乡教育组要调宋芳蓉到村中心小学任教。闻讯后，学生们痛哭流涕，家长们联名写信给乡里："这样的好老师打着灯笼也难找，求你们不要调她走。"那年冬天，村主任周大喜背着一只刚刚猎到的麂子，在雪夜里叩开了五峰县教委主任家的门，他放下麂子说：

"今天是大伙儿推选我做代表，宋芳蓉真是个少见的好老师，可是这么多年了还是代课老师，连民办也算不上，乡亲们让我来求你给宋老师转个公办。"

1994年，五峰县教委破格将宋芳蓉转为公办教师，湖北省教委授予她"湖北省优秀教师"称号，同时，她被评为"湖北省劳动模范"。1996年，她被评为第七届"中国十大杰出青年"。

1996年6月，完成了中师函授学习的宋芳蓉，被湖北省教育学院破格录取，通过两年多的学习，她获得了本科文凭。这时，武汉好几家单位希望她留下，广州、珠海等地的几所私立学校也高薪来聘，都被她一一谢绝了。她依然回到了三坪希望小学。因为她知道，这里最需要她。1996年8月，宋芳蓉和姐姐在县城办起了"芳蓉书屋"，把所赚的钱全部用于资助贫困学生上学。截至2006年，宋芳蓉已经资助了近百个贫困学生，三坪再也没有一个孩子因为贫困而失学。她用柔弱的肩膀，托起了大山腾飞的希望。

胡锦涛总书记在得知宋芳蓉的情况后十分感动，为"三坪希望基金"注入了首笔资金。在"三坪希望基金"的影响和带动下，学校得到了社会各界更多的关注和支持，条件有了很大改善。孩子们有了新教学楼、新桌椅，还有了电脑、音响、投影仪等。

1998年，五峰镇成立了"三坪希望基金会"，选举宋芳蓉任会长并调她到镇上工作，希望她能够多争取些办学资金，以救助更多的贫困学生。一时间"宋老师要到城里上班去了"的消息不胫而走。三坪希望小学的学生听到宋芳蓉要调走的消息，有的辍学了，有的到外面去借读，很快原有的 46 名学生仅剩下 7 名。宋芳蓉听到消息后心急如焚，她向领导恳求："如果我离开学校，学生就散了。"她回到学校，看到站在场坝上等待她回来的学生们时，泪水夺眶而出。

一年暑假，宋芳蓉将她得到的 2000 元奖金拿出来，将从未走出大山的孩子们带到了长江边的宜昌市参加夏令营。孩子们兴致勃勃地观看中华鲟，参观葛洲坝船闸，还到儿童公园坐碰碰车、滑滑梯。宋芳蓉说，如果有钱，还想带孩子们去武汉看黄鹤楼，去北京看长城。她说，为孩子们插上向往的翅膀，是希望他们看得更高更远，努力学习，成为有出息的人。

宋芳蓉的先生廖平是县石油公司的一位普通职工，一家人租住在城内的一套 50 多平方米的房子里。为了山区教育事业，宋芳蓉牺牲了许多与家人在一起的时光。2000 年以来，她苦钻业务，成了业务上的多面手，一直担任着四、五、六 3 个年级的复式教学，带了 3 个年级的语、数、美、音、体、劳的课程，每天的时间都排得满满的，即使在怀孕期间，仍然坚守工作岗位。1999 年 4 月 27 日，临近预产的她从三坪搭车到县城，由于路途颠簸厉害，致使腹中的胎儿早产一个月，加上工作辛苦，生活不规律，营养不良，生下的小孩仅 2.4 千克。孩子太小，身体又差，休完产假，宋芳蓉只好两头跑，每天天不亮就从县城搭上最早的一趟班车赶到学校，带领学生跑步、做早操、准备早餐，然后备课，改作业，给学生上课，放学后又搭车一路颠簸回到家里，从保姆手里接过嗷嗷待哺的小孩。一年四季，她一直这样坚持着，直到小孩三岁上了幼儿园，宋芳蓉才松了一口气。谈起这段

宋芳蓉出席全国青联十届一次会议（余玮 摄）

经历时宋芳蓉的眼圈红了。有人觉得她两头跑比较辛苦，又有人觉得她这样跑耽误了学生。宋芳蓉说，她这一生当中哪怕对不起她的儿子，也不能对不起她的学生。她曾经有一段时间在学校里住，结果有一次儿子半夜发烧，凌晨两三点哭闹着要妈妈，吃了药仍无济于事，她爱人只好包了辆车赶到三坪把她接回县城。后来，孩子虽然十分聪明，但体质较弱。

"她就是我的妈妈。"三坪希望小学 11 岁的邓倩永远忘不了当初宋老师给予她的关爱。从小学一年级开始，她就跟着宋芳蓉住在一起，与宋芳蓉一起生活了 1 年的时间。邓倩印象最深刻的就是："每天早上睁开眼时，宋老师总不在身边，因为她要起早为学生做饭！"

于是，年轻的宋芳蓉成了 5 个孩子的"妈妈"。李树成、范士贤都是父母双亡的孤儿，张艳父亲残疾，母亲外出多年杳无音讯，好心的宋芳蓉包揽了他们的一切，承担他们的学费、生活费，还要给他们买衣服、文具——虽经多方努力寻求了一些帮扶，但那毕竟是杯水车薪，宋芳蓉和爱人的工资都不高，经济压力很大，她尽量节俭，每年寒暑假仍要做些小生意。她 1 米 66 的个头体重只有 40 多公斤，但她自己从来舍不得买点营养品，也舍不得给自己的孩子买零食，钱都是一个钉子一个窟窿，她是算了又算。生活虽然并不宽裕，但是每当她看到孩子们健康成长着，背着书包高高兴兴走进课堂，她就觉得付出再多也值得。

2004 年 2 月 10 日，三坪希望小学搬了新址。那天宋芳蓉哭了，很多孩子和家长也哭了。这一天，原三坪希望小学终于从原来的山腰上搬了下来，搬迁至交通便利、环境条件优越的原茅坪小学，两所小学的生源合并，校名仍为三坪希望小学。

后来，宋芳蓉历任五峰县三坪希望小学校长、县教育局副局长、共青团县委副书记、县妇联副主席、县教育局机关党委专职副书记、县教育局党组成员等，且一直是三坪希望小学名誉校长。

2010年，宋芳蓉争取了中国青少年发展基金会的支持，县政府与中国青少年发展基金会达成协议，将五峰确立为希望工程重点资助县，全国首个县级NGO（非政府组织）"五峰希望公益服务中心"落户五峰。她出任第一任中心总干事，从一个教育人转型为公益人，致力于促进青少年健康成长，推动五峰公益事业发展。

"五峰希望公益服务中心"成立，成为五峰公益事业发展的历史转折点。2010年至2018年，五峰实施公益项目投入共计4000多万元，资助学生2万多人次，希望图书室、希望厨房、快乐体育园地、学生资助等项目已覆盖到全县所有乡镇的每一所学校。在宋芳蓉所在的希望中心影响下，一大批社会团体和个人深入学校开展助学活动，爱心接力棒不断传递。

# 邰丽华

无声的世界也精彩

BU FU SHAOHUA

TAI LIHUA

　　邰丽华，著名残疾人舞蹈家，被誉为"孔雀仙子"、《千手观音》的"美丽代言人"和"美与人性的使者"、"全球6亿残疾人的形象大使"。1976年11月出生于湖北宜昌，1998年6月毕业于湖北美术学院美术装潢设计专业。先后在武汉市第一聋哑学校、湖北省残疾人联合会艺术团、中国残疾人艺术团等单位工作过。历任中国残疾人艺术团演员队队长、团长助理、艺术总监、团长兼艺术总监等。系中国特殊艺术协会副主席、全国政协委员。曾被授予全国劳动模范、全国自强模范、巾帼建功先进个人等荣誉称号和中国青年五四奖章。

# 邰丽华 | 无声的世界也精彩

一

从不幸的人生谷底到辉煌的艺术巅峰，再到参政议政的全国模范，残疾人舞蹈家、全国政协委员邰丽华的人生就是一出绝美的涅槃之舞。她在无声世界创造的美丽，感动了中国，感染了世界。

浅浅的笑容，清澈的眼神，优雅的举止。笔者采访提问时，手语翻译娴熟地把问题同步翻译给她，她始终微笑着、认真地"倾听"着笔者的提问，然后非常愉快从容地"回答"每一个问题，很难让人感到彼此有某种距离。她修长的双手在笔者的眼前飞舞，仿佛在表演一段心灵的舞蹈，让笔者感受到她的世界里的美丽与震撼。

## 借助手语议国是的艺术家

"起来！起来！起来！我们万众一心……"2009年3月3日下午3时许，人民大会堂万人大礼堂，全国政协十一届二次会议宣布开幕，胡锦涛等党和国家领导人与2000多位全国政协委员同时起立，齐唱中华人民共和国国歌。歌声嘹亮，汇聚成一种昂扬向上的力量。

自此，重大会议上的"奏国歌"仪式改为了"唱国歌"——与会人员起立随音乐高唱国歌。政协委员们激情满怀地高歌，旋律激荡在大会现场。作为政协委员的邰丽华心潮澎湃，她是以手语"唱"国歌……

"虽然我不能用我的嗓音去歌唱,但我可以用我特殊的、最熟悉的、陪伴我长大的手语,与其他委员共'唱'国歌。虽然时间很短,但我在刹那间想起为新中国洒下汗水、鲜血乃至奉献出生命的解放军,想起2008年在北京奥运会赛场上升起的国旗,还有这一年的汶川大地震……这一系列大喜大悲的事情,让我感慨万千。"邰丽华动情地表示,"我是听着国歌成长的,国歌早已融入我的血液里。"

对于有些人提出更改国歌旋律和歌词一事,邰丽华说,由于自己听力有残障,对于旋律不太了解,"但我对国歌和歌词记忆深刻,国歌是一个国家的象征,也是一种历史的记忆"。她对这种建议不是很认同。

邰丽华是十一届全国政协委员中的3位听力障碍人士之一。身体残障,并不影响她参政议政。她认为:"有很多方式可以和别的委员沟通,没有障碍。想要表达的东西,我能通过身体来演绎。我会把内心最真诚的东西呈现给大家。"同时,她强调:"作为一名残疾人,能够参与国家政治大事,我觉得很荣幸,也感觉到了责任和使命——不仅仅要在舞台上把舞蹈的风采传递给人民,同时我要倾听残疾人内心深处的声音,了解他们的困难是什么。我会借这个平台,把他们的一些意见或建议送上去,把祖国建设得更美好。"

邰丽华总是这样默默地带给大家惊奇,从无声世界到艺术殿堂,再到政协会上的参政议政。无疑,邰丽华是"两会"最安静的参会者,讨论中听不到她一句发言,其他委员的发言都靠她身边的翻译打着手语传递给她。当人们还在对她如何听会参会、履行政协委员职责

邰丽华（左一）出席全国政协会议期间（余玮 摄）

产生疑问时，她通过手语翻译的手势证明了她是会场上最认真的人之一。作为政协委员，她最关注的是残疾人的权益问题，曾就残疾人便利设施建设和无障碍环境建设等方面政策提交提案。

每个人都经历过掌声，每个人都为他人鼓过掌。有一次演出经历，让邰丽华记忆犹新。2005年元宵节前夕，胡锦涛总书记等党和国家领导人与首都各界人士欢庆佳节，邀请中国残疾人艺术团部分演职人员参加，邰丽华在晚会上表演了舞蹈《雀之灵》。

是夜，金色的大厅张灯结彩，喜庆祥和。当热腾腾的元宵端上来，总书记与大家一起高兴地品尝元宵，畅叙友谊，共话党和国家事业发展，整个大厅处处欢声笑语，春意盎然。这时，邰丽华非常希望向总书记敬一杯酒，表达自己对总书记关怀特殊艺术的谢意和敬意，于是她邀上了手语翻译、副团长王晶。可就在这时，工作人员介绍说，因晚会安排紧凑，总书记没有时间逐一接受大家祝酒。邰丽华通过王晶的手语了解到这一情况，脸上流露出一丝失望。但这一切，恰巧被经过这里的时任文化部部长的孙家正看见。了解晚会流程的孙家正便拿出自己的晚会请柬写了一行字，让工作人员递给站在那里不愿离去的邰丽华。邰丽华并不知道这位领导同志是谁，但她却清楚地看见请柬上的那行字："邰丽华同志，胡锦涛总书记对特殊艺术很关心，演出结束后将看望你们。"此刻，邰丽华的泪水夺眶而出，这种幸福感，也深深地感染着所有在场的人……

很快，轮到邰丽华上场了。这位聋哑姑娘凭着对生活真谛的独特领悟，在舞台上用轻盈的舞姿托起生命之灵：时而花瓣般的手指宛如美丽的头冠，时而水波似的双臂仿佛舒展的羽翼，惟妙惟肖地再现了孔雀的美丽、纯洁与高贵，营造出震撼人心的梦幻般的意境。那晚，她把舞蹈中700多个动作中的每一个都做到了极致，达到了绝美的境界，让全场观众在领略不屈生命的独特风采的同时，感受到特殊艺术的非凡魅力，她的表演博得了热烈掌声和高度赞誉。

晚会结束后，胡锦涛专门接见了邰丽华，握着她的手亲切地说："你的舞蹈不但表达了艺术美，而且表达了心灵美，祝贺你演出成功，也祝贺你和你的伙伴们在春节晚会上的成功演出。希望今后在更多的舞台上看到你的身影。"邰丽华打着手势：我代表6000多万残疾人向胡总书记问好！看到邰丽华用手语代表全国残疾人表达心声，胡锦涛高兴地笑了，并欣然与她合影留念。

从此，温馨的回忆便留在邰丽华的心灵深处，这个场面也永远印刻在中国残疾人的心灵深处。邰丽华每次对人谈及这次总书记的亲切接见，总是那样兴奋和激动。同样让她激动的是国庆60周年大典的观礼——2009年10月1日，北京天安门。国旗在礼炮声中冉冉升起，嘹亮的国歌声激荡在亿万人民耳畔的时刻，在天安门西侧的观礼台上，"双百"人物（一百位为新中国成立作出突出贡献的英雄模范人物和一百位新中国成立以来感动中国人物）之一的邰丽华舞动十指，打着手语，"唱"出了一首无声的国歌。

10时37分，三军仪仗队迈着铿锵的正步，护卫着鲜艳的八一军旗，率领着14个徒步方队走过东华表，开始了分列式。观礼台上的邰丽华举起了手中的照相机，记录下这历史性的一刻。

方阵如山，气势如虹。英姿飒爽的三军女兵，展现了巾帼英雄的风采，她们在人民军队的历史上书写着绚丽的篇章；女民兵方队由首都女民兵组成，是受阅方队中靓丽的风景线，她们用火热的青春书写着对祖国的热爱和忠诚……望着眼前壮观的场面，观礼台上的邰丽华觉得幸福极了，她又用手语"唱"出了《没有共产党就没有新中国》等歌曲。

能够站在天安门观礼台上，目睹国庆60周年大阅兵，邰丽华觉得格外震撼和激动……

### 用感恩的心传递无声的美

邰丽华是在爱和快乐的环境中成长的，这让她有一颗感恩的心，乐于回报社会。"千手观音会伸出一千只手去帮助遇到困难的人。同样，残疾人得到了全社会给予的关爱，也会伸出一千只手，去感谢所有给予他们帮助的人。"

2005年底，邰丽华被正式任命为中国残疾人艺术团团长。从一名单纯的舞蹈演员，突然转变为一名负责全团所有事务的行政人员，邰丽华坦言，这增加了很多工作。"虽然事情越来越多，压力也越来越大，但是我一直都很快乐。看着年轻的团员们一天天地成长，这个过程我非常享受。"

邰丽华是主抓艺术创作的团长，有几个助手帮助她处理行政工作。除创作之外，发现好苗子也是让邰丽华感到快乐的事情。

10 岁的聋人演员王伊美，就是被她一眼相中的。当时王伊美来北京看病，知道有个小同乡就在残疾人艺术团，顺便来找她玩。邰丽华无意间看见了这个漂亮的山西小姑娘，女孩眼睛里的灵性让邰丽华立刻感觉到她是跳舞的料儿，当时就问她想不想来这里跳舞。王伊美立刻高兴得跳了起来。进入艺术团之前，王伊美没有接受过任何舞蹈训练，但是在团里学习一年后，王伊美已经成为艺术团耀眼的小明星。邰丽华说她的艺术成就有可能比自己更加辉煌。邰丽华表示："我们的特殊只不过是身体不同于一般人，但我们有着健康的心灵。"

2008 年 9 月，北京残奥会开幕式现场，在挂满星星的夜空下，一名小号手在静静地吹奏着《星星，你好》的乐曲。聋人姑娘们穿着洁白的礼服，在 50 名手语老师的带领下用手语向星星倾诉自己内心的感受，她们用手语说道："今夜的星星比任何时候都多，我在星光下显得格外美丽，星星，你好！"姑娘们美丽的脸庞和炙热的眼神深深打动了所有人。

北京残奥会开幕式演出精彩绝伦，给全世界留下美好回忆。邰丽华说，这次开幕式，中国残疾人艺术团承担了大量表演任务，包括盲人歌手杨海涛演唱《天域》，以及她本人带队参演的历史上最大规模的聋人手语舞蹈《星星，你好》。"我们残疾人艺术团总共有 153 名残疾演员，他们都是从全国各地发掘出来的佼佼者，平均年龄只有 18 岁。从 2008 年 4 月份到残奥会开幕之前，我们都在不停地排演，只为了给世界一个惊喜！"在训练过程中，姑娘们互相鼓励，不管天气多么炎热，不管训练多么艰苦，一切都是为了完成她们心中美好的

邰丽华与团队在北京残奥会期间演出

梦——在残奥会开幕式上跳出最优美的舞蹈，做中国最出色的听障演员。最终，《星星，你好》这个节目无声胜有声，用手语舞蹈照亮了整个北京的夜空。

中国残疾人艺术团还曾在雅典残奥会闭幕式上表演过精彩节目。2004年9月28日，雅典奥林匹克中心被邰丽华和伙伴们表演的"中国8分钟"震撼了。2008年北京残奥会的开幕式，大家都期望再次看见邰丽华舞动奇迹时，她却毅然放弃自己上台，把机会留给了中国残疾人艺术团的年轻演员……

中国残疾人艺术团里的残疾孩子许多都是边演出边学习，有42人正在读大学，他们都把邰丽华当成知心大姐。一名双目失明的孩子这样评价邰丽华："她在我们心中像千手观音一样善良，像孔雀一样美丽。"与邰丽华共事过的一位导演评价她是"有史以来最优秀的聋人舞蹈家""她身体的乐感和身体的诗意最好"。跟随邰丽华多年的手语翻译李琳说："快乐和感恩，天赋和勤奋，机遇和关爱，把邰丽华造就成杰出的舞蹈家。她之前遇到过许多坎坷，都能微笑面对。"

一个舞蹈演员的艺术生命是有限的。邰丽华表示，只要身体允许，她会继续在舞台上展示自己最美的一面。而且，她将把自己所有的东西都毫无保留地传授给艺术团的孩子们。

多年前，人们几乎认定"千手观音"的"脸"只能是邰丽华，后来，她细心挑选和培养了4位年轻的、不同面孔的"千手观音"。在邰丽华眼中，当年《千手观音》最大的成功，不在于让自己一举成名，而在于让关注残疾人以及特殊艺术的人越来越多了。

邰丽华用手语强调："近年来，随着社会各界爱心人士对残疾人事业的关注，残疾人士的生活得到了保障，但仍有一部分残疾人生活得不尽如人意，所以重要的是让这份爱心能够传递下去，影响大家关爱更多的残疾人。"为此，中国残疾人艺术团在2007年决定：从演出收入和文化产品的收益中，注册设立"我的梦"和谐基金去帮助更多的残疾人。

仅2008年至2009年期间，残疾人艺术团为四川地震灾区、太行山革命老区、台湾风灾受灾人员等捐款534万元，为国际慈善项目捐款44万美元。北京奥运会和残奥会期间，邰丽华代表残疾人艺术团拿出价值600万元的《我的梦》演出门票，赠送给老人、儿童、残疾人和经济困难者，以及参加奥运会和残奥会的国际友人，让大家共享人文奥运的风采。

2008年，中国残疾人艺术团除参加残奥会圣火采集暨火炬传递启动仪式和残奥会开幕式闭幕式文艺表演外，还在中国剧院、保利剧院、奥林匹克公园、中华世纪坛等举办和参加40多场演出，演出内容是邰丽华专门为奥运会和残奥会精心创编的《我的梦》第5部，18个节目涵盖了音乐、舞蹈、京剧、音乐剧等诸多艺术门类，具有浪漫的民族风情和神秘的东方神韵。邰丽华精编改进了《千手观音》等已有的经典节目，创新推出了《动·听》《化蝶》《生命密码》《三岔口》等一批新节目。

邰丽华把个人追求融入集体、国家和人类的共同理想之中，在不懈的奋斗中实现着自己的人生价值。她以艺术与心灵之美赢得人们的广泛赞誉，被授予全国劳动模范、全国自强模范、巾帼建功先进个人和2005年度"荆楚十大新闻人物"、CCTV（中央电视台）"感动中国"2005年度人物、2006年中国青年五四奖章、"100位新中国成立以来感动中国人物"等荣誉或称号，被联合国机构指定为"联合国教科文组织和平艺术家"。2007年，意大利授予邰丽华"第三千年"国际奖，表彰她在人文领域的卓越建树及对社会进步作出的贡献。对此，邰丽华认真地"说"："我明白，没有社会的关爱，就没有我的今天。"

从最初的舞者到现在的团长兼艺术总监，这样的身份转换让邰丽华对残疾人艺术有了更深的理解，也让她更有自信："通过表演以及管理团里的事务，我揣摩出了一句话：我们残疾人不是不行，只是不便。如果给我们创造出条件，我们同样可以出色地完成任何工作！"这位中国残疾人艺术团"掌门人"表示："担任团长后，最大的变化就是事情越来越多，压力越来越大。不过，变的只是身份，不变的是对艺术团、对舞蹈的热爱。我希望将来有越来越多的孩子超越我。"邰丽华坦言，仅有一个邰丽华是远远不够的。

## 镜头外快乐而率真的"邻家女孩"

生活中的邰丽华清纯中略带腼腆，总是露出甜甜的微笑，"听"伙伴们说话时，那双黑亮的眼睛总是体贴地注视着对方。一次，她们的舞蹈要参加全国比赛，作为领舞，她向导演力荐另一位聋哑女孩代替她的位置。导演问她为什么。她回答：我已经得到过许多次这样的机会，应该让别的伙伴也有展示才能的机会。

有一回，一个记者走向早餐桌旁的聋哑姑娘们。他用手势问：你们眼里的邰丽华是个什么样的伙伴？姑娘们眼睛一眨一眨，有的指指杯里的牛奶，有的指指盛满矿泉水的杯子。记者恍然大悟：哦，像牛奶一样温润，像泉水一样清澈。

的确，邰丽华身上有着"邻家女孩"那样的率真与单纯。透过她清澈的双眸，人们很容易看到她宁静的内心世界。当年，《千手观音》一夜之间火了，邰丽华成为家喻户晓的明星，而中国残疾人艺术团的演出更是马不停蹄，邰丽华后来经常率团在世界各地巡回演出，也收到不少综艺节目的邀请。面对成功，邰丽华告诉记者："其实，成名后我的生活没有什么大的变化。我还是以前的我。"

现在的邰丽华只能听到95分贝以上的声音，语言表达因此受到限制，只能断断续续地说一些简单、模糊的音节。除手语之外，她还有多种其他的方式和外界交流。"发短信！短信和上网对聋人来说就是打电话。"

与舞台上沉静的观音不同，台下的邰丽华非常活泼开朗。听力正常的同事用手机给她发短信交流，她便乐呵呵地"嘲笑"对方："你不是输入短信速度快吗？咱们比比？"邰丽华说，与家人在一起的时间太少，于是短信成为与亲人沟通的重要途径。

人们都知道邰丽华善舞，但知道她善画的人却不多。小时候，在父母的呵护下，邰丽华快乐地成长。她喜欢一切美好的事物，尤其擅

5岁时，邰丽华开始喜欢上舞蹈

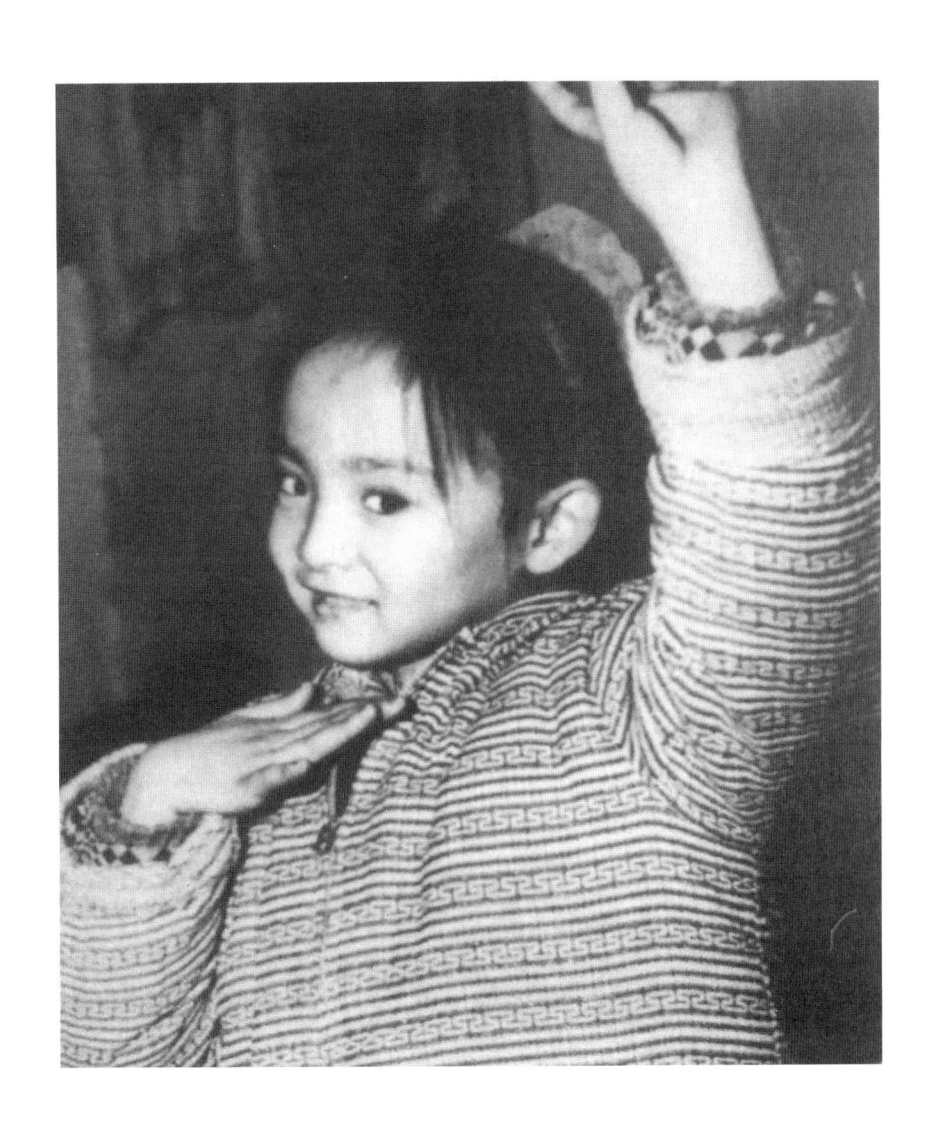

长绘画。在她的笔下，各种小动物惟妙惟肖，活泼可爱。邰丽华曾通过参加成人高考，成为湖北美术学院美术装潢设计系的一名大学生。她的同学回忆，我们是在听课，而她却是在"看"课——看老师的口型、看板书、看教材，比我们多花几倍、十几倍甚至几十倍的心血！她不仅以优异的成绩拿到了美术专业的大学毕业证书，获得文学学士学位，所设计的酒类包装还在湖北省获了奖。

邰丽华很善于用简洁的线条勾勒出优美而富有想象力的图画。她将这些图画送给自己的好朋友，也用来装点自己精心构筑的爱巢。她的生活如同她绘画的风格，简洁而优美。说起自己的作品，她最得意的是一幅画满耳朵和眼睛的油画。"那幅画很简单：一个人，他身后是一片深不可测的黑暗。"邰丽华比画着描述油画的内容，"我在黑色的背景上画了很多耳朵和眼睛，还有很多太阳。我想，盲人可以用耳朵听世界，聋哑人可以用眼睛看世界，残疾人也可以凭借其他感官'看'到色彩，那么多的阳光让人感觉世界充满了生命力。"

说到千手观音，她会想到壁画，想到许多美丽的东西和浓厚的文化。由于演出的关系，邰丽华去过很多地方。她用眼睛看到的美丽场景去丰富自己的想象。

镜头外的邰丽华总是快乐的。在美国的牧场里，她和那些人高马大的"牛仔"们兴高采烈地跳舞。在丹麦的俱乐部，她同当地的市民们在强烈的摇滚乐中，共度狂欢之夜。她热爱生活，追求和珍惜所有美好的事物，因而获得快乐，在快乐中继续她美好的追求。和她在一起，人们也总能感受到这种美好、这种快乐。

邵丽华的手语翻译说，在那个听不到声音的世界中，一切都是干净的，失聪对她们来说也许是一种恩赐，她们因为听不见而变得更加简单，更加直接，也更加真诚。对于自己的人生道路，邵丽华很坦然："残疾不是缺陷，而是人类多元化的特点；残疾不是不幸，只是不便；残疾人，也有生命的价值。残疾人不仅仅渴望'平等、参与、分享'，还希望以自己的意志和智慧，与大家共创人类美好！"

"我走在街上或在公共场合经常会被人认出来，有人要我签字。也有人只是冲我打个招呼或微笑一下，我会感觉到非常温暖。"邵丽华希望能创造出更多适合残疾人的舞蹈形式，让盲人可以"看"，让聋哑人可以"听"，让肢体残疾的人可以"演"，让所有残疾人可以共享舞蹈艺术的完美境界。对邵丽华来说，人生就是一支最大的舞蹈，声音消失的地方她翩翩起舞，所有的乐感都来自不懈的努力，倾听着内心的召唤，耳边的寂静即是最美的旋律。

# 杨利伟

一步登天的背后

BU FU SHAOHUA

YANG LIWEI

　　杨利伟，中国航天第一人，有"中国的加加林"之称。1965年6月出生于辽宁绥中，1983年6月入伍，1987年毕业于空军第八飞行学院。历任空军航空兵某师飞行员、中队长，曾飞过歼击机、强击机等机型，安全飞行1350小时，被评为一级飞行员；1996年起参加航天员选拔，1998年1月正式成为我国首批航天员，2008年7月被授予少将军衔。历任中国航天员科研训练中心副主任、中国载人航天工程航天员系统副总指挥、中国载人航天工程办公室主任、中国载人航天工程副总设计师。系十七届中央候补委员，国际宇航科学院院士，第14届"中国十大杰出青年"，曾被授予"航天英雄"称号，入选"100位新中国成立以来感动中国人物"。

杨利伟 | 一步登天的背后

一

2003年10月16日6时23分，随着"神舟"五号飞船在内蒙古预定地区平稳着陆，载人"飞天"任务取得成功，标志着中华民族几千年的飞天梦一朝成真，中国成为世界上第三个独立将航天员送上太空的国家。从此，全世界都记住了一个中国人的名字——杨利伟。这位皮肤白皙、眉目清秀的中国航天员，以高超的专业技能、过硬的身体素质、坚强的心理意志，乘坐"神舟"五号完成了震惊世界的太空之旅。

小时候，每当读到郭沫若的名篇《天上的街市》，杨利伟总是向往不已。当遨游在距地球200多公里的太空中，不禁发出这样的赞叹：天上的感觉真好！操纵宇宙飞船环绕地球14圈、约60万公里的杨利伟，因此成为中国第一位"太空人"。作为"中国航天第一人"，其"一步登天"之前的成长经历与一夜闻名之后的生活故事自然是世人关注的焦点。我们不妨从"太空勇士"身边的知情者口中，去探寻另一个侧面的杨利伟，了解这个举世闻名者不为人知的真情逸事。

### 守望在咫尺天地间

"10、9、8、7……""神舟"五号飞船发射进入倒计时。通过北

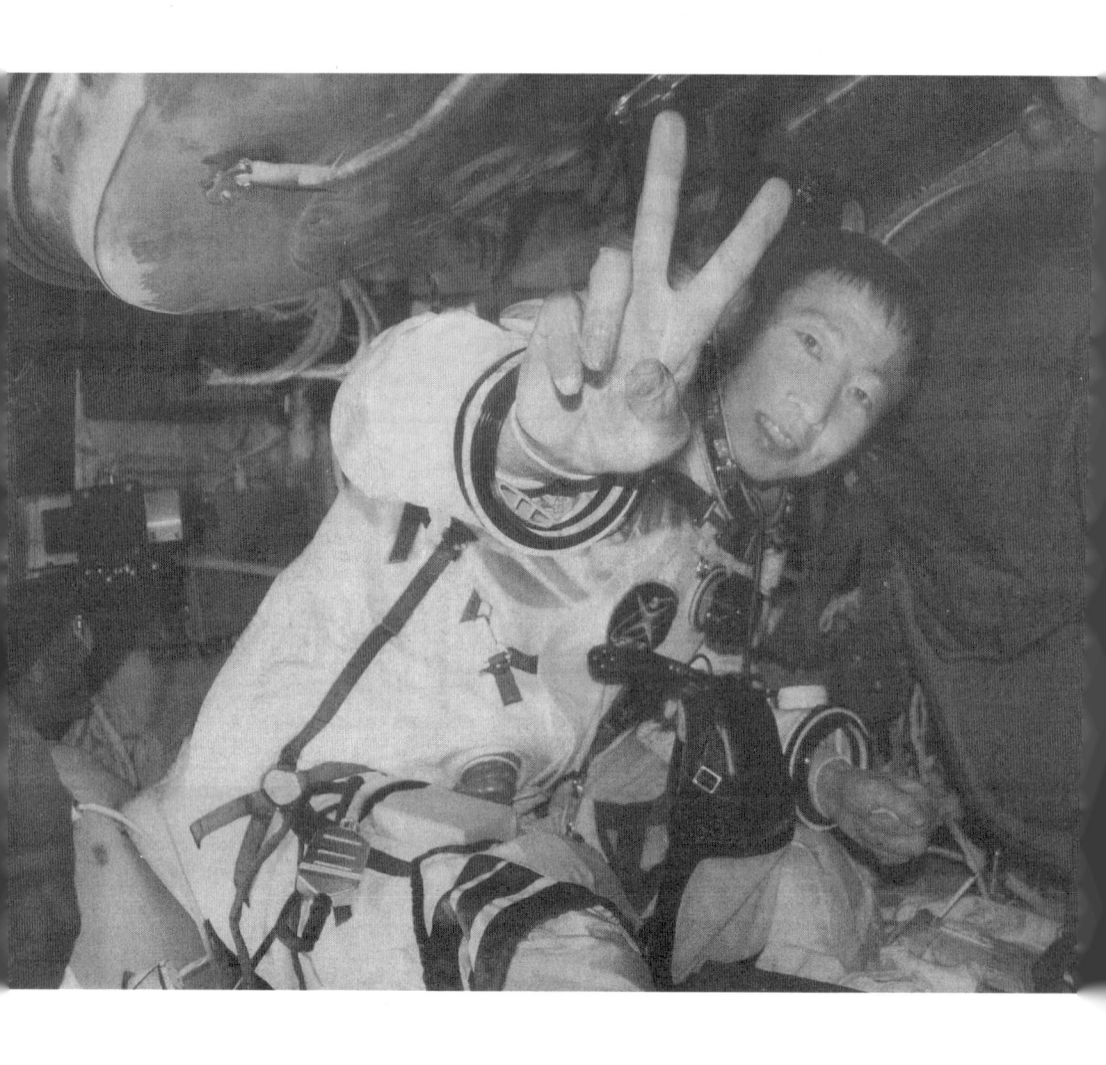

航天员杨利伟

京航天城的指挥大厅的大屏幕，人们看见中国第一位走向太空的航天员杨利伟正在微笑。杨利伟缓缓举起右手，给充满期待的人们敬了一个庄严的军礼。这是他进舱前向大家做的最后一个动作。

火箭点火升空的一瞬间，杨利伟的妻子张玉梅把一直紧盯着大屏幕的眼睛挪开了。她说："点火时，我太紧张了，心跳得太厉害了。我什么也没有想，什么也不能想，脑子里一片空白，不敢看大屏幕。"

张玉梅通过北京航天指挥控制中心指挥大厅的大屏幕，看到了自己的丈夫杨利伟——中国第一位进入太空的航天员在飞船中的"非常"生活。杨利伟的一举一动都牵动着她的心。

2003年10月14日晚上7时左右，张玉梅接到中国航天员训练中心负责人的电话，请他们全家15日到北京航天城的指挥大厅观看发射。"虽然没有明确地告诉我是利伟去，可我的心里已经有感觉了，肯定就是他了。"放下电话后，全家人在电视机前坐到第二天凌晨1点多，希望能从电视新闻里得到什么消息。那一夜，张玉梅怎么也睡不着，"感觉就像自己出门去执行任务一样。儿子倒没有什么特别，只是知道爸爸到很远的地方出差去了"。

张玉梅说，自从10月12日航天员梯队出发去甘肃酒泉发射场，家乡的亲属、丈夫的战友、同学从媒体中得知飞船即将发射的消息，便从四面八方打来电话，表达关切和问候。丈夫走后，虽然家中的生活一切照旧，但在看似平静的背后，却有一种无形的焦急和牵挂。张玉梅说，因为生怕错过杨利伟抽空打来的电话，家中一直都有人留守。她也不敢主动给丈夫打电话，害怕影响他的工作和休息。

看着火箭直冲云霄，张玉梅全家目不转睛盯着大屏幕。当整流罩脱落，飞船的舷窗露了出来，杨利伟可以看见外面的景色时，全家才舒了一口气。屏幕上，杨利伟显得很镇定。开始失重后，他在"飞行手册"上写了一行字"我可以飘起来了"，张玉梅和杨利伟的父母看到后笑了。

10月15日9时20分，"神舟"五号飞船准确进入预定轨道。顿时，指挥大厅里响起雷鸣般的掌声。指挥大厅大屏幕蔚蓝色的背景上，相互交织而又排列有序的飞船飞行曲线，犹如一幅色彩斑斓的优美画卷展现在人们面前。这一刻，张玉梅心随船飞。在北京航天指挥控制中心技术人员的精心指挥和准确控制下，"神舟"五号飞船仿佛矫健的雄鹰，在太空中尽情地飞翔……

自飞船入轨的那一刻起，作为飞行控制神经中枢的北京航天指挥控制中心，一直处于紧张、忙碌之中。

张玉梅一直在等待机会和太空中的杨利伟通电话。她不停地问自己，究竟该跟丈夫说什么："说得不好，怕影响他的工作，怕影响他的情绪。不过我最想问的，还是他的感觉如何。"

10月15日晚7点58分，"神舟"五号刚刚进入绕地第8圈的飞行。此时杨利伟右前方的舷窗一片明亮，正是"白天"。指挥人员告诉他：这次跟你通话的是你的家人。杨利伟的妻子、儿子和他的父母坐在北京的航天指挥控制中心大厅里，从大屏幕上注视着他。杨利伟8岁的儿子杨宁康穿着一件天蓝色的夹克，十分显眼。

张玉梅问候他说:"感觉好吗?""感觉非常好,放心吧。""在太空看地球是不是很美呀?""景色非常美!""我们看到你了,我们都为你感到骄傲!爸爸、妈妈和孩子都来了,我们期待你归来,明天我们去机场接你,迎接你凯旋。""谢谢你的支持和鼓励!"或许因为知道有很多人在"旁听",杨利伟夫妇没说过多的"贴心话",不过当儿子杨宁康稚嫩的声音响起来时,杨利伟的情绪显然愈加兴奋了。

"爸爸,祝你一切顺利。"儿子说。"谢谢你,好儿子!"杨利伟一直平静的脸庞现出笑意,话音未落,指挥控制中心大厅里就响起一阵掌声。"爸爸,你吃饭了没有?你吃的是什么?"儿子接着问。"吃过了,我吃的是航天食品。"杨利伟耐心地回答。

"你感觉航天食品怎么样?""味道好极了!"

"你看到什么了?"儿子又问。"我看到咱们美丽的家了,非常好!"

指挥大厅内,又是掌声一片。一直静静地坐在那里的杨利伟的父母露出了微笑。

午夜,北京指挥控制中心灯火通明。静谧的太空中,已经用过餐的杨利伟进入熟睡状态。妻子张玉梅看到丈夫甜美的睡姿,脸上露出笑意。然而,神州大地,此夜无眠。

10月16日,又是一个令全国人民无比激动、无比兴奋的日子,也必将是一个永远载入中华民族史册的日子!乘坐"神舟"五号飞船在太空遨游21小时的中国航天员杨利伟,披着绕地球14周的征尘,准备从天外归来。

清晨 5 时 35 分，飞船飞行第 14 圈。大屏幕三维动画模拟显示，飞船轻轻地转了个身。总调度声音沉着冷静："返回制动开始！"张玉梅的心提到了嗓子眼，飞船开始返回了！

"远望"三号、纳米比亚、马林迪、卡拉奇……各测控船、测控站把相关数据实时传到北京，张玉梅看到计算机自动生成的轨道参数和落点计算值迭次变换。

"飞船进入中国境内！"6 时许，布设在新疆和田的活动测控站第一个发现："神舟"五号正朝着祖国母亲的怀抱飞来。历史性的一刻终于到来了！在内蒙古的搜救队员迅速架起处置平台，熟练地打开舱门。在张玉梅期待的目光里，实现了中华民族千年飞天梦想的航天勇士杨利伟从返回舱中神采奕奕地探出头来，他把面罩向上一推，微笑着向迎接他回家的人们挥手致意。他说："我为祖国感到骄傲。"

一时间，掌声雷动，张玉梅激动得流下了热泪。

上午 9 时，灿烂的阳光洒满了北京西郊机场。在宽阔的停机坪上，站满了迎接中国首位航天勇士凯旋的人们。随着由远而近的轰鸣声，一架飞机出现在人们的视野里。飞机平稳降落后，经过短暂的滑行，稳稳停靠在红地毯的一侧。在满满的期待中，张玉梅和儿子杨宁康看见杨利伟出现在机舱门口，他身着蓝色训练服，看上去精神饱满，没有丝毫倦态。

在喧天的锣鼓声中，妻儿怀抱鲜花迎上前去。杨利伟一手将妻子拥在怀里，一手将儿子抱在胸前，脸上挂着幸福的笑容……

## 当年想飞天的"娃娃头"成了中国日行最远者

随着"长征"二号F型火箭把"神舟"五号飞船推向离地球200多公里的空间，38岁的杨利伟成了第一位叩访太空的中国航天员。

1965年，杨利伟出生于辽宁省绥中县一个普通市民家庭。父亲是县土副产品公司主管业务的副经理，母亲是中学语文老师，两位老人现均已退休，和小儿子杨俊伟一起生活。

"踏踏实实办事，老老实实做人"，这是杨利伟父母对他的要求。儿时的杨利伟脑子灵，反应快，小学毕业时以优异成绩考进县重点中学尖子班，并多次参加全县中学生数学竞赛，拿过不少奖。高中时期的杨利伟学习成绩很优秀，理科尤其突出。毕业时，他本来可以报考地方大学，但他自小向往军营。1983年，18岁的杨利伟从绥中县第二高级中学"选飞"进入空军第八飞行学院，成了一名光荣的歼击机飞行员。从穿上飞行服那天起，他就把自己的一切交给了蓝天。

20世纪90年代初，杨利伟所在部队在"百万大裁军"的潮流中被撤销。这时，杨利伟面临着人生的选择。一些亲朋好友劝他：当飞行员既辛苦又危险，不如趁机换一份工作算了。与他同一个部队的战友们，很多在部队精简整编中改了行。然而，杨利伟向组织递交的是一份申请继续飞行的决心书。1992年，杨利伟被调到成都空军某部。

进入新的部队，杨利伟训练刻苦，很快就成长为部队的技术尖子，曾飞过多种机型。丰富的飞行经验、出色的飞行技术为他后来成为宇航员奠定了坚实的基础。在母亲和家人的印象里，杨利伟特别要强，爱琢磨。选上飞行员后，每次学飞行，换机种，他都学得挺好，"每次放单飞，他都是第一个上"。训练之余，他还反复揣摩练习，连难得的回家休息时间也不放过，有时竟莫名其妙地在客厅转圈。家里人觉得奇怪，一问，杨利伟正在琢磨转椅训练呢。

杨利伟的姐姐杨利君说："我弟弟从小就向往解放军，非常喜欢看打仗的电影，《敌后武工队》《平原枪声》等百看不厌，还经常和院里的小伙伴玩打仗的游戏。"弟弟杨俊伟说："小时候，有一个当兵的邻居送给我哥一顶带着红色五角星的军帽，他几乎天天都戴，特别希望能参军。"那时，绥中县有一个军用机场，每当飞机起飞时，杨利伟就会好奇地仰望。弟弟说："我们那时都小，就觉得飞行员、飞机可神秘了。没想到，我哥不但当上了飞行员，还当上了宇航员！"1998年，当杨利伟告诉家人自己被选上航天员，杨利伟的母亲第一感觉是高兴，"从那么多人中选出来，我很替儿子感到高兴。说真的，我觉得儿子挺棒的"。

姐姐说，杨利伟从小就很简朴，从不乱花一分钱。有一年夏天，天气非常热，杨利伟上父亲的单位去玩，母亲给了他一毛钱，要他在路上买两根冰棍吃。当时的冰棍价格是五分钱一根，但杨利伟只买了一根。回家后，他把手中攥得满是汗水的五分钱交给了母亲。"我妈经常拿这事来教育我们。"

弟弟杨俊伟也回忆，小的时候，家里没有储钱罐，"我哥把家里给他的零花钱都装在一个小桶里。攒够了，就去买书"。《铁道游击队》《红岩》等小人书装了好几个抽屉。

杨利伟比弟弟大7岁，是家中的长子。在弟弟的眼中，他是一个聪明、执着但也很严肃的人。对于小时候兄弟俩相处的记忆，弟弟杨俊伟印象最深的是两件事。"有一次，我哥给我做了一个带刹车的小推车，非常复杂，足足做了两个星期才做好。当时我说，哥，做不上来就别做了。但他是那种不达目的不罢休的人，硬是给我做了出来。把别的小孩羡慕得够呛。"也难怪，参军后的杨利伟更加发扬军人严谨、认真的精神。"有一年休探亲假回家，他看见我的校徽别在运动服的拉链上，就立刻叫我立正，给我工工整整地别在胸前。"兄长的严谨令弟弟至今回想起来，仍然记忆犹新。

杨利伟的母亲至今还记得一件事。有一次，杨利伟和两个小伙伴为了搞清远处山包上的一个"奇怪的东西"，沿河走了20多公里路，回来时已经天黑，一个小伙伴不小心掉进了冰河，因不会游泳吓得在水里乱扑腾。岸上的几个小伙伴也惊慌失措，不知该如何是好。这时，杨利伟跑到路边，找来一根木棍，一边对落水的小伙伴说"别怕、别怕"，一边趴在岸边把木棍伸给他。就这样，杨利伟把人救了上来。

绥中县电业局职工陈绥新是杨利伟的好朋友，两个人小时候的一件事情让陈绥新很难忘。"那个时候，我们好像刚刚上小学，当时看电影的机会比较少，每次看电影，我们都一块儿去。我印象最深的是一次我们去看电影《林则徐》，看完回家的时候天已经很黑了，在沉默着走了一段时间后，他很突然地问我：'你将来长大了想干什

杨利伟接受采访

么？'我一点精神准备都没有，于是就反问他：'杨利伟，那你说你将来想干什么呢？'他当时十分严肃地对我讲，他要参军，让国家更加强大。"

杨利伟的老邻居赵淑琴大娘说："我儿子从小与利伟在一起玩耍，他俩小时候在一起常常玩纸飞机，长大后一同放风筝。利伟这孩子说，他喜欢蓝天。"

为了看飞机，杨利伟和陈绥新有过一次难忘的经历。一天，他们发现驻绥中县附近的海军航空兵的机场上停了很多架飞机，只是大门口有哨兵把守，"军事禁区"的大牌子把他们拒之门外。为了能摸一摸飞机，他俩在机场外转悠了好几天，商量着进去的办法。最后，他们把一个偏僻地方选为突破口，趁人不备，掀开铁丝网想进入机场。不料，被早已盯上他们的哨兵发现，吓得他俩不知如何是好。哨兵盘问后，杨利伟壮着胆子解释："我们不是搞破坏，只是想看飞机，我们长大了，也要像你这样。守着这么多飞机，多好啊！"

杨利伟的母亲说，小的时候，和别的男孩子一样，杨利伟也是一个爱玩、淘气的家伙，偷偷下河洗澡、上树摸鸟之类的事，也没少干，而且他好奇心还特强，有很强烈的求知欲。他儿时的一位小伙伴回忆了他们曾经有过的一次探险经历：当时在绥中县的西北部有一个烽火台，杨利伟很好奇，想知道古代人是如何进行信息传递的。一个休息日的上午，杨利伟和两个小伙伴准备前去探险，"当时感觉烽火台距离并不是很远，可是走起来之后，发现怎么也到不了跟前，走了好几个小时之后，我们很累了，时间也已经过了中午，我们都有些气馁。可是杨利伟对我们讲，既然已经走到这里了，为什么要半途而废呢？在互相鼓励下，我们到底来到了这个烽火台的下面。后来，听大人们说才知道，我们出发的地方距离那个烽火台有 10 多公里……"

## 关外小城与遥远的太空紧紧相连

在家乡辽宁绥中县，杨利伟可以说引起过三次轰动。第一次是 1983 年选飞行员时。那时候，当飞行员是很多年轻人的梦想。他在几百名候选人中脱颖而出，并成功通过高考，成为考入空军第八飞行学院的"幸运儿"，在县城里引起很大轰动。第二次是他被选为我国首批航天员时。县城里曾经流传着这样一个故事，家住县城西关街的一个绥中人，在部队里接受一万米高空抛下的实验时，竟然没有一丝不良反应。一时间，这个故事以及县城里出了一个航天员的消息，像长了翅膀一样，传遍城乡。

如果说前两次轰动仅限于家乡的话，那么第三次轰动是真正的震撼——杨利伟作为第一个进入太空的中国人，一下子成为举世瞩目的焦点人物，他为中华民族、为十几亿中国人、为所有家乡人争了光。

当"神舟"五号升空后，中央电视台播放了现场实况录像。这时，杨利伟的故乡辽宁省绥中县沉浸在一片欢乐的海洋中，人们的兴奋之情似乎冲淡了深秋的阵阵寒意。他的亲人们得知发射成功的消息后，都情不自禁地欢呼起来。杨利伟的姐姐杨利君的眼睛里闪烁着激动的泪花，而他的弟弟杨俊伟更是和家人忘情拥抱。

10月15日一大早，杨利伟的乡邻、亲友、师长、同学，还有一些媒体记者，不约而同地赶到位于绥中县城中心的杨利伟父母家里，这是县文化局居民小区一层楼的三居室住宅，屋里容纳不下这么多人，很多人都挤在院子里。杨利伟的父母前几天就被有关方面接到了北京，当时家里只有杨利伟的姐姐和弟弟，姐弟俩拉着一面大幅国旗，同大家一道挤在电视机前，观看杨利伟乘坐太空飞船升空的新闻节目。当杨利伟出现在屏幕上时，他们的眼中盈满了激动的泪水。

姐姐杨利君对记者说："四天前得知弟弟被选为三个即将升空的航天员之一，当时家里人都很高兴，发射的时间越近，我就越紧张。从14日开始我就激动得睡不着觉，当今天（15日）早晨得知最终确定是弟弟上去时，我们全家都激动得欢呼起来，我的眼泪都流了下来。我们全家人为杨利伟感到骄傲和自豪，我为有这么优秀的弟弟而自豪。"当被问及是否担心杨利伟的安全时，杨利君说："我们一点儿也不担心，因为杨利伟自从入选我国航天员后，经常写信或打电话到家里谈及他的工作情况，并给我们讲解航天知识，介绍我们国家的航天技术。我们也深信航天技术的安全可靠性，就打消了很多顾虑，所以当杨利伟飞入太空后，我们不仅不担心，反而更加坚定了对我国航天技术的信心。"

杨利伟的弟弟杨俊伟说，他最想对哥哥说的一句话是：为你自豪，为你骄傲，祝你顺利返航。杨俊伟说："哥哥考入空军飞行学院时，我还小，还不知道哥哥将来从事的事业有多重要，但是有一个飞行员哥哥就已经使我在同学当中很骄傲了。"杨俊伟说，哥哥一直是他心目中的榜样，是他崇拜的人，因为哥哥从事的事业代表了整个国家的荣誉。

山海关外的小城绥中，到处可以感受到一种欢欣鼓舞的喜庆气氛，乡亲们无不为家乡骄子杨利伟成为"中国航空第一人"而感到骄傲和自豪。辽宁省委书记闻世震在得知消息后，立刻委派省委秘书长到绥中看望杨利伟的家人，并送上了慰问金。他号召全省人民向杨利伟学习，学习他无私奉献、听从祖国的召唤、克服困难、勇攀高峰、英勇无畏的精神。"他是绥中人民的骄傲，他是辽宁人民的骄傲，他更是中华民族的骄傲！"

晚上，绥中县城举行盛大的焰火晚会，人们手里挥舞着五星红旗，脸上洋溢着欢笑，同庆家乡出了这样一位"太空勇士"。从20多公里以外赶来的大黄庙乡张老太激动地说："今晚比过年还热闹，中国人上太空了，杨利伟为咱中国人长了志气，我从早上到现在心里一直乐着呢！"有人准备了烟花："杨利伟一个人在太空会孤独，家乡人会一直陪着他。我们希望他能够看到家乡人为他燃放的烟花。"杨利伟的家乡人以独特的方式表达着对杨利伟和"神舟"五号的祝福。

杨利伟高中时就读于绥中县第二高级中学，为了庆祝"神舟"五号飞天成功，这所学校把高二（3）班命名为"杨利伟班"，并号召学生向杨利伟学习。杨利伟的弟弟杨俊伟手捧葫芦岛市民政局刚刚授予的"光荣之家"的铜匾，望着夜空说："我真想告诉我哥，一路珍重，今晚我为你祈祷！"

烟花照亮了天空，群众扭起了大秧歌，耍起了狮子舞，整个绥中县城沉浸在一片节日的欢乐气氛之中。缤纷灿烂的礼花腾空而起，与天空中浩瀚璀璨的星斗交相辉映，相信此时此刻正在太空中遨游的杨利伟，一定能感受到来自家乡的这份浓浓祝福。

10月16日早6时40分，东方晨曦初露，辽宁绥中许许多多一夜未眠的乡亲，揣着一颗颗激动而又牵挂的心，坐在电视机前，期待着杨利伟平安凯旋的那一刻。"在那里！在那里！"当电视上出现"神舟"五号返回舱安全着陆的画面时，同样一夜未眠的杨利伟的家人一下子兴奋起来。杨利伟8岁的小侄子眼睛盯着电视，努力地寻找着伯父的身影。

"杨利伟成功了，这是我们全家人的骄傲，是中国人的骄傲，也是全世界的骄傲。"杨利伟的弟妹贾迎雪抑制不住内心的激动。

当杨利伟走出舱门，站在旷野，迎接他的是草原晨曦中的一抹霞光。这一刻，他牵动着全世界的目光，因为浩瀚太空从此写下了一个中国人的名字……

2003年11月，中共中央、国务院、中央军委授予杨利伟"航天英雄"荣誉称号和"航天功勋奖章"。

2008年7月22日，解放军总装备部举行将官晋衔仪式。"航天英雄"杨利伟被授予少将军衔。授衔后，他十分激动，感谢祖国和人民给予自己的荣誉。在他看来，晋升将官军衔，既是党和人民给予他的

记者余玮与杨利伟、毛新宇在一起

崇高荣誉,更是赋予他的神圣责任!

2009年9月,杨利伟被评为"100位新中国成立以来感动中国人物"之一。

# 徐庆群

最美的风景在脚下

BU FU SHAOHUA

徐庆群，1976年2月出生于黑龙江省齐齐哈尔市，2005年研究生毕业于中国人民大学马克思主义理论和思想政治教育专业。历任《学习时报》记者、编辑，作家出版社编辑，国家新闻出版广电总局机关团委常委，人民出版社团委书记兼数字阅读部（读书会办公室）副主任，人民出版社青年志愿者协会常务副会长、《国际人才交流》杂志总编辑。系中国作家协会会员、中国青年志愿者协会常务理事、共青团中央"青年之声"志愿服务联盟副主席。曾获中国青年志愿者优秀个人奖、"全国巾帼建功标兵"等荣誉称号。

56门礼炮代表56个民族，交替鸣出70响炮声。解放军联合军乐团、合唱团奏唱《义勇军进行曲》，全场齐声高歌，五星红旗冉冉升起……

这是2015年9月3日的北京天安门广场，抗战胜利70周年纪念大会在这里隆重举行。

"我激动得一整夜都没睡着！"作为中国青年志愿者五位代表之一的徐庆群受邀参加了此次阅兵观礼。坐在天安门广场西观礼台，她见证了这一盛况。

其实，早在2009年，她就作为中央国家机关青年参加了国庆60周年群众游行，她作词的歌曲《当我从天安门前走过》在国庆群众游行队伍中广为传唱。

接受采访时，徐庆群与笔者分享了观礼的自豪与喜悦之情。这么多年来，她一直坚定地走在从事志愿服务、记录志愿者、传播志愿精神和研究志愿精神价值的道路上，没想到有机会两次亲历天安门阅兵。在她看来，这是一种荣誉，这荣誉给的不只是她，给予的是全体志愿者。

2015年9月3日，徐庆群在天安门广场抗战胜利70周年观礼现场

## "北漂女孩"的春天启航

1999年春日的一天,一个女孩儿只身来到北京"闯世界",在报纸上看到共青团中央招募"雏鹰热线"心理咨询员,她是来应招的。这条小小的消息激发起她内心大大的冲动,她想象着通过电话就可以帮助全国各地需要帮助的孩子们,那是一件多么了不起的事情啊!于是,她成了热线另一头孩子们的姐姐。

这个"她",就是昨天的北漂女生、今天的中国青年志愿者协会常务理事、第八届中国青年志愿者优秀个人奖获得者徐庆群。

徐庆群回忆说,每到周末,她早上5点多就要爬起来,然后倒几次公交车,从颐和园赶到前门东大街,为的是能够赶在8点钟准时聆听每一个孩子的心声,解答他们的困惑,解决他们的问题。电话此起彼伏地响起来,在徐庆群心里,每一个铃响都是一声焦急的呼唤,满是孩子们热切的期盼。和那些需要帮助的孩子对话,徐庆群获得了从未有过的被尊重的感觉、被需要的感觉,更获得了从未有过的快乐。

从那以后,徐庆群开始参加各种各样的志愿活动,"那只是源于我一个非常朴素的想法:助人为乐"。这么多年来,她始终坚持用爱心传递着互助互爱的真善美力量。"一个人一定要学会奉献,奉献其实是一种分享,是获得。"

徐庆群气质优雅,成熟干练,从她那里可以找到一种打动人心的力量。这种力量成就了她一种特别的美。她用心将这份美演绎出来,便拥有了迷人的气质,而她的人生因此更美丽。

2005年3月14日下午,团中央表彰荣获"中国青年志愿服务金奖奖章"的36位志愿者。作为记者,徐庆群参加了这个大会,与志愿者们有了短暂的接触。就在那短暂接触后,她的心灵受到了前所未有的震撼。那天晚上,她彻夜难眠,泪流不止。"我觉得见诸报端的文字还是简单了,他们的业绩仅我粗粗所知的就像大海一样广博,应该被很多很多人知道!"于是,有一个声音在她的心中响起:去走近他们。

可是对于一个年轻人来说,到贫困落后的乡村采访志愿者是对身体和精神的双重挑战。她行吗?揣着"只要志愿者到达的地方,我也一定能到达"的信念,在团中央青年志愿者工作部的支持下,她只身赴四川、宁夏、内蒙古、贵州等地采访志愿者。徐庆群记得临行前某个晚上和一位朋友吃饭,说起最近自己要去采访志愿者的事儿,朋友把他钱包里所有的现金给了她,让她替他献爱心。每个人都有梦想,每个人都有爱心,梦想需要去努力和实践,爱心需要去唤起和激发。听从心灵的召唤,徐庆群在春日里背着简单的行囊上路了,她的志愿服务再次启航。

这一路,徐庆群发现西部有些地区贫穷、落后,而志愿者对当地的改变翻天覆地。没有路,志愿者帮忙修了路;没有电,志愿者设法通了电;没有水,志愿者就去打井;没有学校,志愿者建起了学校……孩子们说志愿者让他们闻到了太阳的味道。

徐庆群拿起手中的笔,走向大漠戈壁、高原草场,去记录一个个

徐庆群在高校宣讲志愿精神

青年志愿者的故事……志愿者多在遥远的山乡，她坐了火车换汽车，下了汽车找马车。她追随着志愿者，与他们同吃同住，一起上课，做家访……自己被感动的同时，她以第一手资料去还原真实的志愿者生活和当地的状况。

报告文学最需要的是真实，比真实更重要的是真诚。徐庆群寻访、追踪志愿者的过程，增长的不只是见识，体验的不只是感动，她把这一切视为重建自己的历程。那些志愿者的青春抉择、心灵搏斗、困惑与追求……一一以文字的方式集结在她的笔端。正因为捧着灵魂的虔诚寻访，让文字从心里流出来，所以她的处女作《他们在行动》才打动无数人，许多青年捧着这本书踏上了志愿服务之路。

### "铿锵玫瑰"的家国情怀

原生家庭是孩子成长的土壤，在孩子的身心发展过程中打上深深的烙印。徐庆群出生在东北一个贫困的乡村，正是这个看似贫困的家庭给了她富足的精神养分。

1959年，徐庆群的姥爷带着山东农民背井离乡，到小兴安岭开发北大荒。"当年，国家正困难。没人带队，是作为一乡之长的姥爷领着乡亲从老家过来的，没想到在黑龙江扎下根来。我的爷爷、奶奶则是因为饥饿，当年从山东跑到东北的。一路上有留在城里当工人的机会，但是，拥有一亩三分地是那代人的梦想。有块田，就不愁没饭吃，可以想种啥就种啥。爷爷奶奶到了齐齐哈尔农村，落了户。"徐庆群说，她自姥爷、爷爷等祖辈身上感受到强烈的责任感，无论于社会还是家庭。

徐庆群的母亲是一个勤劳、坚强的女性。"奶奶一直身体不好，多年来都是我妈妈照顾。妈妈是出了名的孝顺，人家以为妈妈是奶奶的亲生女儿。每天鸡打鸣，妈妈就起来忙开了。我从小跟妈妈学干家务。"徐庆群说，姥爷的大爱、奶奶的热心肠、妈妈的善良……让她见证了大家庭温暖的点点滴滴。

在家庭教育中，亲人扮演了很重要的角色，身边榜样的力量是最强大的。家人用自己的言行，让徐庆群在早年获得了善良、感恩方面的启迪。爱，是一种伟大而高尚的情感。家人在给予徐庆群爱的同时，也不失时机地对徐庆群进行"爱心教育"。徐庆群庆幸自己成长在这么一个充满爱的大家庭里，让自己的个性品质得到健康的发展。久而久之，她心中自然而然地涌出关心他人、体贴他人的良好情感。"小时候，我去过孤儿院，也去过敬老院，做些力所能及的事。我的想法很朴素，做一个好人。"

父亲一个人挣钱，奶奶生病卧床18年，医药费和六姐妹的学杂费是家里最主要的支出，清贫的父亲母亲以大爱和乐观呵护着六姐妹成长。"家人省吃俭用，亲戚朋友帮忙，社会各界援助，国家助学贷款帮扶……这些使我们六姐妹读完小学、中学、大学、研究生。"徐庆群至今还记得，六姐妹多次因交不起学费而面临辍学，靠父母东凑西借，或请求有关部门开具"贫困学生证明"减免学费，才一次次"脱险"。如今，六姐妹五个硕士、一个博士，这是一个中国农村家

徐庆群与女儿在一起

庭创造的奇迹。

徐庆群对帮助她家"六朵金花"与命运抗争的人们充满感恩之情,多年来,她一直在找寻,找寻立足之地,找寻人生价值,找寻生命的意义。

"翅膀"硬了,徐庆群尽自己的能力做公益。平凡但不简单的志愿工作,让一个理想在她的内心生根。到西部采访的时候,她发现那里的孩子上学条件还不如自己小的时候,她震撼了。"跟着志愿者去家访,要走很远的路。山区里各家各户住得分散,学校又少,十里八村的孩子只能在一个学校读书,有的孩子凌晨四五点钟就要从家里出发,中餐就是就着水啃干粮,家里穷的孩子连干粮也没有,就不吃午饭了……"徐庆群说,自己曾是特困生,没想到还有很多农村的孩子与当年的自己一样,自己唯一能做的就是用行动说话、用作品说话。

在宁夏西海固地区采访的时候,徐庆群和志愿者去一个高中生家里家访。房屋低矮,陈设简陋,床单布满补丁,但在床铺上方的墙上,徐庆群看到了一幅最美的"画"——世界地图。这个高二学生对徐庆群说:"老师,每天晚上我写完作业,就躺在床上看这张地图,我的心就开始在地图上行走,到世界各地'旅游'。"这时,徐庆群的内心世界被触动了,她泪流满面:一个从来没有走出过黄土高原的孩子,他的心却已经在黄土高原以外。徐庆群感慨:一个人的出身并不重要,重要的是你把自己的心放在哪里。

离开宁夏前,徐庆群在操场上看到家访过的高中生,问他日后上了大学有什么打算。他说:"我大学毕业之后想回老家当老师。"这个孩子的选择让徐庆群由衷地敬佩和感动：那墙上的世界地图挂的是孩子的梦想，但他的梦想的归宿还在起点——家乡。

"去西部采访时，看到当地贫困的面貌，我感到很无助、无奈、无力、无解，没想到有比我家乡还苦还穷的地方。这么多年过去了，为什么？随着采访的深入，我发现有许多原因，历史的、地理的、文化的原因，还有思想观念的原因。有一段时间，我经常一个人默默地流泪，找不到答案。尽管当时我还是一个'北漂'，但也希望有一盏灯为那些地方点亮！"在经历了一年身体与心灵的跋涉后，徐庆群成就的不只是一本以中国百万志愿者服务城乡公益事业、献身遥远山乡为壮阔背景的30万字的纪实作品，更是一部志愿者的心灵史。从此，她成了一名宣传志愿者的志愿者，成了一名服务志愿者的志愿者。

岁月在不知不觉中流淌，身边人发现曾经的"女神"徐庆群"一不小心"成了"女汉子"，成了铿锵玫瑰中的一朵，永远向阳开放，不管风吹雨打，永远昂首挺立，绽放属于自己的美丽与芬芳。

## "志愿妈妈"的精神长城

志愿者最可贵的是纯粹，志愿服务最宝贵的是持久。在徐庆群眼里，志愿者，就是帮助别人、献身于社会的群体；志愿精神，是一种忘记玫瑰、铭记余香的精神，是一种分享而不只是付出的精神。她认为，志愿工作需要以一颗真诚的爱心去对待，要以坚定的信念去维系。"志愿服务也许会遇到很多困难，但志愿服务是最光荣的，因为在帮助别人的同时，也在实现着自己的人生价值。"

作为一名青年作家，徐庆群主要从事散文和报告文学的创作。在她的作品里，志愿者是主角。她坦陈："关注志愿者、记录志愿者是我毕生追求的一份事业。"她追随志愿者的脚步，跋山涉水，与志愿者同吃同住同甘共苦，参与多部重大题材作品的写作，发表各类作品逾百万字。几年来，徐庆群用感撼心灵的文字记录志愿者们的个人成长和人生故事，用自己带温度的文字向社会传递正能量，展现拥有大爱大善的中国青年志愿者的崇高品质，展现志愿服务作为一种崇高的价值追求对人类社会发展的意义，既坚定了自己的人生方向，又传播了志愿精神。她努力用文学的方式传播善、唤起爱，以期帮助人实现梦想、帮助人抵达幸福。

一方面，她用手中的笔倾情讴歌那些志愿者，为志愿服务事业鼓与呼；另一方面，她积极参加志愿服务，加入资助贫困孩子的行列，不辞劳苦地上课、家访……如今，用自己的爱温暖他人已成为徐庆群的一种习惯。她用自己的行动诠释着志愿精神。徐庆群在所创建的读书会中倡导读好书、做好事，积极推进"全民阅读"工程和志愿服务事业。她说："做志愿服务、公益、慈善，并不是有钱人、时间充足的人的专利，只要有心，每个人随时随地都能做志愿者。"

"我一直把宣讲志愿精神作为我生命中最重要的事业，可是我忽然发现向大学生讲志愿精神已经晚了，给高中生讲也晚了。"徐庆群说，志愿精神的培育从娃娃时就应该抓起，从小学教育阶段就应该抓起。因为小学阶段是人生观、价值观、世界观初步形成的时期，这个时期的教育尤为重要，而最重要的教育就是爱的教育——爱人、爱己。徐庆群说，女儿上小学以后，她对女儿的要求就是学习成绩在全班中等即可，但是要养成良好的生活习惯和学习习惯，要有爱心，学会爱自己、爱他人。"不要求当班干部，但是要以各种方式参与班级的管理和服务；不要求成为'三好生'，但是要成为一个有爱心的人。"

在女儿所在学校和班主任老师的支持下，在一些家长的积极响应下，徐庆群曾带孩子们走进中国盲文图书馆、北京红丹丹文化交流中心体验黑暗和听电影，让孩子接受生命教育，培养孩子们从小形成关爱他人、平等待人的思想和习惯，活动取得良好反响。然而，在调研中，徐庆群注意到，在现实中，孩子们一方面通过社会实践接受平等关爱的思想，一方面他们又似乎不得不面对班级管理中无处不在的"官念"，这会让孩子很纠结，时间久了，他们的思想或者人格的成长就会受到不良影响。她认为班干部应该实现从管人到服务人的转变，在孩子们的城堡里，我们可以用志愿精神搭建他们的王国，用志愿精神构建他们的人际生态和交往模式。为此，徐庆群建言取消班委会和班干部制度，以志愿服务小组代替班委会。她号召家长带孩子一起做志愿服务。作为一个妈妈，她希望每一个妈妈都成为"志愿妈妈""阅读妈妈"，带着孩子一起做好事、读好书，通过影响孩子来影响世界。

徐庆群不仅从事志愿服务、记录志愿者、宣传志愿精神，还把志愿精神作为一个课题来研究。在中央党校中央国家机关分校学习时，她选择的研究课题就是"志愿精神与社会主义核心价值体系"。她的论文《志愿精神与社会主义核心价值体系研究》曾获得评审委员会的一致好评,她本人由此获得优秀学员称号。她认为,我国的志愿精神是在我国体制转轨、社会转型的催生下,融合中华民族传统美德与西方现代文明而产生的,志愿精神作为一种先进文化与社会主义核心价值体系之间有诸多理论上的契合点,它们都是对马克思主义关于人的全面发展理论的丰富和发展,同时与中国特色社会主义共同理想具有一致性,是民族精神和时代精神有机结合的典范,体现了社会主义荣辱观的道德价值取向。志愿服务是践行社会主义核心价值体系的有效载体,志愿者是践行社会主义核心价值体系建设的主体。中国8000多万志愿者在各个领域用"奉献、友爱、互助、进步"的志愿精神,筑起了一道中国人的精神长城,开启了精神文明建设新篇章。

"我发自内心地感谢单位各级领导对我志愿服务事业的支持。虽然,个别同事不理解、不了解,不知道志愿服务的成就感、价值及所带来的快乐,但我理解这些不同声音、杂音,我仍会坚定地走下去。"徐庆群逐渐成为志愿服务的推介者、志愿者的代言人、志愿精神的传播者,矢志让爱心人士从有志向的"志愿者"变为有能力的"智愿者",由被动变成主动,由自愿到自觉,发挥各自所长,从而更好地服务社会、服务民众。

在所有的身份中,徐庆群说最喜欢的身份是"妈妈",她曾在女儿8岁时写过一篇文章《遇见你,遇见爱》。和女儿依偎一起读书,和女儿牵手一起做志愿服务,是她人生最快乐、最幸福的事——因为，推动摇篮的手就是推动民族的手。

忙，是徐庆群生活字典里的关键字。记者从她的脸上看不到倦容，读到的是微笑，是优雅。

相由心生，美丽于她不只是外表，更在她的心灵深处，在她的铿锵脚步里！

# 陈昱灵

一份特别礼物里的温暖

BU FU SHAOHUA

CHEN YULING

陈昱灵，大陈岛垦荒队员后代。2004年9月出生于浙江台州，曾是台州市椒江实验二小学生、台州学院临海附中学生，系共青团十八大代表。

―

"习爷爷给你们 12 个垦荒队员后代回信啦！"台州市委书记传来这个消息的时候，陈昱灵还不敢相信。

那封写给习爷爷的信的主要内容就出自她的小脑袋瓜。接受采访时，陈昱灵坦言："我们当初写这封信只是想跟习爷爷表一份决心和心意，他日理万机，竟然还抽出时间给我们回信！大家都特别激动，说这真的是一份独一无二的难忘的儿童节礼物。我会牢记习爷爷珍贵的回信里的叮嘱：好好学习，砥砺品格，努力成长为有知识、有品德、有作为的新一代建设者！"

如果说 2016 年的"六一"对陈昱灵来说注定是个最特殊的儿童节，那么 2018 年 6 月则注定是青年团员陈昱灵人生中一段特殊的日子，作为最小的团代表，她在京出席了团十八大，并"近距离"见到了习爷爷……

### 一封信：盼着能有回信，但大家心里也没底

大陈岛行政上隶属于浙江省台州市椒江区大陈镇，位于台州湾东南，台州列岛中南部，椒江区东南 52 公里的东海海上。1956 年 1 月，227 名青年垦荒队队员响应团中央"向荒原进军"的号召登上大陈岛，开始书写大陈岛的垦荒历史。到 1960 年 4 月，一共有五批来自

"00后"陈昱灵

台州、温州等地的467名青年垦荒志愿队队员登上荒岛。没有房子，他们就自己搭窝棚；没有饭吃，他们就自己开垦荒地……他们在岛上挥洒青春和汗水，辛勤地垦荒建设，他们在贫瘠的海岛上种植了大量的粮食，支援了祖国建设，铸就了大陈岛垦荒精神。

2006年8月29日，时任浙江省委书记的习近平专程到大陈岛考察，并看望了岛上的老垦荒队员，作出了"大陈岛开发建设大有可为"的指示。2010年4月，时任中共中央政治局常委、国家副主席的习近平给大陈岛老垦荒队员回信，称赞大陈岛的发展进步是全岛干部群众特别是老垦荒队员多年辛勤奋斗的结果，并在信中说"我一直惦记大陈岛发展和岛上的干部群众"。

2016年，是浙江省青年志愿者奔赴大陈岛垦荒60周年，也是习近平视察大陈岛10周年。这年5月初，台州市椒江区举行"给习爷爷写信"书信大赛。

陈昱灵的外公叶万干就是登上大陈岛的军人。对大陈岛的很多事情，陈昱灵都能讲得头头是道。"来自大山深处的外公18岁时上海岛，在大陈岛戍守边防，多年来屡屡跟我怀念起大陈岛的生活：挖坑洞，修路，种树，收海带，种番薯，养猪……这4年成为外公一生中难忘的记忆，他不时地回首往事。而妈妈大学毕业后又恰恰来到台州这座海滨城市，在这儿安家立业。住学校边上的李京州爷爷，珍藏着和习爷爷的合影，常常热情地给我们讲述垦荒故事；老师们带我们阅读《大陈岛垦荒精神读本》；老艺术家们来校表演垦荒情景剧。我和同学也走访过别的垦荒老人，更深刻地体会了他们的大陈岛情感与垦荒精神。当时区里举行征文比赛,我认真查阅大陈岛资料,得知习爷爷一直惦记大陈岛的发展,非常希望他能再来看看,看看这个生机勃勃的度假胜地。"因此,陈昱灵在"给习爷爷写信"书信大赛的写作中得心应手。

最终,陈昱灵的书信脱颖而出,获一等奖。信中,陈昱灵表达了传承大陈岛垦荒精神,做爱学习、爱劳动、爱祖国的好少年的决心。

"后来,我想,既然是给习爷爷写的信,何不真的把它寄出去呢?老师也提议寄出去。于是,几个同学一起以我写的信为雏形修改了一遍。"陈昱灵自豪地说,"大家在修改时花了很多心思,也盼着能有回信,但大家心里也没底。"

5月5日,这封信以陈昱灵等12名"大陈岛垦荒队员后代"(小学生)的名义寄出。31日,陈昱灵等12名台州市椒江区的小学生收到了习近平总书记于30日写的回信。习近平在回信中说:"看了你们的来信,我想起了10年前的大陈岛之行,也想起了当时同你们爷爷奶奶交谈的情景。60年前,你们的爷爷奶奶远离家乡,登上大陈岛垦荒创业,用青春和汗水培育了艰苦创业、奋发图强、无私奉献、开拓创新的垦荒精神。正如你们所说,他们是最可敬的人。请代我向你们的爷爷奶奶、乡亲们问好。"习近平勉励少先队员们"向爷爷奶奶学习,热爱党、热爱祖国、热爱人民,努力成长为有知识、有品德、有作为的新一代建设者,准备着为实现中华民族伟大复兴的中国梦贡献力量"。

"真的没有想到会收到回信,习爷爷那么忙。5月31日下午,正在上课，一位老师要我出去一下，这才知道习爷爷回信了。很快，电视台来了，采访我们；市委书记来学校看望我们，与我们座谈。更没想到我晚上就看到下午拍的（采访录像）出现在央视新闻联播里，好多同学和家长都跟着激动。第二天'六一'，接到通知匆匆从台州赶到杭州参加团省委的座谈会。"陈昱灵回忆着，分享着收到习爷爷回信的喜悦，"收到回信后，我和我的小伙伴们都非常激动，也感受到了习爷爷对我们的关爱和殷切期望，以及习爷爷对垦荒精神的高度重视。"

大陈岛垦荒精神是什么？那16个字陈昱灵能脱口而出：艰苦创业、奋发图强、无私奉献、开拓创新。

习近平总书记的回信就像一颗飞落水中的石子，在浙江这片大湖里泛起了层层涟漪。台州市组织开展大讨论、文艺汇演、主题演讲比赛、讲垦荒故事等，在学生中积极开展争当"三有三热爱"好少年主题活动。共青团浙江省委第一时间组织全省共青团、少先队组织代表在杭州召开了座谈会，深入学习贯彻习近平总书记回信精神。会上，陈昱灵向大家介绍了她和同学们给习总书记写这封信的具体过程，以及大家收到回信后的激动心情。

当然，习近平的话不仅是对台州的12位小学生讲的，也是对全国的少先队员讲的，字里行间饱含着对大陈岛垦荒队员后代的浓浓关爱和对全国少年儿童的殷切期望，也是对少先队工作提出的要求。许多小学就此进行了讨论，要求把学习回信精神与学生假期社会实践活动、志愿服务等活动结合起来，增强学生服务社会、建设家乡的行动自觉。

让陈昱灵高兴的是，大陈岛已是国家一级渔港、全国能源开发基地、全国百家红色旅游景区之一、全国海洋经济开发建设示范岛、省级海上森林公园……这一切早已成为今天大陈岛新的名片。闲暇的假日，陈昱灵多次来到大陈岛，深深地被眼前的景色吸引：宽阔的盘山公路，花园式的楼房，整洁的学校，银白色的风力发电机，繁华的港口……一片生机勃勃，欣欣向荣。每当鱼汛期来临，小岛四周渔船点点，桅樯如林。一字排开的渔船上，渔民们吆喝着撒下一张张网，满怀期待地迎接丰收。陈昱灵感到，自己脚下的每一寸沃土，都是爷爷奶奶们当年用汗水开垦出来的，没有爷爷奶奶们的无私奉献就没有自己今天的幸福生活，大陈岛人正在垦荒精神的指引下创造更加美好的生活。"在学习爷爷奶奶们垦荒事迹的过程中，我看到了他们把个人的成长发展与国家、民族发展的前途命运结合起来的远大理想，看到了他们身上无私奉献、自力更生的品质。现在，我们虽然不会因为缺粮食去垦荒，但是我们长大后也要到祖国最需要的地方去，传承和发扬垦荒精神。"

## 一个"书虫"：阅读是输入，写作就是输出

接受采访时，陈昱灵高兴地说："我从小练古筝，获过华东地区金奖，也曾赴新加坡比赛，获过合唱节童声组金奖。古筝很好听，音乐能陶冶情操。"

陈昱灵接受《中学生报》采访

"爸爸从商，妈妈从教，她是初中语文老师。我从小看的书比较多。"陈昱灵刚学会爬时，她的爸爸在地上摊开几排动物卡片，教她认。教了几遍后，陈昱灵就能按爸爸的要求拿出相应的卡片。后来，爸爸干脆写了一大排相应的汉字，教她认。好长一段时间，陈昱灵都和爸爸玩这个游戏。但没人特意教她说话，导致她字认了一些，话还不会说，于是有人笑话她认字比说话早。就这样日积月累，陈昱灵在幼儿园时就开始了整本书阅读，她幼儿时期记忆最深的是《木偶奇遇记》，翻来覆去读了十来遍。据她的同学讲，她整个小学，从散文到小说，从文学到科普，一周能看完十几本，真是"书虫"！

"我妈妈做事比较认真，经常陪我去图书馆选书、借书，让我爱上了阅读。她还鼓励我写作。"因为阅读，陈昱灵爱上了写作。"我现在爱看的是小说、散文，小说故事性强，散文相对语言优美。写作是我的一个小爱好，写作于我没有什么技巧，关键是用心。用心，感情才真实。文字是一种情感的表达，阅读是输入，写作就是内化后输出。看得多，词汇增加，语感好了，自然而然会有表达的欲望。一遇到有感触的事，就会直接在电脑上打作文。上初中了，学业紧了，只有每个周末抽点时间看书。写作还在坚持，平时写写小诗，因为诗比较短小，怕长时间不写便迟钝了，用写诗的方式锻炼文笔。"写着写着，她就发表了80多篇作文。有一年，她在北京参加"文心雕龙杯"作文大赛，经过资格审查、现场写作、演讲比赛，被评为"十佳小作家"。

爱好写作的陈昱灵，没有想到自己主笔的一封信让自己收获多多，收到了习近平爷爷的回复。2016年整个暑假，"冒着高温，我们排练垦荒情景剧，录制台州好故事；我被聘为市垦荒精神宣讲员，到杭州等地宣讲。在这些活动中，我在思考：怎样以我们青少年喜爱的方式宣传垦荒精神。并就此写了提案，在2017年我参加的浙江省第七次少代会上递交了，获'十佳提案'奖"。陈昱灵说，在学习和宣传大陈岛垦荒精神中，她一直在想如何学以致用，身体力行，让垦荒精神伴随自己和更多的同龄人成长。

小升初，陈昱灵考上了离家远、要寄宿的台州学院临海附中。"妈妈舍不得，怕我不能适应。我跟妈妈说，学习垦荒精神，这点困难应该不算什么吧？学习之余，我参加了学校汉字听写社团，与众多生僻字打交道，与一大摞字典朝夕相处。迎接比赛那段时间，日看字典两百面，半夜睡觉是常态。后来，我们轻松地获得了市团体第一。肯吃苦，才能有收获，这不就是垦荒精神的精髓吗？学习虽然忙碌，但我担任班长、课代表，积极参加校团委竞选，迎接挑战，当选为校团委副书记，服务大家，提升自己。"

说起学习成绩，陈昱灵坦陈："成绩还不错，全年级大考一般保持前20名，也有一次考过第50名——这是'人生低谷'。"说到这里，她笑开了，并提醒笔者要加引号。"我的性格比较多变，平时是乐观的，在人生低谷时，也有苦闷或难过——难过之后，能坚强地面对现实。'真的猛士，敢于直面惨淡的人生'，这是鲁迅的话，不是我说的，我要当'真的猛士'！"

## 一次盛会：没想到见到了习爷爷，很亲切

2018年5月8日，共青团浙江省代表会议在杭州召开，选举产生了51名出席共青团第十八次全国代表大会的代表，其中包括13岁的陈昱灵。

2018年6月26日的北京，敞开胸怀，迎接一群来自祖国四面八方的青年。在温煦的阳光中，1500多名出席共青团十八大的青年代表，肩负全国共青团员和广大青年的重托，迈入庄严的人民大会堂，共享彼此的光荣与梦想，共话青年的责任与未来，共汇青春的希望与力量。

中共中央总书记习近平等步入会场，全场响起热烈的掌声。"没想到，团十八大上真的见到了习爷爷。尽管我坐得比较远，看得不是很清晰，但是感觉心灵的距离很近，很亲切，难以置信。"

团十八大期间，陈昱灵与其他团代表围绕党中央致辞、大会报告、团章修正案等进行专题学习讨论。作为年龄最小的团代表，她很珍惜这次与会的机会。她一方面认真向哥哥姐姐们学习，聆听团组织的心声，许多学习入耳入心入脑，获益匪浅，另一方面注重结合自身经验讲心得体会，言之有物。"这次参会，我收获了很多很多，认识了很多有趣有爱的人，对自己的思想认识也起到了很大的提升作用。"

"团代表们很优秀，除了热情满满、能力与经验兼备的各级团干

陈昱灵在人民大会堂出席团十八大时留影

部外，有各行各业的精英，有扎根基层出成就的年轻人，有创业公司净收入百万的大学生，有名牌大学的学生会主席……能和这样的明星人物聊天，怎么能不抓住每一个机会多多请教呢？自打头天晚上知道要发言，我就认认真真开始准备稿子，主题是关于大陈岛垦荒精神，讲讲我的相关接触、理解、宣传，以及老精神在新时代如何发扬、在学生群体中如何践行。我想尝试脱稿交流，所以就不带稿子，临时列了一个提纲。在听一个个代表发言的过程中，总觉得自己要加以改进，越听越紧张，不由得后悔自己的决定。忽然，前排领导鼓励的掌声默契地响起，我莫名地就有了底气，不慌不忙地讲下去。主持人表扬我：'文风和语言风格，很让人听得进去，有思考，有努力！'当时我感受到鼓舞，对自己更有信心了！"

6月27日下午，团中央书记处书记贺军科到浙江团参与讨论。谈到他作的工作报告，陈昱灵说："他深入浅出地谈了想法以及相关工作，我一下子觉得好理解多了。令人没想到的是，他还十分坦诚地说明，五年期限内有些工作可能不会立即有成效，诸如植树造林、节能减排之类就没有写入报告，需要我们再思考补充。整个过程，我感受到他极深的知识积淀、很强的学习动力与自我反思能力，忍不住跟着一起学习。"陈昱灵说，能在十八大团代会上遇见这些优秀的代表们，能学到许多共青团的知识，可谓非常幸运！"团代会给了我人生的目标与动力、满满的感动与感激，大家一起学习讨论，集思广益，切磋琢磨，严肃与轻松交织，责任与荣光并存。"

采访结束时，陈昱灵深情地说："习爷爷在回信中叮嘱我们：好好学习，砥砺品格，成为有知识、有品德、有作为的新一代建设者。这是一种肯定，也是一个约定。若干年后，我们如果有机会能见到习爷爷，那我们一定给他交上一份满意的答卷！"

# 全红婵

芙蓉出水红中国

BU FU SHAOHUA

QUAN HONGCHAN

全红婵，中国国家跳水队女运动员。2007年3月出生于广东湛江，2014年9月进入湛江市体育运动学校就读，2018年3月进入广东省跳水队，2020年10月进入国家跳水队。曾获2020年东京奥运会单人10米跳台金牌，第十四届全运会跳水女子单人10米跳台金牌、跳水女子团体金牌。荣获"中国青年五四奖章"、"全国体育系统先进工作者和劳动模范"荣誉称号、"全国五一劳动奖章"和英国"2021年度大本钟奖之璀璨未来奖"等。

一

横空出世，一战成名！

在 2020 年东京奥运会女子 10 米跳台的比赛中，中国"梦之队"刮起青春风暴。其中，中国代表团最年轻选手、只有 14 岁的全红婵，用近乎完美的表现为中国队再添一金，书写了新的少年传奇。

2021 年 9 月 15 日下午，在西安举行的第十四届全国运动会开幕前，习近平在陕西大会堂会见全国体育系统先进集体、先进工作者代表、东京奥运会中国体育代表团运动员和教练员代表时，特意在全红婵面前停下来，夸赞其"水跳得好"。

2022 年 1 月 24 日，被誉为英国"诺贝尔奖"的大本钟奖公布获奖名单，全红婵荣获"2021 年度大本钟奖之璀璨未来奖"。

"十米 T 台成秀场，芙蓉出水占鳌头。寒门孝女红中国，最最少年婵影留。"在国家队里年龄最小的全红婵，因为敢拼肯练，被哥哥姐姐们宠溺地称为"红姐"。训练之外的时光，她会跟队里的小伙伴一起学文化课，聊开心的趣事，还有玩滑板、跳舞……全红婵因质朴的个性赢得了很多人的喜爱。

## 十米高台俏小丫

南海之滨的广东湛江，素有"中国跳水之乡"的美誉，诞生过陈

中国出征东京奥运会年龄最小的运动员全红婵

丽霞、劳丽诗、何冲、何超等4位世界冠军。全红婵的家，在湛江市麻章区麻章镇迈合村。这个只有3.3平方公里的村庄约有400户人家，其中300多户姓"全"，有近2000人口。这样的村庄，在中国广袤的大地上如同沧海一粟。但全红婵这棵苗子，却被细心的教练发现了。

2014年5月，麻章镇迈合小学。正在和同学们做游戏的一年级学生全红婵吸引了湛江市体育运动学校跳水教练陈华明的目光。全红婵身高1.2米，立定跳远跳了1.76米，"相当厉害"。无论是跳皮筋还是跳格子，她都身形轻盈、动作灵活。对孩子们进行了弹跳和柔韧性方面的测试后，陈华明初选了4棵苗子，其中就有全红婵。

其实，在7岁前，全红婵在体育方面堪称"一张白纸"，没有接触过跳水，也没有练过其他的体育项目。幸好她弹跳力好、爆发力强的天赋被她的启蒙教练陈华明所发现。

这年7月，正值暑假，4个孩子来到湛江市体校参加暑期集训。陈华明十分开心，他回忆说，暑假集训10天左右，主要进行了弹跳功能、接受能力、反应灵敏度、关节柔韧度、平衡能力、下肢爆发力、力量能力等方面的测试，全红婵综合能力突出。当时，陈华明就觉得全红婵的性格特别适合跳水项目，因为她骨子里有一种敢拼、不服输的精神。

就这样，经过初步接触和测试，得到其父母同意后，9月，全红婵转入市体校就读二年级，正式触碰跳水项目，开启了她的体育生涯。离家时，她依稀记得爸爸说："要为国争光。"她先后师从陈华明、郭艺教练。

刚起步时，全红婵还是个"旱鸭子"，不会游泳。但很快，这个活泼开朗的小姑娘喜欢上了跳水。体校的基础设施建于 2000 年，只有训练室的房顶从铁棚换为水泥顶，跳水台仍是露天的。陆上训练的房间没有空调，垫子泛旧。沿海的盛夏，每个孩子都晒得黑黝黝的，在绿色的池子里起起落落。小女孩怕晒黑，教练哄她们说："长大就好了。"孩子们对此深信不疑。

选定了苗子，还要想办法让孩子安心留在体校。很多小孩离不开家，"苦一点，累一点，就退缩了，厌倦了，想回家"，陈华明说。训练不能太多、太狠、太严，但又不能太松。"这个软硬度要拿捏得恰到好处。"全红婵过渡得比较平顺，"情绪方面她是非常好的"。孩子将体校当成自己的家，才能稳定下来。"我们培养运动员，不是教练要求怎么做就怎么做，而是要发掘人的自觉行为，要让他想干这个事。"

由于父母都是农民，且母亲的身体不是很好，清贫的家庭让全红婵比较懂事。当知道跳水有可能改变自己的命运时，她就暗下决心，一定要跳出个名堂来。在其他小队员忍受不了训练艰苦而偷懒甚至落跑时，全红婵总是默默加练的那一个。跳板是铁制的，夏天被晒得滚烫，全红婵只能用毛巾蘸水给跳板降温，然后一次次迎着炫目的阳光，一跃入水。

湛江市体校共有 800 多个学生，从小学到高中；不仅有跳水，还有田径、武术、拳击等 20 个大项目。跳水队人数保持在 30 个左右，队员最小的 6 岁，最大的 15 岁，流动性比较大。跳水教练陈华明说："我们这里的条件，可以说是全省最差的，我们在训练全红婵的时候没有什么特别的设备。就是在如此艰苦的环境中，全红婵在训练中的刻苦、认真慢慢表现出来了。她的成功并不完全靠天赋。"

哪有什么一战成名，其实都是百炼成钢。初来湛江市体校时，全红婵的个子与其他一起训练的同年龄段队友相比，显得较为"细细粒"。但运动天赋很好的全红婵拥有极强的爆发力，在训练中有着亮眼的表现。因此，全红婵的跳水训练也由最初的入门项目，一步步转变为更具难度的项目。天才都是汗水浇灌出来的，天赋或许可以决定起点，但唯有坚持和努力才能达到终点。全红婵在同伴中第一个登上3米板，接着是5米跳台、7米跳台……后来，她又第一个站在10米跳台上，毫不犹豫地跳下去。全红婵说："也没想那么多，眼睛一闭就跳下去了。"教练由此得出全红婵"胆子大"的结论。教练的赞许和鼓励、同伴羡慕的目光，让这个小姑娘懵懂地意识到自己可能"是这块料"，而梦想的种子，也就这样悄然种下。

"有冲劲"是陈华明对全红婵性格最深刻的印象。初上10米台时，高处俯视总会带来强大的心理冲击。为了克服恐惧，全红婵用了"最笨"的方法——多练。陈华明说，那时候全红婵始终坚持每天都站上10米板练习，每组动作通常要反复练习五六遍，甚至10遍，让自己习惯从高台摔入水中的感觉，也让各组动作成为自然反应。

极致的刻苦，让并不是很早接触跳水的全红婵跳出了成绩。陈华明回忆说，2017年底广东全省有个大集训，他们将全红婵的名字报上去后迟迟没有收到参训通知。当时全红婵经过3年多的学习训练，技术水平很高，可以说是同龄孩子中的佼佼者，两位教练一商量，就录制了一段全红婵平常训练跳水的视频发给广东省跳水运动管理中心。中心领导看到视频后，当即决定让全红婵直接到省里报到参训，而后正式输送到省队。现在回头看，这个视频可谓改变了全红婵的命运。

2018年3月，全红婵在广东省跳水队的大集训中锋芒初露，教练何威仪一眼就相中了她："她的条件在这批集训的队员里面是最好的。全红婵的脚尖、膝盖比较漂亮，身材纤细且协调，我们一般认为女孩子的身体素质要比男孩子差一些，但她跳动作比男孩子还要轻松。"

何威仪说："全红婵非常能吃苦。在同年龄运动员中，她对待训练的态度最投入，哪怕再简单的训练也会全力以赴。从数据来看，她每天陆上跳的次数在200到300个之间，水上也有120个左右。"

全红婵承认自己哭过，但次数不多。"我不是爱哭包。学新动作时也挺怕的，但我太喜欢跳水了，就鼓励自己坚持。我想拿冠军，像大哥哥大姐姐那样。"大哥哥是指同样来自广东队的里约奥运会男子10米台双料冠军陈艾森，大姐姐则是"跳水女皇"郭晶晶。"教练经常说，大哥哥大姐姐都是榜样，再苦再累也要坚持。"有了心中的榜样，全红婵训练时更加投入，练体能，练基本功，上翻腾器训练，一次又一次从高台跳下……"我遇到的最大困难就是学207C（向后翻腾三周半抱膝），用了一年零几个星期的时间。"

2019年，12岁的全红婵获得了广东省青少年跳水锦标赛的5项冠军。

## 一跳成名小将红

2020年10月，在开赛前三周刚刚掌握5个全套比赛动作的全红婵首次代表广东队，出战全国跳水冠军赛暨东京奥运选拔赛首站比赛。13岁的全红婵在女子单人10米台决赛中力压任茜、张家齐、陈芋汐等名将，以总成绩437.75分、领先亚军28分的明显优势强势夺金，初显"黑马"本色，一个全新的世界在她眼前慢慢打开。

她在比赛前三周才把动作学完，天赋之强可见一斑。何威仪说："她还学过一些男孩子的动作，比如杨健、陈艾森跳的407B和307C，之所以没有用，是因为没有现在这套那么稳定。"

一次夺冠算不了什么，在2021年1月的第二站选拔赛中，全红婵因失误而位居第5名。初出茅庐就一战成名，是运气还是巧合？很快全红婵用自己的成绩证明了实力。此后她的每一次亮相，带来的都是惊叹号。第三站选拔赛，全红婵在预赛和半决赛中一路领先，决赛更是跳出440.85的超高分锁定冠军。

如此，凭借三站奥运选拔赛收获两冠的成绩，全红婵入选跳水"梦之队"，以总积分第一的成绩赢得了东京奥运会的门票，赢得了实现人生梦想的机会。

过人的天赋是基础，但绝不是全红婵追平"跳水皇后"伏明霞、成为奥运会有史以来年龄最小冠军之一的唯一原因。火箭般的蹿升速度背后，是艰苦的训练投入。"全红婵对待动作的态度比同龄人更专

2020年10月4日，全国跳水冠军赛冠军全红婵（中）、亚军张家齐（左）和季军陈芋汐在颁奖仪式上 （王晓 摄）

注。我们说改技术，她马上就行动起来，而不是等、拖、不敢，她是练得最苦的一个。"何威仪说，3年多时间全红婵就把动作都学会了，否则也不可能有机会去奥运会。另外，全红婵的性格很开朗，情商很高。"她的心态控制得很好，有信心，能掌控比赛流程，我觉得这个小孩真不得了！"

父亲生性话不多，平日里闹心的事太多，加之不太会使用智能手机，女儿参加奥运会的消息上了新闻他才知道。全红婵此前的比赛，他也记不清楚具体的时间，通常是比完赛，教练打电话告诉他结果。

2020年底全红婵进入国家队，由于疫情期间阵容精简，队里特意指派专人在生活中引导她，经验丰富的广东籍队医负责康复，再加上教练的专业指导，全红婵渐入佳境。

2021年6月，中国国家跳水队内部公布了东京奥运会出征名单，全红婵名列其中。而就在3个月前，她才刚刚和队友庆祝完14岁生日，达到奥运会对参赛运动员的最低年龄要求。消息宣布时，得知自己即将参加奥运会，全红婵还是一副懵懂模样。主管教练何威仪看向她时，全红婵眼睛亮了一下，随即恢复了愣愣的神情。"她知道自己要去一个很重要的比赛，但对这件事没有具体概念。"

全红婵的家乡迈合村早早挂出"恭喜全红婵通过奥运选拔赛"的红条幅，参赛名单正式公布后，又立刻换成了"预祝全红婵奥运取得佳绩"。

全红婵承认，自己第一次参加世界大赛有点紧张，到东京后的前几天还是有些不适应。但比赛过程中，全红婵丝毫没有紧张的感觉，

2021年5月13日，在上海举行的2021年全国跳水冠军赛暨东京奥运会选拔赛、全运会跳水资格赛女子10米跳台决赛中，全红婵夺得冠军（方喆 摄）

更没有关注其他对手，包括师姐陈芋汐的表现，始终全神贯注于自身。"奥运会和全国比赛相比，好像没有什么不一样。赛前教练就说让我放轻松，不要紧张。我就想自己的动作要领。"

当然，因为在参加奥运会前没有国际大赛经验，全红婵在预赛中表现并不稳定，她的"首秀"一度出现起伏，第三跳还出现过较大失误，只得到47.85分。但在教练的指点下，她很快调整心态，第四跳、第五跳均有上佳表现，最终以总分364.45分获预赛第二名而晋级半决赛。陈芋汐以总分390.70分排名预赛第一。

有了预赛经验，全红婵在8月5日上午的半决赛表现得更加自信，以415.65分力压队友陈芋汐而排名第一，而且在第二跳时拿到了满分。当天下午进行的决赛，金牌争夺主要在全红婵和陈芋汐之间展开。和半决赛时的出色表现相比，全红婵在决赛中的表现更加无懈可击，年仅14岁的她完美诠释了何为"英雄出少年"。

决赛5跳，全红婵在其中3跳拿下满分，其中第二跳407C和第四跳6243D两个动作，甚至让全场7位裁判全部打出满分10分（第五跳5253B则为6名裁判亮10分，一人亮9.5分，被作为最低分扣除，不计入总分）。国际奥委会主席巴赫也在现场，见证了中国选手全红婵在10米跳台的惊艳表现。她的总成绩最终高达466.20分，超越了陈若琳在2008年北京奥运会上所创造的447.7分的纪录，成为女子10米台的历史最高分。陈芋汐以425.40分获得银牌，澳大利亚选手伍立群获得铜牌。

当大屏幕上显示全红婵是冠军时，她的主管教练刘犇兴奋地一把

## 不负韶华：百年青春榜样

抱起了弟子，把她举得高高的，庆祝胜利。全红婵当时的表情还有些茫然。"我还没有觉得什么，就是教练抱得有点疼。"

对于身高1米43的全红婵来说，奥运金牌的带子似乎有点长，垂到了肚子上，她拿起金牌比比自己的脸，顽皮地挡住了眼睛："金牌好重啊，好像比我的脸还要大。我要感谢爸爸妈妈，谢谢他们鼓励我，让我勇敢一点儿，跳不好、拿不拿（牌）都没关系。"

当天，国际奥林匹克委员会官微"六连发"为全红婵助威呐喊，其"规模"和频次极为罕见。在女子10米跳台决赛进行时，该官微就发布了"全红婵拿出最好状态""转身翻腾入水，波澜不惊"等微博，对全红婵的稳定表现给予高度赞赏。当天15时24分，国际奥委会官方微博"奥林匹克运动会"发文为全红婵点赞——"中国代表队年龄最小的选手全红婵首次参加奥运会就在国际舞台上展现了自己的最高水平，每一跳都是近乎完美的水平，其中三跳的表现更是拿到了满分的成绩，最终以466.20分的高分夺得冠军。"

在东京奥运会女子10米跳台比赛开始前，除了与她同台竞技的中国队友，没有一位对手知道全红婵是谁。当全红婵在10米跳台的半决赛和决赛中接连拿出绝佳表现，并以几乎完美的成绩夺得金牌后，所有人都惊叹，原本就难以战胜的中国跳水"梦之队"如今又多了一位天才——一位重新定义女子10米台比赛高度的小丫头。作为东京奥运会中国代表团年龄最小的选手，14岁的全红婵在自己的第一次大赛中就让跳水界牢牢记住了自己。

7岁开始接触跳水，11岁进入广东省跳水队，13岁入选国家队；

2020年9月才学齐了整套动作，随后就在自己参加的第一次全国大赛（2020年全国跳水冠军赛暨东京奥运会选拔赛）中站上最高领奖台；从未参加过国际比赛，来到东京前甚至不知道什么是奥运会；如果奥运会如期举行，那她将因未满14周岁的跳水最低年龄限制而无法参赛，更何况一年前她甚至还不是国家队队员——全红婵的这份履历或许能够解答外界对她的疑惑，短短7年时间里，从零基础到奥运史上最高分夺冠，这再次证明了她确实是一位天才。

全红婵获奥运金牌的当晚，广州的标志性建筑广州塔为全红婵亮灯。随后，在湛江市体校跳水训练场上，已经挂上了醒目的红色横幅，写着"我以红婵师姐为荣""我与红婵师姐共成长"。全红婵的启蒙教练陈华明说："红婵奥运会决赛的表现堪称完美。她是天不怕地不怕的性格，训练认真，敢学敢做动作，心理素质好，比赛中没有杂念。小小年纪第一次参加奥运会这样重大的国际比赛就能站到最高领奖台上，这是非常不容易的。"

"全红婵在训练场上特别兴奋，一到上板、上网、上器械的时候就不停地跳，即便在没有计划和安排的情况下也会自己主动去做动作。她爆发力好，下肢弹跳能力强，勇于去尝试一些高难度的动作，训练作风非常扎实。跳不好时她会上心，会着急，会向教练求教怎么样把动作做好。和同龄运动员比，全红婵显得更懂事一点儿。"湛江市体校教练郭艺说，"在学习动作的过程中，全红婵会经常为自己加码。她对训练有很强的专注度，每次都尽全力去做。如果跳下来发现动作没做好，她会自觉地回到台上继续跳，直到觉得可以了为止，从不喊累。"

## 五环巾帼最少年

全红婵在东京奥运会夺冠后说的"要挣钱给妈妈治病"，感动了很多人。在奥运摘金的高光时刻，她就这样简单而又直白地惦念着家人。

全红婵来自一个七口之家，兄弟姐妹5人中她排行第三，兄妹基本是被爷爷奶奶带大的。母亲在2017年遭遇车祸后失去劳动能力，整个家庭的收入来源几乎全靠父亲全文茂。迈合村全村近400户人家，当时有38个低保户。2019年，全红婵家被纳入低保，每月按国家规定领取低保金。当地政府为全红婵的母亲办理了大病救助，每月发放残疾人补助。2020年全红婵的母亲住院八次，医疗救助覆盖超过了总金额的90%。在村干部的带动下，不少村民还帮她家干些农活。得益于这些保障，全红婵家日子虽然算不上富足，但也没有太多后顾之忧。村里人对全红婵也很关注。赢得第一个全国冠军后她回家休假，大家伙儿见到她都说"全国冠军了不起，下次再拿奥运冠军"。

少小离家，那些常人可以想见的难舍，早已云淡风轻。全红婵腼腆地笑着说："刚开始是有点辛苦，想家，但是我太喜欢跳水了，爸爸鼓励我，让我坚持。"妈妈叮嘱得更细致："听教练的，好好训练，小心点，别受伤，多看点书，多学点文化。"在父母眼中，全红婵"听话懂事"，是个好女儿。难得休息回到家时，她跟着爸爸在果园里帮忙干活，给种的橙子树施肥。

"爸爸很辛苦却从不说困难。"全红婵觉得自己的性格"像爸爸"，"冷静，孝顺，永不放弃，他永远是我的榜样"。虽然不常回家，但全红婵心疼爸爸从早忙到晚、照顾一家老小的辛苦，所以每次接到爸爸的电话，十几分钟的时间，她都会"挑练得好的事情告诉他，练得不好就不说了，不想让他着急担心"。

东京奥运会夺金后，回国隔离期间，全红婵依然一丝不苟地在房间里做着练习，为即将举行的第十四届全运会做准备。2021年9月6日，全红婵领衔的广东队以领先亚军138分的优势豪夺第十四届全运会跳水女子团体金牌，代表广东队参加的跳水女子团体项目中的单人10米台，全红婵也以413.90分排名第一。2021年9月12日，在第十四届全运会跳水女子单人10米台决赛中，全红婵以419.25分获得本届全运会第二枚金牌。

与赛场上的冷静和沉稳相比，场下的全红婵还是少女模样。这匹技惊四座、力压群芳的黑马，其实童真得近乎"懵懂"。赛后，她这样描述自己的生活："就是训练，放假就回家。也不能去哪儿，我连游乐园都没去过，因为没钱嘛。""想去玩游戏啊，玩一些抓娃娃之类的，想去游乐园玩一玩。"

东京奥运会比赛结束之后，全红婵就想着找教练拿回手机，玩一些她喜欢的游戏。在全红婵的世界里，奥运会只是她参加的一项比赛而已。当一众记者将全红婵团团围住，连珠炮般地问她究竟为何能有如此高超精湛的技术时，惜字如金的全红婵只憋出几个字："慢慢练呗。"而被问到奥运会决赛自己怎么调整心态时，小姑娘也只是简单说道："也就是跳5个动作。"又有人问全红婵哪个动作最拿手，她扭过头向队友陈芋汐求助："我该怎么说呀？"在这位14岁的小女孩看来，"接受采访，比刚刚跳比赛还要紧张"。谈起这位小师妹，年长两岁的陈芋汐说："其实全红婵是队里最调皮的一个，我们大家都整天追着她打闹。"这下轮到全红婵不乐意了，她立即大声反驳："哪有？才不是这样！"

全红婵曾经提过自己喜欢吃辣条，长大后想开个小卖部。她夺冠后，热心人士送来的辣条等零食存放在迈合村村委会，后来分给了村里的小朋友。每天倾尽全力地训练，休息时打两盘游戏；最初的梦想是开一家小卖部，因为这样就能有"吃不完的辣条"——这就是奥运冠军全红婵。

赛场上霸气夺金，赛场外"想去玩抓娃娃""特别想吃辣条"，这样的"反差萌"已足够打动人。而她发自内心的一句"我的妈妈生病了，我不知道她得了什么病，我只想赚钱给她治病，因为家里需要很多钱才能治好她的病"，更是戳中了无数人的心。

全红婵在接受央视采访时透露母亲生病等情况引发关注后，网传当地企业向她家捐赠一套房子、一个商铺以及20万元现金。全文茂坦言："那天下午确实有人拿20万元，叫我拿着花跟他拍个照片。我说拍照片就可以，那个钱你先拿开，我不要钱。要是你有心来，我就领你的心，领你的花和你照个照片。你这么大老远跑来，这个是人之常情。"全文茂表示，对于热心企业和个人的捐赠，家里未取分毫。

全红婵在东京奥运选拔赛上夺冠后，村里给家里奖了10万元，这部分钱已用于全红婵母亲治病。

我们看到了全红婵的成功，看到了一个天才少年的纯真和努力，也要看到她背后的更多东西。我们应该创造条件，让更多拥有天赋的青少年拥有机会，让更多饱含热爱的人尽情释放，这才是我们接下来要努力去做的工作。关注全红婵，除了要看到她的困难和艰辛，还要关注跳水这项运动本身。如何让精英体育带动大众体育、全民健身的发展，如何让更多的人因为热爱来学习跳水这项运动，同样值得思考。

对于一个家庭来说，突如其来的荣誉打破了原先的平静生活，接下来如何对待外界的嘉奖，无疑是件棘手的事。全红婵爸爸婉拒一些企业自发的奖励或慰问，并表示不能消费女儿的荣誉。面对类似"奖励"，适当的回避是必要的，这样的理性可谓难能可贵。毕竟，无论是对于家庭还是全红婵个人，都面临一个调整心态的过程，他们要学会在聚光灯下生活。尤其是全红婵，奥运冠军是她的重要一站，但她的人生还很漫长，竞技能力层面或许还有提升空间，而在接下来的人生征程中，她可能还面临其他选择，为了取得更高的成就，她当然需要慎重对待当下外界的厚爱。

在赢得东京奥运会冠军的时候，全红婵像个孩子一样被教练高高举起，这成为经典的一幕。她的启蒙教练陈华明说："希望今后以此为起点，开启中国跳水全红婵时代。"在陈华明看来，全红婵还拥有非常长的运动周期，将继续为国家作出更大的贡献。

"爸爸提醒我要不忘初心,我的梦想就是拿冠军!"全红婵的话语,透着越来越清晰的坚定。

当然,全红婵也清楚:冠军的意义不在于金牌,而是承载着自我突破的梦想。

# 后 记

## 感谢青春中国的新时代

1921年7月,中国共产党第一次全国代表大会召开,宣告中国共产党正式成立。

早在中共正式成立以前,各地的共产党早期组织的主要工作之一就是建立社会主义青年团组织,组织团员学习马克思主义,参加实际斗争,为党培养后备力量。中共一大召开时,研究了在各地建立和发展社会主义青年团作为党的预备学校问题,决定了吸收优秀团员入党的办法。中共一大后,中央和各地党组织派了大批党员去开展青年团的工作。

1922年5月5日,中国社会主义青年团第一次全国代表大会在广州东园开幕。会议选择5月5日马克思诞辰104周年纪念日召开,表明中国社会主义青年团是信仰马克思主义的革命组织。出席大会的有来自上海、长沙、武昌、南京、唐山、天津、保定等15个地方青年团的25名代表。中共中央局书记陈独秀、青年国际代表塞奇·达林出席并指导了会议。大会开了6天,举行了8次会议,讨论通过了《中国社会主义青年团纲领》《中国社会主义青年团章程》《青年工人农人生活状况改良的议决案》《关于政治宣传运动的议决案》《关于教育运动的议决案》《中国社会主义青年团与中国各团体的关系之议决案》《中国社会主义青年团与国际青年团之关系议决案》，最后产生了中国社会主义青年团中央执行委员会。

中国社会主义青年团第一次全国代表大会的召开，使中国社会主义青年团实现了思想上、组织上的完全统一，成为在政治纲领和奋斗目标上与中国共产党保持一致的全国性的先进青年组织。由此，中国青年团组织正式诞生了，这是中国青年运动发展史上的一个里程碑。从此，共青团作为中国共产党的助手和后备军，团结带领一代又一代团员青年始终挺立时代潮头，勇担历史使命。

2022年，中国共产党第二十次全国代表大会将在北京召开。同时，中国共产主义青年团迎来成立100周年的重要节日。我们曾在共青团系统工作过，长期关注青年榜样与中国青年运动史，近20年来我们采写过许多不同年代的青运史上的符号性的人物。恰值共青团成立100周年，我们与天地出版社策划了这部献礼的主题出版物，集中精力搜集近些年的相关稿件（高君宇篇发表于《党史纵览》2008年第9期，王新兰篇发表于《华人世界》2006年第10期，焦润坤篇发表于《中华儿女》2015年第10期，张思德篇发表于《中华魂》2013年第7期，吴芸红篇发表于《中华儿女》2020年第8期，陈家楼篇发表于《中华儿女》2015年第10期，雷锋篇节选自东方出版社《读懂雷锋》一书，龙梅、玉荣篇发表于《中华儿女》2007年第9期，任羊成篇发表于《中华儿女》2007年第10期，陈景润篇为新作品，许海峰篇发表于《中华儿女》2008年第6期，郎平篇发表于《华人世界》2008年第3期，张海迪篇发表于《大众日报》2008年11月13日，潘星兰篇发表于《东方青年》2002年第11期，宋芳蓉篇发表于《中华儿女》2005年第9期，邰丽华篇发表于《中华儿女》2006年第1期，杨利伟篇发表于《大地》2003年第11期，徐庆群篇发表于《中华儿女》2015年第11期，陈昱灵篇发表于《中华儿女》2018年第16期，全红婵篇节选自光明日报出版社《少年中国说》一书），以时间线索为经，与之相对应的青春符号为纬，围绕百年共青团这一主题加紧相关稿件的修改、润色、定稿。在此过程中，回望不同时代的青春印记，找寻不同岁月的价值认同，重拾这些年来我们用文字讲述的榜样事迹，谱写青春中国的壮丽之歌，弘扬别样的共青团精神。

在此特别感谢天地出版社领导的重视、审读、指导与认可，感谢责任编辑的辛勤工作、反复沟通与有关建议。因为你们的付出，才有了这部主题出版物的出版，也给了我们一次探寻百年共青团史的绝好机会，让我们和读者有了同一代代青年进行跨越百年"对话"的平台。由于创作时间跨度大，出版时间紧迫，在写作中或许还未能还原或传导出不同人物在不同时代的背景及其在历史坐标上的符号意义，还请广大读者批评指正。此外，在写作中参阅了部分学者及出版物的最新成果和相关动态信息，有的照片由受访者提供，但因年代远久、记忆不清而难以考证摄影者，在此对付出辛劳的前贤一并表示诚挚的感谢，并请拥有版权的图片作者联系出版社代转我们，以便支付稿酬。

当然，本书肯定还有若干不足或问题。好在青春故事与青春榜样随着时代的推进而不断涌现，我们的赶考也永远在路上。令人高兴的是，共青团正引领凝聚青年，组织动员青年，联系服务青年，携手同心，奋进在新征程上。我们愿以笔继续礼赞青春风华，书写时代新篇，交上无悔于青春中国的时代答卷！

感谢读者，感谢青春中国的新时代！

2022年3月于北京